[あじあブックス]
030

漢詩の鑑賞と吟詠

志賀一朗

大修館書店

まえがき

詩はことばの美を創造し表現する芸術であり、書は運筆の美を創造し表現する芸術であり、絵画は創作の美を創造し表現する芸術であり、吟詠は音声の美を創造し表現する芸術である。したがって、優れた漢詩は芸術性に富み、優れた吟詠は、優れた漢詩を吟詠することから生まれる。

この観点から、本書は『唐詩選』『詩経』『文選』等より、吟詠に相応《ふさわ》しい漢詩を大部分精選し、その余は『日本漢詩』（明治書院）『漢詩名句辞典』（大修館書店）等に拠り、一二八首を収録し、読者の便を考え、これらに「現代語訳」「語釈」「要旨・鑑賞」「作者」の解説を付し、漢詩の鑑賞と吟詠の指針とした。

よって初めて漢詩に接する方々には、その入門書となるばかりでなく、この一二八首を読破して行くうちに、漢詩に興味と関心を持ち、自《おのずか》ら吟詠してみたくなるように図った。

漢詩の鑑賞は、優れた漢詩を読むことから始まり、その内容を理解し、作者の作意を知り、詩眼を把握《はあく》し、究極は声を出して吟詠することにある。吟詠は漢詩鑑賞の最終の手立てである。漢詩の鑑賞については、本書の「漢詩鑑賞の仕方」に詳しく説明している。

吟詠は、初めはハミング程度から入り、次第に声を出して吟じてみる。それは自己流でよい。しかしその中に、抑揚（声の上げ下げ）を付けて吟じてみたくなる。その抑揚は、詩眼の所が自然に高く強い声になる。詩眼は絶句にあっては、大抵《たいてい》転句と呼応して結句の下三字にあるが、時には詩中に散在していることもある。これに気づくと、一詩全体の吟じ方が分かって来る。

ここまで来るとしめたものであるが、正しい吟じ方があるのではないかと思うようになる。その時は、本書第三部の「漢詩吟詠の仕方（付、吟例）」（二五三頁以下）に目を遣《や》る。すると正しい吟じ方が分かり、それに従って吟じてみると、自己流で吟じていた時より、格段に内容の理解・鑑賞に役立つことが納得され、更に進んで吟じたくなる。

筆者は中国文学を専攻した者であるが、少青年期、水戸の地で五年間師範教育を受けていた際、弘道館を通る度に、吟詠の音声を聞き、興味を感じ、卒業後、木村岳風・山田積善吟聖のレコードに拠り独習し、上京後、木村岳風の吟風に接し、後ち水戸市出身の鬼沢霞先生の霞朗詠会に入会し、吟詠を修得し、現在は、財団法人斯文会の講師となり、湯島聖堂朗詠会を組織し、その会長として指導の任に当たっており、また霞朗詠会の顧問を委嘱されている。

本書は、一般の読者は勿論のこと、高校生、短大、大学生にも、漢詩を理解し鑑賞するのに役立つだけでなく、更に突っ込んで研究してみたくなる意欲を喚起させる好個の書である。どうか遺憾なき活用をされ、十全に体得されんことを期待して止まない。『老子』に云う、「死而不亡者寿」（死して忘びざる者は寿《いのちなが》し）と。庶幾《こいねが》わくは、斯《か》くの如き吟者になられんことを。

平成十三年三月十八日

聖風識す

本書の構成と特色

1　本書は、「基礎編」「鑑賞編」「漢詩概説と吟詠の仕方」の三部から構成している。

2　「基礎編」は、漢詩吟詠の基礎を培うもので、最もポピュラーな漢詩を集め、それに平仄・押韻を付け、後に韻の種類を挙げ、吟詠と作詩に役立つようにした。

3　「鑑賞編」は、吟詠に相応しい漢詩を精選し、書き下し文の上に、(大)・(中)・(下) 等の抑揚の高低を付け、吟詠の目安とした。

4　「漢詩概説と吟詠の仕方」は、漢詩吟詠における基礎知識を養う資料である。

5　「基礎編」の漢詩の配列は、漢詩吟詠の転句の抑揚の高低（大・中・下）の順とし、「鑑賞編」は時代順に作者毎にした。

6　書き下し文は、分ち書きとし、吟詠の便を図った。

7　平仄《ひょうそく》は、平字は○印、仄は●印で表し、押韻は平韻は◎印、仄韻は◉印で表した。

8　ルビは書き下し文の全漢字（第一部・第二部）に施した。

9　吟詠に便ならしめるために、絶句は一頁、律詩は二頁とした。

10　本書は、「基礎編」では、七言絶句二〇首、五言絶句八首、七言律詩二首、五言律詩二首、古詩八首、日本の漢詩四首、計四四首。「鑑賞編」では、七言絶句二三首、五言絶句一一首、七言律詩七首、五言律詩四首、古詩二七首、日本の漢詩文一二首、計八四首、合計一二八首である。

目次

二 五言絶句

三 七言律詩

第一部

基礎編

一 七言絶句

1 城東荘《じょうとうそう》に宴《えん》す　崔敏童《さいびんどう》

一年《いちねん》　始《はじ》めに　一年《いちねん》の　春《はる》あり
百歳《ひゃくさい》　曽《かつ》て　百歳《ひゃくさい》の　人《ひと》無《な》し
(大)能《よ》く　花前《かぜん》に向《む》かって　幾回《いくかい》か　酔《よ》わん
十千《じゅっせん》　酒《さけ》を沽《か》うて　貧《ひん》を辞《じ》する　莫《な》かれ

宴城東荘
一●年○始●有●一●年○春◎
百●歳●曽○無○百●歳●人◎
能○向●花○前○幾●回○酔●
十●千○沽●酒●莫●辞○貧◎

(平起式上平十一真韻)

現代語訳　一年の始めには一年の春がある。百歳まで以前長生きした人はいない。花前に向かって何回酔えるか。万銭一斗の美酒を買って、大いに飲んで貧乏など吹っ飛ばせ。

語釈　城東荘＝長安城の東にある池亭。作者の従兄の崔恵童の別荘。十千＝一万銭。美酒一斗の値段。

要旨・鑑賞　この詩は、城東荘で宴を開き、その席上で詠んだもの。一年の初めには、毎年春が運《めぐ》ってくるが、これまで百歳まで長生きした人はいないから、盛りの花を愛でながら、美酒に陶酔するのも、一生のうち何回あろうか。今その機会を得た。万銭一斗の美酒を買って大いに飲み、貧乏など吹っ飛ばせ。自然は永遠であるが、人生ははかない。だから生きる気力が出るのである。**作者**　崔敏童（生没年不詳）。七一三頃在世、開元時代、河南、博州の人。

2 黄鶴楼《こうかくろう》にて孟浩然《もうこうねん》の広陵《こうりょう》に之《ゆ》くを送《おく》る　李白《りはく》

故人《こじん》　西《にし》のかた　黄鶴楼《こうかくろう》を　辞《じ》し
烟花《えんか》　三月《さんげつ》　揚州《ようしゅう》に　下《くだ》る
(大)孤帆《こはん》の遠影《えんえい》　碧空《へきくう》に　尽《つ》き
唯《た》だ見《み》る　長江《ちょうこう》の　天際《てんさい》に　流《なが》るるを

黄鶴楼送孟浩然之広陵
故●人○西○辞○黄○鶴●楼◎
烟○花○三○月●下●揚○州◎
孤○帆○遠●影●碧●空○尽◎
唯○見●長○江○天○際●流◎

（平起式下平十一尤韻）

現代語訳　わが親友、孟浩然が西の方の黄鶴楼に別れを告げて、春霞の三月、揚州へ舟に乗って下って行く。それを楼上から眺めると、たった一つの帆掛け舟のかすかな姿が、真っ青な空に吸い込まれて消え、後にはただ揚子江の流れが、天の果てに流れて行くばかりである。

語釈　**黄鶴楼**＝湖北省武漢市（昔の武昌）の西端、蛇山《じゃざん》という揚子江に突き出た丘の上にある高楼。七律「黄鶴楼」（三〇頁）参照。**孟浩然**＝李白の親友。李白より十二歳年長。「春暁」で有名。**広陵**＝揚州（江蘇省）の別名。揚子江の下流にある。**故人**＝旧友。孟浩然を指す。**西辞**＝西にあたる黄鶴楼に別れを告げて。黄鶴楼は揚州から見て西にあたるので。**烟花**＝花がすみ。「煙」に同じ。**三月**＝旧暦三月。晩春。**天際**＝空の果て。**要旨・鑑賞**　李白三十七歳の作。親友孟浩然が、揚子江を下って揚州へ行くのを楼上から見送る李白の心情が、よく表現されている。**作者**　李白。三七頁参照。

3 早《つと》に白帝城《はくていじょう》を発《はっ》す　李白《りはく》

朝《あした》に辞《じ》す　白帝彩雲《はくていさいうん》の　間《かん》
千里《せんり》の　江陵《こうりょう》　一日《いちじつ》にして　還《かえ》る
（大）両岸《りょうがん》の　猿声《えんせい》　啼《な》いて住《や》ま　ざるに
軽舟《けいしゅう》　已《すで》に過《す》ぐ　万重《ばんちょう》の　山《やま》

早発白帝城
朝○辞○白●帝●彩●雲○間◎
千○里●江○陵○一●日●還◎
両●岸●猿○声○啼○不●住●
軽○舟○已●過●万●重○山◎

（平起式上声十五刪韻）

現代語訳　朝早く、朝焼け雲のたなびく白帝城に別れを告げて、三峡を下ると、千里もある江陵に、たった一日で着いてしまう。切り立った両岸では、群れをなす猿の鳴き声がひとしきり鳴きやまない中に、私の乗っている軽い舟は、もはや、幾重にも重なっている山の間を通り過ぎて行く。

語釈　白帝城＝今の四川省奉節県の東十三里、白帝山の頂上にある。揚子江の瞿塘《くとう》峡に臨み、水面からの高さ千仞《じん》という。後漢末、蜀の公孫述（?～三六）が築いた。五行相剋《こく》説によると、漢は土徳で、これに勝つには金徳でなければならないので、その象徴の白にちなんで、自ら白帝と称し、その城を白帝城と呼んだ。また五行説で、西は白に当たるのでこういったとも言う。蜀の劉備（一六一～二二三）がここを居城としたこともある。彩雲＝朝焼け雲。江陵＝湖北省江陵県。白帝城から約六百キロある。還＝着く。啼不住＝ひとしきり鳴きやまない中に。**要旨・鑑賞**　李白二十五歳ごろの作。一説五十九歳。三峡付近の流れの速いことを詠んだ。三峡ダム建設で、白帝城は辛うじて免れる。**作者**　李白。三七頁参照。

4 **汪倫《おうりん》に贈《おく》る** **李白《りはく》**

李白《りはく》　舟《ふね》に乗《の》って　将《まさ》に行《ゆ》かんと　欲《ほっ》す
忽《たちま》ち聞《き》く　岸上《がんじょう》　踏歌《とうか》の　声《こえ》
(大)桃花《とうか》　潭水《たんすい》　深《ふか》さ　千尺《せんじゃく》
及《およ》ばず　汪倫《おうりん》　我《われ》を送《おく》るの　情《じょう》に

贈汪倫

李●白●乗○舟○将○欲●行◎
忽●聞○岸●上●踏●歌○声◎
桃○花○潭○水●深○千○尺●
不●及●汪○倫○送●我●情◎

(仄起式下平八庚韻)

現代語訳　わが輩李白が舟に乗って、今から出発しようとすると、急に岸のほとりで、足を踏みながら歌う歌声が聞こえて来た。この桃花潭の淵の深さは、千尺もあるが、汪倫がわたしを見送ってくれる情の深さに及ばない。

語釈　汪倫＝李白の友人の名。李白が安徽《き》省の涇《けい》県の西南一里にある桃花潭《たん》に行った時、汪倫はその近くで酒造をしていて、上等な酒を李白に勧めた。李白が去る時、汪倫が見送りに来たので、感謝してこの詩を作った。桃花潭＝固有名詞。潭は水が深くよどむところ。不及＝汪倫の心情に及ばない。

要旨・鑑賞　李白五十五歳の作。作者　李白。三七頁参照。

5 江南《こうなん》の春《はる》　杜牧《とぼく》

千里《せんり》　鶯《うぐいす》啼《な》いて　緑《みどり》紅《くれない》に　映《えい》ず
水村《すいそん》　山郭《さんかく》　酒旗《しゅき》の　風《かぜ》
(大)南朝《なんちょう》　四百《しひゃく》　八十寺《はっしんじ》
多少《たしょう》の　楼台《ろうだい》　煙雨《えんう》の　中《うち》

江南春
千○里●鶯○啼○緑●映●紅◎
水●村○山○郭●酒●旗○風◎
南○朝○四●百●八●十○寺●
多○少●楼○台○煙○雨●中◎
（仄起式上平一東韻）

現代語訳　千里四方もある広々した平野で、鶯が鳴き、木々の緑が紅の花に照り映えている。水辺の村や山ぞいの村の酒屋の看板の旗が、春風になびいている。南朝時代にあった四百八十の寺の多くの楼台が、春雨の中に煙っている。

語釈　江南＝揚子江下流の南方の地方。鶯＝コウライウグイス。日本の鶯よりも大きくて黄色い。高く澄んだ声で鳴く。緑映紅＝緑の若葉が、紅の花に照りはえている。水村＝水辺の村。山郭＝山ぞいの町。酒旗＝酒屋の看板の旗。南朝＝建康（今の南京、唐代は金陵）に都を置いた宋・斉・梁・陳の四朝（四二〇―五八九）。仏教が栄えた。四百八十寺＝「十」を「シン」と読むのは、八十寺は下三連なので、これを忌み、シン（諶、平声）の音があるので、それに替えた。多少＝多くの。楼台＝二階以上の建物。高い建物。煙雨＝もやのような春雨。**要旨・鑑賞**　広大な江南地方の春景色を詠んだ。**作者**　杜牧。二一頁参照。

6 楓橋夜泊《ふうきょうやはく》　張継《ちょうけい》

月落《つきお》ち　烏啼《からすな》いて　霜天《しもてん》に　満《み》つ
江楓《こうふう》　漁火《ぎょか》　愁眠《しゅうみん》に　対《たい》す
(大)姑蘇《こそ》　城外《じょうがい》　寒山寺《かんざんじ》
夜半《やはん》の　鐘声《しょうせい》　客船《かくせん》に　到《いた》る

楓橋夜泊

月●落●烏○啼○霜○満●天◎
江○楓○漁○火●対●愁○眠◎
姑○蘇○城○外●寒○山○寺●
夜●半●鐘○声○到●客●船◎

（仄起式下平一先韻）

【現代語訳】月が西に沈んで暗やみの中に、烏が鳴き、霜が空一ぱいに満ちている。紅葉した岸の楓やいさり火が、旅の愁いの浅い眠りの目に、チラチラ映る。折りしも、姑蘇の町はずれの寒山寺から、夜半を告げる鐘の音が、わが乗る船に聞こえて来た。ああ、まだ夜中だったのだ。

【語釈】楓橋＝江蘇省蘇州市の西の郊外、運河に架けられた橋。霜満天＝霜の降りるような気配が天いっぱいに満ちている。江楓＝川岸に植えられたかえで。漁火＝いさり火。愁眠＝旅愁の浅い眠り。姑蘇＝春秋時代（前七七〇―前四〇三）の呉の都。蘇州市。城外＝町外れ。寒山寺＝楓橋近くにある寺。寒山と拾得が住んでいたといわれる。

【要旨・鑑賞】楓橋で船どまりした作者が、夜半に鐘の音を聞き、旅愁にかられたことを詠んだ。

【作者】張継（生没年未詳）。中唐。襄州（湖北省襄陽県）の人。天宝十二年（七五三）の進士。博識で議論を得意とし、また政治にも明るく、その面での名声も高かった。その詩は技巧を凝らさなくともすでに美しかったという。

7 除夜《じょや》の作《さく》　高適《こうせき》

旅館《りょかん》の　寒灯《かんとう》　独《ひと》り　眠《ねむ》らず
客心《かくしん》　何事《なにごと》ぞ　転《うた》た　悽然《せいぜん》
（大上）故郷《こきょう》　今夜《こんや》　千里《せんり》を　思《おも》う
霜鬢《そうびん》　明朝《みょうちょう》　又《また》　一年《いちねん》

除夜作

旅●館●寒○灯○独●不●眠◎
客●心○何○事●転●悽○然◎
故●郷○今○夜●思○千○里●
霜○鬢●明○朝○又●一●年◎

（仄起式下平一先韻）

現代語訳　旅館の寒々とした灯の下、独り眠れない夜を過ごすと、どうしたことか、旅の思いがいよいよ増して寂しくなる。故郷では今夜の大晦日《おおみそか》に、千里も遠く離れている私のことを思っているだろう。一夜明ければ、白髪の老いの身に、また一つ年を取るのだ。

語釈　除夜＝大晦日《おおみそか》。寒灯＝さむざむとしたともし火。客心＝旅人の心。何事＝どういうわけか。転＝ますます。いよいよ。悽然＝ものさびしいさま。霜鬢＝霜のように白くなったびんの毛。白髪。又一年＝年が明けるとまた一歳年をとる。

要旨・鑑賞　旅先きで大晦日を迎え、老境のわびしさと、年をとっていく悲しみとを詠んだ。第三句は、「故郷今夜千里に思う」と読み、私は今夜、千里も遠い彼方《かなた》から、故郷を思っていると解する説もある。

作者　高適（?－七六五）。盛唐。滄州渤海（山東省）の人、字は達夫。年五十にして初めて詩を作ることを学び、たちまち名声を得た。官は成都の尹《いん》（長官）、刑部侍郎（法務次官）となり、渤海侯に封ぜられた。『高常侍集』八巻。

8 偶成《ぐうせい》　朱熹《しゅき》

少年《しょうねん》　老《お》い易《やす》く　学成《がくな》り　難《がた》し
一寸《いっすん》の　光陰《こういん》　軽《かろ》んず　可《べ》からず
（大上）未《いま》だ覚《さ》めず　池塘《ちとう》　春草《しゅんそう》の　夢《ゆめ》
階前《かいぜん》の　梧葉《ごよう》　已《すで》に　秋声《しゅうせい》

偶成

少●年○易●老●学●難○成◎
一●寸●光○陰○不●可●軽◎
未●覚●池○塘○春○草●夢●
階○前○梧○葉●已●秋○声◎

（平起式下平八庚韻）

現代語訳　青年は老い易く、学問は成就し難い。だからほんのちょっとした時間でも、いい加減にしてはいけない。池のほとりの土手に、春草が芽生え出した楽しい夢が、まだ覚めない中に、階前にある青桐の葉が落ちる、もう秋風を聞くようになった。

語釈　偶成＝たまたま出来た詩。ふと思い浮んで作った詩。少年＝青年。若者。日本語の「少年」より一世代上の層。一寸＝ほんのわずか。光陰＝時間。池塘＝ここは池のほとりの土手。階前＝階段の前。梧葉＝青桐の葉。**要旨・鑑賞**　時の立つのはまことに速い。だから少しの時間も惜しんで勉学に励まなくてはいけないことを詠んだ。**作者**　朱熹（朱子）。四一頁参照。

9 自詠《じえい》　呂洞賓《りょどうひん》

独《ひと》り　高楼《こうろう》に上《のぼ》りて　八都《はっと》を　望《のぞ》めば
墨雲《ぼくうん》　散《さん》じ尽《つ》くして　月輪《げつりん》　孤《こ》なり
（大上）茫茫《ぼうぼう》たる　宇宙《うちゅう》　人《ひと》　無数《むすう》
幾個《いくこ》の　男児《だんじ》か　是《こ》れ　丈夫《じょうふ》

自詠
独●上●高○楼○望●八●都◎
墨●雲○散●尽●月●輪○孤◎
茫○茫○宇●宙●人○無○数●
幾●個●男○児○是●丈●夫◎
（仄起式上平七虞韻）

現代語訳　独りで高楼に上って、八方を眺めると、黒い雲はすっかり消えて、月がぽつんと輝いている。はてしない宇宙には、人が数限りなくいるが、その中で幾人の男児が、しっかりした男であろうか。

語釈　八都＝八方。宇宙＝宇は四方上下。宙は往古今来。空間と時間。天地をいう。丈夫＝しっかりした男。

要旨・鑑賞　ただ独り高楼に登って八方を眺めると、黒雲は消え去って、孤月が中天に輝いている。この茫々とはてしない宇宙には、無数の人が住んでいるが、これらの中で、幾人が真の男児であろうかと嘆いた詩。作者の気概がひしひしと伝わってくる。

作者　呂洞賓（八七四頃在世）。晩唐。名は巌、洞賓は字。長安の人。進士に及第し、県令にもなったが、黄巣の乱後、終南山に隠棲《せい》し、その終わりを知らない。俗に八仙の人といわれ、百余歳で童顔であったという。

10　郷《きょう》に回《かえ》りて偶《たま》たま書《しょ》す　賀《が》知章《ちしょう》

少小《しょうしょう》にして　家《いえ》を離《はな》れ　老大《ろうだい》にして　回《かえ》る
郷音《きょういん》　改《あらた》まる無《な》きも　鬢毛《びんもう》　催《もよお》す
(大上)児童《じどう》　相見《あいみ》て　相《あい》　識《し》らず
笑《わら》って問《と》う　客《かく》は　何処《いずこ》より　来《きた》ると

回郷偶書

少●小●離○家○老●大●回◎
郷○音○無○改●鬢●毛○催◎
児○童○相○見●不●相○識●
笑●問●客●従○何○処●来◎

(仄起式上平十灰韻)

現代語訳　若いころ故郷を離れ、年をとってから帰って来た。お国なまりはいまも一こう改まらないが、鬢のあたりの毛が白くなった。子供たちは私と顔を合わせても、私のことが分からないし、私も子供たちのことが分からない。子供たちは笑いながら、お客さんは、どこからいらっしゃったのですかと、尋ねた。

語釈　偶書＝ふと思いつくままに書きつける。少小＝年小。年の若いこと。老大＝年をとる。回＝故郷に帰る。郷音＝お国なまり。鬢毛＝耳ぎわの髪の毛。催＝白髪まじりになること。児童＝子供。ここでは作者の一族の子供。相＝おたがいに。

要旨・鑑賞　作者が官を辞めて故郷へ帰った感慨を詠んだ。少年時代から老年期まで故郷を離れていたので、子供たちにもすっかり忘れられてしまった。

作者　賀知章（六五九―七四四）。盛唐。字は季真。越州永興（浙江省蕭山県）の人。李白を見い出した人で知られる。

11　峨眉山月《がびさんげつ》の歌《うた》　李白《りはく》

峨眉《がび》山月《さんげつ》　半輪《はんりん》の　秋《あき》
影《かげ》は　平羌江水《へいきょうこうすい》に　入《い》りて　流《なが》る
(中)夜《よる》　清渓《せいけい》を発《はっ》して　三峡《さんきょう》に　向《む》かう
君《きみ》を思《おも》えども　見《み》えず　渝州《ゆしゅう》に　下《くだ》る

峨眉山月歌

峨○眉○山○月●半●輪○秋◎
影●入●平○羌○江○水●流◎
夜●発●清○渓○向●三○峡●
思○君○不●見●下●渝○州◎

（平起式下平十一尤韻）

【現代語訳】　峨眉山上に半輪の秋の月がかかり、その月の光が平羌江の水の上に映って、流れているようだ。私は夜中に清渓を舟出して三峡に向かった。月を見たいと思ったが、見られないまま、重慶まで下って行った。

【語釈】　峨眉山＝四川省峨眉県の西にある山。半輪＝半月。平羌江＝青衣江の別名。峨眉山のふもとを流れ、楽山市で岷江に注ぐ。清渓＝楽山市の東南約八十キロにあった長江沿いの宿場町。三峡＝長江が四川省から湖北省に入る付近の峡谷。瞿塘《くとう》峡・巫《ふ》峡・西陵《りょう》峡をさす。渝州＝四川省重慶市。【要旨・鑑賞】　李白二十五歳ごろの作。夜故郷を旅立ち長江を下っていく李白の気持ちを詠んだ。【作者】　李白。三七頁参照。

12 金縷《きんる》の衣《い》　杜秋娘《としゅうじょう》

君《きみ》に勧《すす》む　惜《お》しむ莫《な》かれ　金縷《きんる》の衣《い》
君《きみ》に勧《すす》む　惜《お》しみ取《と》れ　少年《しょうねん》の時《とき》
(中)花《はな》　開《ひら》いて折《お》るに堪《た》えなば　直《ただ》ちに須《すべか》らく　折《お》るべし
花《はな》無《な》きを　待《ま》って　空《むな》しく枝《えだ》を折《お》る　莫《な》かれ

金縷衣
勧●君○莫●惜●金○縷●衣△
勧●君○惜●取●少●年○時◎
花○開○堪○折●直●須○折●
莫●待●無○花○空○折●枝◎
（平起式上平四支韻）

現代語訳　君に勧める。金縷の衣を惜しんではいけない。君に勧める。少年の時を惜しめよと。花が咲いて折るに適当になったら、直ぐにぜひ折るがよい。花が無くなったのを待って、わけもなく枝を折るようなことはするな。

語釈　金縷衣＝金糸で織った衣。立派な着物。　要旨・鑑賞　金縷の衣は惜しむに足りない。惜しむべきは、二度と返らない少年時代である。歳月は人を待たず。少年の空しく老い易きことを嘆いて詠んだ。

作者　杜秋娘（生没年不詳）。中唐。娼《しょう》家に生まれ、十五歳で李綺《き》の妻となり、後に王子の傅《ふ》母（もりやく）となった。数奇な人生を送った女流作家。金陵（南京）の人。

13 出塞《しゅっさい》　王之渙《おうしかん》

黄河《こうが》　遠《とお》く上《のぼ》る　白雲《はくうん》の　間《かん》
一片《いっぺん》の　孤城《こじょう》　万仞《ばんじん》の　山《やま》
(中) 羌笛《きょうてき》　何《なん》ぞ須《もち》いん　楊柳《ようりゅう》を　怨《うら》むを
春光《しゅんこう》　度《わた》らず　玉門《ぎょくもん》　関《かん》

出塞
黄○河○遠●上●白●雲○間◎
一○片●孤○城○万●仞●山◎
羌○笛●何○須○怨●楊○柳●
春○光○不●度●玉●門○関◎
（平起式上平十五刪韻）

現代語訳　黄河を遥か遠くまでさか上って、白雲のたなびく辺りに、ポツンと一つの孤城がそそり立つ山の所にある。別れの曲を羌笛がどうして吹くのか。「折楊柳」がうらめしい。ここ西の果ての玉門関までは、春の光がやって来ないのだから。

語釈　出塞＝「塞」はとりで。とりでを出てさらに異国に征伐に行くこと。楽府《がふ》の題名。涼州（甘粛省武威県）あたりの民謡的なメロディーに合わせて作った歌詞。「涼州詞」ともいう。遠上＝黄河は崑崙《こんろん》山脈に源を発し、西にさか上って行くにつれ地勢が高くなる。一片＝一つ。万仞＝一仞は八尺、一尺は三一・一センチ。非常に高いこと。羌笛＝羌は西方の異民族。楊柳＝折楊柳。別れのときに吹く曲の名。玉門関＝敦煌《とんこう》の西。中国から西域に向かう国境にある関所。**要旨・鑑賞**　遠く故郷を離れて異郷にいる兵士の、悲痛な気持ちを詠んだ。春の来ない玉門関には「折楊柳」はうらめしい。**作者**　王之渙（六八八―七四二）。盛唐。字は季陵、絳郡（山西省）あるいは薊門（河北省）の人。俠気に富み、酒を好む。中年目覚めて詩文に励み、十年にして名声を揚げた。王昌齢・高適と親交。

14 **春夜《しゅんや》洛城《らくじょう》に笛《ふえ》を聞《き》く**　**李白《りはく》**

誰《た》が家《いえ》の　玉笛《ぎょくてき》か　暗《あん》に声《こえ》を　飛《と》ばす
散《さん》じて　春風《しゅんぷう》に入《い》りて　洛城《らくじょう》に　満《み》つ
(中)此《こ》の夜《よ》　曲中《きょくちゅう》　折柳《せつりゅう》を　聞《き》く
何人《なんぴと》か　故園《こえん》の情《じょう》を　起《お》こさ　ざらん

春夜洛城聞笛

誰○家○玉●笛●暗●飛○声◎
散●入●春○風○満●洛●城◎
此●夜●曲●中○聞○折●柳●
何○人○不●起●故●園○情◎

(平起式下平八庚韻)

現代語訳　誰の家の美しい笛か。どこからともなく聞こえて来る。それが春風に乗って洛陽の町中に響き渡る。この夜吹く曲の中に、折楊柳の曲を聞いたが、この曲を聞いて、いったい誰が故郷を思う切ない気持ちを起こさないものがあろうか。

語釈　洛城＝洛陽城。河南省洛陽市。城は町の周囲をかこんだ城壁。東都ともいう。玉笛＝美しい笛。暗＝どこからともなく。一説、夜の暗がりの中に。折柳＝「折楊柳」という曲名。離別の時に奏《かな》でる曲。旅立つ人に、楊柳の枝を折って餞《はなむけ》とする。「蛍の光」のようなもの。故園情＝故郷を思う心。要旨・鑑賞　李白三十四、五歳ごろの作。この詩は、山西の太原に遊んでの帰り、洛陽に滞在しているとき、たまたま「折楊柳」の曲を聞いて、望郷の念にかられて詠んだ。作者　李白。三七頁参照。

15 酒《さけ》に対《たい》す　白居易《はくきょい》

蝸牛《かぎゅう》角上《かくじょう》　何事《なにごと》をか　争《あらそ》う
石火《せっか》光中《こうちゅう》　此《こ》の身《み》を　寄《よ》す
(中)富《とみ》に　随《したが》い　貧《ひん》に随《したが》い　且《しばら》く　歓楽《かんらく》せん
口《くち》を開《ひら》いて　笑《わら》わざるは　是《こ》れ　癡人《ちじん》

対酒
蝸○牛○角●上●争○何○事●
石●火●光○中○寄●此●身◎
随○富●随○貧○且●歓○楽●
不○開○口●笑●是●癡○人◎
（平起式上平十一真韻）

現代語訳　世間の人は、カタツムリの角《つの》の上のような小さい世界で、一体何を争うのか。火打ち石を打って出る火花のように、はかないこの世に人は身を寄せる。富んでいようが貧しかろうが、それなりにまぁ楽しもう。大きな口を開けて笑わないなんて、大馬鹿野郎だ。

語釈　蝸牛＝カタツムリ。「蝸牛角上」は、『荘子』の則陽篇《へん》の寓話の語。カタツムリの左右の角《つの》の左に触氏、右に蛮氏という国があって、互いに激しく争った。小さな世界にとらわれて、大局を失うたとえ。石火＝火打ち石を打って出る火。極めてわずかな時間の例。且＝まぁ。開口笑＝大きく口を開けて笑う。『荘子』の「盗跖《とうせき》篇」に、「病瘦・死喪・憂患を除き、その中に口を開いて笑うは、一月の中四五日に過ぎざるのみ。」とある。癡人＝愚か者。

要旨・鑑賞　白居易五十八歳ごろの作。人生は短いのだから、貧富にかかわらず、愉快に過ごせ。

作者　白居易。九九頁参照。

16 絶句《ぜっく》 杜甫《とほ》

両箇《りょうこ》の 黄鸝《こうり》 翠柳《すいりゅう》に 鳴《な》き
一行《いっこう》の 白鷺《はくろ》 青天《せいてん》に 上《のぼ》る
(中)牕《まど》には 含《ふく》む 西嶺《せいれい》千秋《せんしゅう》の 雪《ゆき》
門《もん》には 泊《はく》す 東呉《とうご》万里《ばんり》の 船《ふね》

絶句
両● 箇● 黄○ 鸝○ 鳴○ 翠● 柳●
一● 行○ 白● 鷺● 上● 青○ 天◎
牕○ 含○ 西○ 嶺● 千○ 秋○ 雪●
門○ 泊● 東○ 呉○ 万● 里● 船◎

（仄起式下平一先韻）

現代語訳 二羽のウグイスが、緑の柳に鳴いている。一列になって白鷺が、青空を飛んで行く。窓には西嶺の万年雪が、まるで嵌《は》め込んだように見え、門には、東方の呉から遥々万里も航海して来た船が泊っている。

語釈 両箇＝二つ。黄鸝＝コウライウグイス。一行＝一列。西嶺＝成都の西方にある嶺。千秋＝千年。永久。門＝杜甫草堂の東側にある万里橋。ここは船泊まりで、東方へ向かう船はみなここに集まる。東呉＝東方の呉の地方。現在の江蘇省。万里船＝東方の呉から万里もの航行をしてきた船。**要旨・鑑賞** 広徳二年（七六四）、杜甫五十三歳の作。この詩は、前半、後半ともに、対句をなしている。数字と、色と、方角を表わす修飾語が十一か所もあり、まるで一幅の絵画のようである。**作者** 杜甫。三五頁参照。

17 湖上《こじょう》に飲《いん》す、初《はじ》め晴《は》れ後《のち》に雨《あめ》ふる　蘇軾《そしょく》

水光《すいこう》　瀲灩《れんえん》として　晴《は》れて方《まさ》に　好《よ》し
山色《さんしょく》　空濛《くうもう》として　雨《あめ》も亦《ま》た　奇《き》なり
(中)西湖《せいこ》を　把《と》って　西子《せいし》に比《ひ》せんと　欲《ほっ》すれば
淡粧《たんしょう》　濃抹《のうまつ》　総《す》べて　相宜《あいよろ》し

湖上飲初晴後雨
水●光○瀲●灩●晴○方○好●
山○色●空○濛○雨●亦●奇◎
欲●把●西○湖○比●西○子●
淡○粧○濃○抹●総●相○宜◎

（平起式上平四支韻）

現代語訳　水の光がさざ波に浮んで、晴れ渡った今こそすばらしい。一方、山の色がぼうっとぼやけた雨の景色も、またすてきだ。晴れでも雨でも美しい西湖の姿を、越の美人西施《せいし》に譬えて見るならば、薄化粧も厚化粧も、すべてどちらもよい。

語釈　湖上＝西湖のほとり。西湖は浙江省杭州市の西にあって、風光明媚《び》な名勝地。瀲灩＝さざ波をたたえているさま。方＝今こそ。空濛＝ぼんやりとかすむさま。奇＝きわだってすばらしい。西子＝西施。春秋時代の越の美人。呉王夫差に愛され、呉が滅びる一因となった。淡粧＝薄化粧。濃抹＝厚化粧。相宜＝どちらもよい。要旨・鑑賞　熙寧六年（一〇七三）、蘇軾三十八歳の作。杭州通判在中、西湖に遊んで作った。第一句は踏落し。作者　蘇軾（一〇三六―一一〇一）。宋。字は子瞻《せん》。眉《び》山（四川省）の人。唐宋八大家の一人。父蘇洵《じゅん》（一〇〇九―一〇六六）、弟蘇轍《てつ》（一〇三九―一一一二）とともに三蘇といわれる。

18　海《うみ》に泛《うか》ぶ　王守仁《おうしゅじん》

険《けん》夷《い》原《もと》　胸中《きょうちゅう》に　滞《とどこお》らず
何《なん》ぞ　浮雲《ふうん》の　太空《たいくう》を過《す》ぐるに　異《こと》ならんや
(中)夜《よる》　静《しず》かに　海濤《かいとう》　三万里《さんまんり》
月明《げつめい》　錫《しゃく》を飛《と》ばして　天風《てんぷう》に　下《くだ》る

泛海
険●夷○原○不●滞●胸○中◎
何○異●浮○雲○過●太●空◎
夜●静●海●濤○三○万●里●
月●明○飛○錫●下●天○風◎

（平起式上平一東韻）

【現代語訳】　順境と逆境などは本来、胸中にわだかまっていない。どうして浮き雲が、大空を過ぎるのに違うか。静かな夜、大波が三万里もうねっている中に、明らかな月に照らされて、錫杖を手にして大空の風に乗って降る。

【語釈】　険夷＝けわしい所と平らな所。ここは人生の順境と逆境。原＝もともと。本来。不滞＝わだかまりがない。こだわらない。海濤＝海の大波。錫＝錫杖。僧侶や道士などが用いる杖。「飛錫」は錫杖を手にして。下天風＝大空を風に乗って降る。【要旨・鑑賞】　王陽明三十六歳の作。明の武宗の初政に、宦官劉瑾《りゅうきん》が政権を壟断《ろうだん》していたので、諫官戴銑《たいせん》・薄彦徽《はくげんき》らが帝に諫言したところ、詔獄に下ったので、陽明が上奏文で直言したところ、竜場に左遷された。行く途中、二十年前、結婚式の日、鉄柱宮であった道士にあい、占《うらない》の結果、竜場へ行くことにしたその時の心境を詠んだ。【作者】　王守仁（一四七二―一五二八）。明。理学者。名は守仁、字は伯安、陽明は号。陽明学派の祖。

19 **山中対酌《さんちゅうたいしゃく》**　**李白《りはく》**

両人《りょうにん》　対酌《たいしゃく》　山花《さんか》　開《ひら》く
一杯《いっぱい》　一杯《いっぱい》　復《ま》た　一杯《いっぱい》
(下)我《われ》　酔《よ》うて眠《ねむ》らんと欲《ほっ》す　君《きみ》且《しばら》く　去《さ》れ
明朝《みょうちょう》　意《い》あらば　琴《こと》を抱《いだ》いて　来《きた》れ

山中対酌
両●人○対●酌●山○花○開◎
一●杯○一●杯○復●一●杯◎
我●酔●欲●眠○君○且●去●
明○朝○有●意●抱●琴○来◎
(平起式上平十灰韻)

現代語訳　二人が向かい合って酒を汲み交わし、山の花が咲いている。一杯、一杯、また一杯と、杯を重ねる中に、おれは酔って眠くなった。君はまぁ、ちょっとあっちへ行ってよ。明朝気が向いたら、又琴を持って来ておくれ。

語釈　両人＝作者と幽人。「幽人」は世俗をきらって山の中に住んでいる人。本集には「山中ニテ与二幽人一対酌ス」とある。復＝何度も。且＝まぁ。ちょっと。有意＝その気があるなら。琴＝中国古来の楽器。古くは五絃。東周以後は七絃となる。要旨・鑑賞　山花の中、幽人と楽しく酒を飲み交わしているさまを詠んだ。第二句が平仄を踏んでいないので、古詩とする説もあるが、七絶に入れておく。作者　李白。三七頁参照。

20 山行《さんこう》　杜牧《とぼく》

遠《とお》く寒山《かんざん》に登《のぼ》れば　石径《せっけい》斜《なな》めなり
白雲《はくうん》生《しょう》ずる処《ところ》　人家《じんか》有《あ》り
(下)車《くるま》を停《とど》めて坐《そぞ》ろに愛《あい》す　楓林《ふうりん》の晩《くれ》
霜葉《そうよう》は　二月《にげつ》の花《はな》よりも　紅《くれない》なり

山行
遠●上●寒○山○石●径●斜◎
白●雲○生○処●有●人○家◎
停○車○坐●愛●楓○林○晩●
霜○葉●紅○於○二●月●花◎
（仄起式下平六麻韻）

現代語訳　遥か遠くもの寂しい山に登って行くと、石ころが斜めに続いている。あの白雲が生じているあたりに、人家が見える。車を止めさせて、なんとなく楓の林の夕暮の景色を愛《め》で眺めた。霜で紅葉した楓の葉は、春二月ごろ咲く花よりも、一そう赤くなっている。

語釈　寒山＝ものさびしい山。晩秋になり木の葉が枯れ落ちた山。石径＝小石のごろごろした山道。生処＝白雲が湧《わ》き上っているところ。坐＝なんとなく。楓林＝かえでの林。霜葉＝霜で紅葉した木の葉。二月花＝桃の花。陰暦の二月は春の盛り。**要旨・鑑賞**　晩秋の夕方、寒山に登り紅葉を心ゆくまでながめ、その美しさを詠んだ。**作者**　杜牧（八〇三―八五二）。晩唐。字は牧之。号は樊《はん》川。京兆万年（陝西省西安市）の人。二十六歳の若さで官吏登用試験、科挙に合格したが、その後の役人生活はあまり恵まれなかった。書や絵画にも優れていた。

〔二〕五言絶句

21 鸛鵲楼《かんじゃくろう》に登《のぼ》る　王之渙《おうしかん》

白日《はくじつ》　山《やま》に依《よ》って　尽《つ》き
黄河《こうが》　海《うみ》に入《い》って　流《なが》る
(大上)千里《せんり》の　目《め》を　窮《きわ》めんと　欲《ほっ》し
更《さら》に　上《のぼ》る　一層《いっそう》の　楼《ろう》

登鸛鵲楼
白●日●依○山○尽●
黄○河○入●海●流◎
欲●窮○千○里●目●
更●上●一●層○楼◎

（仄起式下平十一尤韻）

現代語訳　夕日が山なみに沿いながら沈んで行き、黄河が海に流れ込まんばかりの勢いで流れ下る。この雄大な眺めを千里の向こうまで窮めようと、更にもう一階上へ上った。

語釈　鸛鵲楼＝山西省永済県の西南にある三層の楼。黄河が北から流れて、大きく東に流れるその屈曲点にある。前には中条山を望み、唐代の詩人が多くここに遊んだ風光明媚《び》の地。**白日**＝照りかがやく太陽。ここは夕日。**依山尽**＝夕日が山なみに沿いながら沈んでゆく。**入海流**＝この楼から海は見えないから、黄河が勢いよく流れているさまを示したもの。**千里目**＝はるか遠くを見渡す眺め。**一層楼**＝もう一階上の楼。

要旨・鑑賞　鸛鵲楼から見た雄大な中国の風景を詠んだ。この詩は、全対格であり、さらに三、四句は流水対である。**作者**　王之渙。一四頁参照。

22 **絶句《ぜっく》** **杜甫《とほ》**

江碧《こうみどり》にして　鳥《とり》逾《いよ》いよ　白《しろ》く
山青《やまあお》くして　花《はな》　然《も》えんと　欲《ほっ》す
(中)今春《こんしゅん》　看《みす》みす　又《また》　過《す》ぐ
何《いず》れの　日《ひ》か　是《こ》れ帰年《きねん》　ならん

絶句

江○碧●鳥●逾○白●
山○青○花○欲●然◎
今○春○看●又●過●
何○日●是●帰○年◎

（仄起式下平一先韻）

［現代語訳］　錦江の水は深い緑色に澄み、水鳥はますます白く見える。山は青くして花は燃えんばかりに真っ赤である。今年の春もみるみる中に過ぎ去って行く。一体、何時になったら故郷に帰れるであろうか。

［語釈］　江＝成都を流れる錦江（揚子江の支流）。碧＝深いみどり。看＝みるみるうちに。あっという間に。

［要旨・鑑賞］　春の美しい景色を見て、故郷へ帰りたい強い思いを詠んだ。この詩は広徳二年（七六四）、杜甫五十三歳の時の作である。成都の郊外の地で春を迎え、この感想を詠んだ二連作の第二首である。前二句は叙景、後二句は叙情と、絶句の典型的な詩である。一・二句は典型的な対句をなしている。「又」の一字には、去年もそうだったが今年も空しく過ぎる、来年もそうであろうかとの意が含まれている。翌永泰元年（七六五）、成都節度使の厳武が死んだので、杜甫は成都を離れた。［作者］　杜甫。三五頁参照。

23 静夜思《せいやし》　　李白《りはく》

牀前《しょうぜん》　月光《げっこう》を　看《み》る
疑《うたが》うらくは　是《こ》れ　地上《ちじょう》の　霜《しも》かと
(中)頭《こうべ》を　挙《あ》げて　山月《さんげつ》を　望《のぞ》み
頭《こうべ》を　低《た》れて　故郷《こきょう》を　思《おも》う

静夜思
牀○前○看●月●光◎
疑○是●地●上●霜◎
挙●頭○望●山○月●
低○頭○思○故●郷◎
（平起式下平七陽韻）

【現代語訳】　寝台の前にさし込む月の光を見て、これは地上に降った霜でないかと疑った。頭を上げて山の端《は》にかかっている月を眺めている中に、知らず識らず頭が垂れて、故郷が思われる。

【語釈】　静夜思＝静かな夜の思い。楽府《がふ》である。牀前＝ねどこの前の床。疑＝疑うことには。

【要旨・鑑賞】　李白が他郷にあって、静かな秋の夜、ふと眺めた月光によって、懐しい故郷に思いを馳《は》せる心の動きを詠んだ。李白三十一歳の時、安陸（湖北省）の小寿山にいたときの作。この詩は、始めは無心で、終わりは有心。景から情に入っている。起句から結句に至る情景の動きが極めて自然で、一点の作為もない。全く意を用いない作である。第二、第三句の平仄が規則にはずれているので、五言古詩と呼ぶべきであるが、『唐詩選』は五言絶句に分類している。【作者】　李白。三七頁参照。

24 **春暁《しゅんぎょう》** **孟浩然《もうこうねん》**

春眠《しゅんみん》 暁《あかつき》を 覚《おぼ》えず
処処《しょしょ》 啼鳥《ていちょう》を 聞《き》く
(下)夜来《やらい》 風雨《ふうう》の声《こえ》
花落《はなお》つること 知《し》んぬ多少《たしょう》ぞ

春暁
春○眠○不●覚●暁●
処●処●聞○啼○鳥◉
夜●来○風○雨●声○
花○落●知○多○少◉

(平起式上声十七篠韻)

[現代語訳] 春の眠りはうつらうつらとして、夜の明けたのも気づかない。あちらこちらで鳥が鳴くのが聞こえて来る。夕べは風雨の声がしていたが、花はどのぐらい散ったかしら。

[語釈] 春眠＝こころよい春の眠り。不覚＝気づかない。処処＝あちこちで。聞＝自然に聞こえてくる。注意して聞くのは「聴」。啼鳥＝ないている鳥の声。夜来＝夕べ、昨夜。「来」は助字で意味がない。知多少＝どれほどかしら。きっとたくさん散ったであろうな。[要旨・鑑賞] のどかな春の朝の景を叙し、ゆく春を惜しむ気持ちを詠んだ。[作者] 孟浩然（六六九―七四〇）。盛唐。名は浩、字は浩然。襄陽（湖北省）の人。節義に厚くよく人の患難を救った。官途は一生恵まれなかった。五言の山水に優れ、王維と並び称された。

25 **鹿柴《ろくさい》**　**王維《おうい》**

空山《くうざん》　人《ひと》を　見《み》ず
但《た》だ　人語《じんご》の響《ひびき》を　聞《き》くのみ
(下)返景《へんけい》　深林《しんりん》に入《い》り
復《ま》た　青苔《せいたい》の　上《うえ》を　照《て》らす

鹿柴
空○山○不●見●人○
但●聞○人○語●響◉
返●景●入●深○林○
復●照●青○苔○上◉

(平起式上声二十二養韻)

現代語訳　もの寂しい山には、人の姿が見えない。ただ人の話す響きだけが聞こえる。夕日の照り返しが深林にさし込んで、再び青苔の上を照らしている。

語釈　鹿柴＝輞川《もうせん》二十景の一つ。鹿の柵の意味。別に鹿を飼っていたのではなく、その場所が野生の鹿なども来るので、自然に鹿柴のような感じがするので、こう名づけた。空山＝人気のないものさびしい山。返景＝夕日の光。日が西に傾くと光は返って東を照らす。これを返景という。復＝ふたたび。朝照らして夕方も照らす。

要旨・鑑賞　王維が広い別荘の中で、自適している生活の一コマを詠んだ。この詩は後半がすばらしい。一幅の絵のようである。画家としての王維の才能が伺える。

作者　王維。一〇七頁参照。

26 江雪《こうせつ》　柳宗元《りゅうそうげん》

千山《せんざん》　鳥《とり》飛《と》ぶこと　絶《た》え
万径《ばんけい》　人蹤《じんしょう》　滅《めっ》す
(下)孤舟《こしゅう》　蓑笠《さりゅう》の　翁《おきな》
独《ひと》り釣《つ》る　寒江《かんこう》の　雪《ゆき》

江雪
千山鳥飛絶
万径人蹤滅
孤舟蓑笠翁
独釣寒江雪

（平起式入声九屑韻）

【現代語訳】　多くの山々に飛ぶ鳥の影は絶え、どの小道も人の足跡が消えてしまった。ただ一そうの小舟に、蓑笠《みのかさ》を着けている老人が、一人で雪の降る川面で釣り糸を垂らしている。

【語釈】　千山＝多くの山々。万径＝すべての小道。人蹤＝人の足あと。蓑笠＝みのとかさ。寒＝さむざむとした。

【要旨・鑑賞】　孤独な作者の境遇と、孤独に耐える作者の心を、一幅の画に託して詠んだ、第一句の「絶」も押韻している。

【作者】　柳宗元（七七三―八一九）。中唐。字は子厚。河東（山西省）の人。長安で生まれ育った。少年の時から神童の誉れ高く、二十一歳の若さで進士に及第。しかし役人としては不遇で、順宗の親任を得たが、退位とともに挫《ざ》折し、柳州（江西省）刺史に左遷され亡くなる。韓愈とともに古文復興に力を尽くした。

27 竹里館《ちくりかん》　王維《おうい》

独《ひと》り　幽篁《ゆうこう》の裏《うち》に　坐《ざ》し
弾琴《だんきん》　復《ま》た　長嘯《ちょうしょう》
(下)深林《しんりん》　人《ひと》　知《し》らず
明月《めいげつ》　来《きた》って　相《あい》　照《て》らす

竹里館
独●坐●幽○篁○裏●
弾○琴○復●長○嘯◉
深○林○人○不●知○
明○月●来○相○照◉

(仄起式去声十八嘯韻)

現代語訳　ただ独り奥深い竹林の中に座って、琴を弾《ひ》いたり、長嘯《しょう》したりしている。深い林の中のこの楽しみは誰も分からない。明月が上って照らしている。

語釈　竹里館＝輞川《もうせん》の別荘二十景の一つ。竹林の中にある館という意味。輞川は陝西省の長安の南、藍《らん》田にある。幽篁裏＝奥深い竹藪《やぶ》の中。「裏」は「うち」と読み、中の意味。琴＝日本のと違って小型。長さ三尺六寸、幅六寸、弦は古くは五弦。東周以後七弦。復＝「而」と同じ。「そして」。琴をひいたり。長嘯＝口をすぼめて声を長く引いて歌う。人不知＝世間の人は知るまい。相照＝「相」は互いにの意味ではなく、接頭語。

要旨・鑑賞　竹林の奥深いところで、独り静かに琴を弾いたり、詩を吟じたりしているさまを詠んだ。

作者　王維。一〇七頁参照。

28 胡隠君《こいんくん》を尋《たず》ぬ　高啓《こうけい》

水《みず》を渡《わた》り　復《ま》た水《みず》を　渡《わた》る
花《はな》を看《み》　還《ま》た　花《はな》を　看《み》る
(大)春風《しゅんぷう》　江上《こうじょう》の　路《みち》
覚《おぼ》えず　君《きみ》が家《いえ》に　到《いた》る

尋胡隠君
渡●水●復●渡●水●
看●花○還○看●花◎
春○風○江○上●路●
不●覚●到●君○家◎
（仄起式下平六麻韻）

現代語訳　川を渡り、また川を渡り、花を見、また花を見ながら、春風の吹く川沿いの路を、何時の間にか、君の家に来てしまった。

語釈　胡隠君＝胡という姓の隠者。隠君は隠者の敬称。花＝桃の花であろうが、外に海棠《かいどう》、李《すもも》、梨《なし》、杏《あんず》なども考えられる。早春なら梅の花かも知れない。看＝本来は、手をかざして遠方を見る意。見ると同じ。還＝本来は、ぐるりと回ってもとに戻る意。ここは「復」と同じ。また。さらに。江上＝川のほとり。不覚＝いつの間にか。君家＝胡隠者の家。**要旨・鑑賞**　うららかな江南地方の春景色にさそわれて、花や水を楽しんでいるうちに、いつの間にか胡隠君の家に着いていた、というのどかな風景と心境を詠んだ。

作者　高啓（一三三二―一三七〇）。明。字は季迪《きてき》、長州（江蘇省蘇州）の人。博学で史書を好んだ。官は戸部侍郎にまでなる。

三 七言律詩

29 黄鶴楼《こうかくろう》　崔顥《さいこう》

昔人《せきじん》 已《すで》に 黄鶴《こうかく》に乗《の》りて 去《さ》り
此《こ》の地《ち》 空《むな》しく余《あま》す 黄鶴《こうかく》 楼《ろう》
(中)黄鶴《こうかく》 一《ひと》たび去《さ》りて 復《ま》た 返《かえ》らず
白雲《はくうん》 千載《せんざい》 空《むな》しく 悠悠《ゆうゆう》
(大上)晴川《せいせん》 歴歴《れきれき》たり 漢陽《かんよう》の 樹《じゅ》
芳草《ほうそう》 萋萋《せいせい》たり 鸚鵡《おうむ》 洲《しゅう》
(下)日暮《にちぼ》 郷関《きょうかん》 何《いず》れの処《ところ》か 是《こ》れなる
煙波《えんぱ》 江上《こうじょう》 人《ひと》をして 愁《うれ》え しむ

黄鶴楼

昔●人○已●乗○黄○鶴●去●
此○地●空○余○黄○鶴●楼◎
黄○鶴●一●去●不●復●返●
白●雲○千○載●空○悠○悠◎
晴○川○歴●歴●漢○陽○樹●
芳○草●萋○萋○鸚○鵡●洲◎
日○暮●郷○関○何○処●是●
煙○波○江○上●使●人○愁◎

(平起式下平十一尤韻)

現代語訳　昔の奇妙な老人は、もう黄色い鶴に乗って去ってしまい、今、この地は空しく黄鶴楼だけが残っている。黄鶴が一たび去ると、再び返って来ない。白雲だけが千年の昔から、わけもなくゆったりと浮かんでいる。晴れ渡った揚子江の向こう岸には、くっきりと漢陽の街の木々が見え、中洲には香しい草花が盛んにおい茂っている鸚鵡洲がある。日が暮れて故郷は何処であるかわからなくなった。夕もやが立ちこめる揚子江のほとりで、私に望郷の愁いをさせる。

語釈 黄鶴楼＝湖北省武漢市（武昌）の西南にあって、揚子江を望む楼。この楼には伝説がある。むかし奇妙な老人が、この地の酒屋辛《しん》氏のところへやって来て、長いことただで酒を飲ませてくれたお礼に、壁に黄橘《こうきつ》で黄鶴を描いた。この黄鶴は手をたたくと舞いを舞うので、大評判となり、辛氏の店は大繁盛した。十年後この老人が再びやって来、酒代の支払いがつぐなえたのを見て、その鶴に乗ってどこかへ飛び去ってしまった。辛氏はそれを記念して、楼を建て、黄鶴楼と名づけた。（『報応録』〈唐代〉）千載＝千年。悠悠＝ゆったりと。晴川＝晴れわたっている川。歴歴＝はっきりと見えるさま。漢陽＝武昌の対岸にある町。現在、武昌と漢口で武漢市となっている。芳草＝かおりのよい草。萋萋＝盛んに生い茂る。鸚鵡洲＝武昌の西南にある揚子江の中洲の名。後漢末、魏《ぎ》の黄祖が江夏の大守であった時、「鸚鵡賦」を作って有名な文人禰衡《でいこう》を、ここで殺した。それにちなんで名づけた。時に禰衡は二十六歳。郷関＝故郷。何処＝どのへんか。煙波＝江上にたちこめているもや。**要旨・鑑賞** 黄鶴楼で、その伝説を思い、昔を偲《しの》び、自然の悠久さに比べ、人間世界のはかなさを嘆き、思わず故郷の恋しさに心打たれて詠んだ。不作意の詩として高く評価されている。黄鶴楼は立派に再建された。**作者** 崔顥（七〇四—七五四）。盛唐。字は不詳。汴《べん》州（河南省開封市）の人、開元十一年（七二三）の進士、酒と賭博《とばく》を好み軽薄な詩を作ったが、晩年は格調の高い詩になった。この詩は李白も絶賛した。

30 蜀相《しょくしょう》　杜甫《とほ》

丞相《じょうしょう》の　祠堂《しどう》　何《いず》れの処《ところ》にか　尋《たず》ねん
錦官《きんかん》　城外《じょうがい》　柏《はく》　森森《しんしん》
(下)階《かい》に　映《えい》ずる碧草《へきそう》は　自《おのずか》ら　春色《しゅんしょく》
葉《は》を隔《へだ》つる　黄鸝《こうり》は　空《むな》しく　好音《こういん》
(大上)三顧《さんこ》　頻繁《ひんぱん》　天下《てんか》の　計《けい》
両朝《りょうちょう》　開済《かいさい》す　老臣《ろうしん》の　心《こころ》
(中)出師《すいし》　未《いま》だ捷《か》たざるに　身《み》先《ま》ず　死《し》し
長《とこしな》えに　英雄《えいゆう》をして　涙《なみだ》　襟《えり》に　満《み》たしむ

蜀相

丞○相●祠○堂○何○処●尋◎
錦●官○城○外●柏●森○森◎
映●階○碧●草●自●春○色●
隔●葉●黄○鸝○空○好●音◎
三○顧●頻○繁○天○下●計●
両●朝○開○済●老●臣○心◎
出●師○未●捷●身○先○死●
長○使●英○雄○涙●満●襟◎

(仄起式下平十二侵韻)

現代語訳　蜀の丞相諸葛孔明を祭っている堂は何処に尋ねたらよいのだろうか。成都城外のコノテガシワの木々が、こんもりと茂っている所だ。祠堂の階段に緑色に映っている草は、春が来れば自然と春の装いになり、葉かげで鳴いているウグイスは、空しく美しい声でさえずっている。劉備は三度も頻繁に孔明を尋ね、天下を治める策を計った。これに心を動かされた孔明は、劉備・劉禅の二代に仕え、創業と守成と老臣の誠を尽くしたが、魏討伐の軍を出して、まだ戦いに勝たない中に、その身は先に死んでしまい、永久に後世の英雄たちを、悲痛の涙で襟を濡《ぬ》らさせる。

語釈 蜀相＝蜀の宰相諸葛亮（一八一―二三四）、字は孔明。丞相＝宰相。祠堂＝ほこら。武侯祠。錦官城＝成都。錦官は錦を司《つかさど》る官の名。成都を流れる錦江で生糸を晒《さら》して錦を作った。成都は錦の産地である。柏＝コノテガシワ。檜の一種。黄鸝＝コウライウグイス。三顧＝劉備が三たび亮の草堂を訪ねて出馬を求めた。両朝＝劉備と後主劉禅の二代。開済＝創業と守成。劉備と国の基礎を開き、劉禅を補佐して、よく国を治めたこと。出師＝出兵。

杜甫草堂入口

要旨・鑑賞 上元元年（七六〇）、杜甫四十九歳の作。この前年、杜甫は華州（陝西省華県）地方の飢饉のため、官を捨てて旅に出た。放浪の後、上元元年、成都節度使の厳武の招きによって、成都（四川省成都市）へ赴き、厳武の推薦で工部員外郎となり、成都の郊外にある浣花渓に草堂を建てて住んだ。これが浣花草堂である。家の周囲には、竹や桃、その他の果樹を植え、畑を耕し、農民たちとも往来し、酒を飲み、詩を詠み、一生の中、最も平和な生活を送った。この生活も永泰元年（七六五）、厳武が亡くなり、蜀地方が乱れたので成都を去った。詩の前半は、祠堂の光景、後半は孔明の事蹟を述べて、懐を寄せている。杜律中の傑作である。**作者** 杜甫。三五頁参照。

四 五言律詩

31 春望《しゅんぼう》　杜甫《とほ》

国破《くにやぶ》れて　山河《さんが》　在《あ》り
城春《しろはる》にして　草木《そうもく》　深《ふか》し
(中)時《とき》に　感《かん》じては　花《はな》にも涙《なみだ》を　濺《そそ》ぎ
別《わか》れを　恨《うら》んでは　鳥《とり》にも心《こころ》を　驚《おどろ》かす
(大上)烽火《ほうか》　三月《さんげつ》に　連《つら》なり
家書《かしょ》　万金《ばんきん》に　抵《あた》る
白頭《はくとう》　掻《か》けば　更《さら》に　短《みじか》く
渾《す》べて　簪《しん》に　勝《た》えざらんと　欲《ほっ》す

春望
国●破●山○河○在●
城○春○草●木●深◎
感●時○花○濺●涙●
恨●別●鳥●驚○心◎
烽○火●連○三○月●
家○書○抵●万●金◎
白●頭○掻○更●短●
渾○欲●不●勝○簪◎

(仄起式下平十二侵韻)

現代語訳　国都長安の町は破壊され、山や川だけが残っている。荒れ果てた町にも春が訪れて、草や木が深々と茂っている。戦乱の嘆かわしい時を思うと、花を見ても涙が流れ、家族との別れを悲しんでは、鳥の声にもハッと心を驚かせる。戦いののろしは三か月も長く続き、家族からの便りは万金にも値する。白頭をかけばかく程短くなり、全く冠を留めるピンも挿せなくなりそうだ。

語釈　春望＝春のながめ。国破＝国都長安が破れたこと。山河在＝山や河は昔のままの姿である。城＝長安の町。時＝時勢。烽火＝のろし。三月＝三か月。家書＝家族からの手紙。抵＝相当する。値する。簪＝男子が冠をつけた時、それを留めるピン。

要旨・鑑賞　杜甫四十六歳の作。安禄山に破られた都長安を見ての感懐を詠んだ。玄宗皇帝の天宝十四年（七五五）、安禄山の乱が起こり、首都長安は占領され、玄宗皇帝は蜀（成都）へ行幸。粛宗が代わって即位された。これを聞いた杜甫は家族を残して、単身粛宗の行宮《あんぐう》に向かったが、その途中で反乱軍に捕えられ長安で幽閉された。その二年目至徳二年（七五七）、幽閉中の作である。

作者　杜甫（七一二―七七〇）。盛唐の大詩人。字は子美、襄州襄陽（湖北省襄陽県）の人。少陵と号し、後にその役名から杜工部とも呼ばれた。東都洛陽に近い鞏《きょう》県（河南省）に生まれた。遠祖に晋の名将杜預（『春秋左氏伝』に注釈を加えた学者）をもつ。祖父は初唐の優れた詩人、杜審言《しんげん》である。父は杜閑《かん》。七歳ごろから詩作を始めたという。李白・高適らと交わり、詩を賦したりした。科挙を何度も受験したが、及第せず、「落第の高才長安に苦しむ」と評されながら、困窮な生活を送った。李白の詩仙に対し、詩聖といわれる。（補説九一頁参照）

32 友人《ゆうじん》を送《おく》る　李白《りはく》

青山《せいざん》　北郭《ほっかく》に　横《よこた》わり
白水《はくすい》　東城《とうじょう》を　遶《めぐ》る
(下)此《こ》の地《ち》　一《ひと》たび別《わか》れを　為《な》し
孤蓬《こほう》　万里《ばんり》に　征《ゆ》く
(大上)浮雲《ふうん》　遊子《ゆうし》の　意《い》
落日《らくじつ》　故人《こじん》の　情《じょう》
手《て》を揮《ふる》って　茲《ここ》より去《さ》れば
蕭《しょう》蕭《しょう》として　班馬《はんば》　鳴《いなな》く

送友人

青○山○横○北●郭●
白●水●遶●東○城◎
此●地●一●為○別●
孤○蓬○万●里●征◎
浮○雲○遊○子●意●
落●日●故●人○情◎
揮○手●自●茲○去○
蕭○蕭○班○馬●鳴◎

(平起式下平八庚韻)

現代語訳　青い山なみが町の北側に横たわり、日に白く輝いている川は、町の東側を巡って流れている。今、この土地に一たん別れをすると、独りぼっちの君は、風にちぎれた根無し草のように、万里の彼方へさすらうのだ。浮雲は旅人である君の心のようであり、西の端《は》に沈む夕日は、別れを惜しむわたしの気持ちのようだ。互いに手を振り切って、ここから別れると、別れ行く馬も、寂しげに鳴いていた。

語釈　青山＝青々とした山。北郭＝城郭の北方。白水＝日に照らされて白く輝いている川。東城＝城郭の東方。此地＝送別の場所を指す。孤蓬＝一本のヨモギ。秋になると根が枯れ、風の吹くままに飛んでゆく。旅人にたとえる。万里征＝万里もへだたった遠くへ旅をする。遊子＝旅人。故人＝旧友。揮手＝握手した手を振りきって別れる意。一説に手を挙げ円を描く手ぶり。蕭蕭＝物さびしいさま。班馬＝別れて行く馬。「班」は別れる意。要旨・鑑賞　制作年代不明。またいつ、どこで、だれを送ったのかもわからない。五言律詩は、第三句と第四句、第五句と第六句が、対句をなしていなければいけないのに、第一句と第二句が対句をなし、第三句と第四句は散句である。これは「借春対」または「偸《とう》春体」という変体に属している。多くの五言律詩に用いられ、七言律詩には稀である。作者　李白（七〇一―七六二）。字は太白。蜀（四川省）の青蓮郷（綿陽県）の人が通説である。盛唐の大詩人。号は青蓮居士、詩仙と称せられる。父は西域と通商をしていた富豪な商人で、李白は西域の砕葉《スヤブ》で生まれたという。五歳から青蓮郷に移り、二十五歳ごろまでいた。十五歳で詩書に通じ、天宝初年、長安へ行き、賀知章に認められ、玄宗皇帝に推挙されたが、高力士・楊貴妃にはばまれ、四方に流浪し、名山大川を遍歴した後、永王璘《りん》についたが、敗北し、夜郎（貴州省）に流され、長江をさかのぼって、巫山まで来た時、乾元二年（七五九）の大赦で釈放され許されて帰る途中、客死した。年六十二。（補説一三〇頁参照）

五 古詩

33 勅勒《ちょくろく》の歌《うた》　無名氏《むめいし》

勅勒《ちょくろく》の川《かわ》　陰山《いんざん》の　下《もと》
天《てん》は　穹廬《きゅうろ》に似《に》て　四野《しや》を　籠蓋《ろうがい》す
(大上)天《てん》は　蒼蒼《そうそう》　野《の》は　茫茫《ぼうぼう》
風《かぜ》吹《ふ》き　草《くさ》低《た》れて　牛羊《ぎゅうよう》を　見《み》る

勅勒歌
勅勒川陰山下
天似穹廬籠蓋四野
天蒼蒼野茫茫
風吹草低見牛羊

現代語訳　勅勒の川が陰山の麓《ふもと》を滔《とう》々と流れて行く。天はパオのテントのように、四方の草原をすっぽりと包み覆っている。空は青々と澄み渡り、草原は果てしなく広い。風がサアッと吹いて、草が靡《なび》き倒れると、牛や羊の群が見る見る現れて来る。

語釈　勅勒＝バイカル湖の南、陰山山脈の北方の地。いわゆる蒙古地方。勅勒の川は、この地を流れて、バイカル湖に注いでいる。陰山＝陰山山脈。中国の北方蒙古との境にある。穹廬＝匈奴《きょうど》等の住む天幕。今のテントに似ている。籠蓋＝つつみおおう。四野＝四方の平野。ここは見えるかぎりの平野の意。蒼蒼＝青々しているさま。茫茫＝広くはるかなさま。

要旨・鑑賞　陰山山脈のかなた勅勒の川の流れているあたり、一望千里、はてしない広々とした自然の様子を詠んだ。作者は不明であるが、六朝北斉時代の作とされている。表現は素朴であるが、荒い力のこもったタッチは、デッサンを思わせる。

34

山中問答《さんちゅうもんどう》　李白《りはく》

余《よ》に問《と》う　何《なん》の意《い》ありてか　碧山《へきざん》に　棲《す》むと
笑《わら》って　答《こた》えず　心《こころ》　自《おのずか》ら　閑《かん》なり
(下)桃花《とうか》　流水《りゅうすい》　杳然《ようぜん》として　去《さ》る
別《べつ》に　天地《てんち》の　人間《じんかん》に非《あら》ざる　有《あ》り

山中問答
問余何意棲碧山◎
笑而不答心自閑◎
桃花流水杳然去
別有天地非人間◎
(平起式上平十五刪韻)

【現代語訳】 私にある人が、どんな考えで緑の山の中などに住むのかと尋ねるが、私は笑って答えない。私の心はのんびりしている。桃の花びらが水に浮かんで遥か彼方に流れ去って行く。ここには俗世間と違う、別の世界がある。

【語釈】 山中問答＝山の中で俗人との問答。問余＝ある人が私にたずねた。何意＝どういう考えで。碧山＝緑濃い山。自＝自然に。閑＝のどか。桃花流水＝桃の花が流れる水。陶淵明の「桃花源」をふまえている。杳然＝はるかなさま。一本「窅然」に作る。天地＝世界。人間＝「じんかん」と読み、人間社会、俗世間の意。【要旨・鑑賞】 李白五十三歳の作。俗世間を離れ、ゆったりとした世界に住んでいる作者の心境を詠んだ。この詩は平仄を踏んでいないので、古詩に入れておく。【作者】 李白。三七頁参照。

35 貧交行《ひんこうこう》 杜甫《とほ》

手《て》を翻《ひるがえ》せば 雲《くも》となり 手《て》を覆《おお》えば 雨《あめ》となる
紛紛《ふんぷん》たる 軽薄《けいはく》 何《なん》ぞ数《かぞ》うるを 須《もち》いん
(大上)君《きみ》見《み》ずや 管鮑《かんぽう》 貧時《ひんじ》の 交《まじ》わりを
此《こ》の道《みち》 今人《きんじん》 棄《す》てて 土《つち》の 如《ごと》し

貧交行
翻手作雲覆手雨●
紛紛軽薄何須数●
君不見管鮑貧時交
此道今人棄如土●
(上声七麌韻)

【現代語訳】 手のひらを上に向けると雲となり、下に向けると雨となる。このようにくるくると変わるのが、世間の人情なのだ。君は管鮑の貧しい時の交わりを、見ないか。この交わりの道を今の人は、泥のように捨てている。

【語釈】 行＝楽府題。翻手＝手のひらを上に向ける。覆手＝手のひらを下に向ける。紛紛＝入り乱れるさま。軽薄＝人情の薄いこと。須数＝数える必要もないほど多い。君不見＝君よ見たまえ。管鮑＝春秋時代の斉の人で、管仲と鮑《ほう》叔。「管鮑の交わり」の故事がある。【要旨・鑑賞】 天宝十一年（七五二）、杜甫四十一歳の作。杜甫はまだ就職できず、長安の町に人を訪ねては門前払いを食わされた。その腹の底から出た叫びである。この詩は、張謂の「長安主人の壁に題す」（六二頁参照）とともに、当時の人情の薄いことを詠んだものとして有名である。【作者】 杜甫。三五頁参照。

36
勧学《かんがく》　朱熹《しゅき》

謂《い》う勿《な》かれ　今日学《こんにちまな》ばずして　来日《らいじつ》有《あ》りと
謂《い》う勿《な》かれ　今年学《こんねんまな》ばずして　来年《らいねん》有《あ》りと
（大上）日月《じつげつ》逝《ゆ》きぬ　歳我《としわれ》と　延《の》びず
嗚呼《ああ》　老《お》いたり　是《こ》れ誰《たれ》の　愆《あやま》ちぞや

勧学
勿謂今日不学而有来日
勿謂今年不学而有来年
日月逝矣歳不延我
嗚呼老矣是誰之愆

現代語訳　言ってはいけない。今日学ばなくても明日があるからと。言ってはいけない。今年学ばなくても、来年があるからと。日月はどんどん過ぎ去って行ってしまい、歳は自分と一緒に行ってくれない。ああ、老いてしまった。これは一体、誰の過ちなのか。

語釈　勿謂＝いってはいけない。歳不延我＝歳は自分と一緒に延びない。自分を待たないでどんどん行ってしまう。是＝無駄に年を取ったこと。誰之愆＝誰のあやまちか、それは自分のあやまちである。

要旨・鑑賞　この詩は、朱熹の十八歳の作とされている。無為に過ごす老年を憂い、自らを励ました。

作者　朱熹（一一三〇—一二〇〇）。南宋の大儒。字は元晦、晦《かい》庵と号した。後世尊称して朱子という。徽《き》州婺《ぶ》源《げん》（安徽省）の人。朱子学の祖。年十九歳で進士に及第。孔孟の学に組織的な体系を与え、四書に註を施した。これを新註という。徳川時代、わが学界を風靡《び》した。著書に『四書集註』『詩集伝』『近思録』『通鑑綱目』などがある。

37 農《のう》を憫《あわれ》む　李紳《りしん》

禾《か》を鋤《す》きて　日午《じつご》に　当《あ》たる
汗《あせ》は滴《したた》る　禾下《かか》の　土《つち》
(大)誰《たれ》か知《し》らん　盤中《ばんちゅう》の　飧《そん》
粒粒《りゅうりゅう》　皆辛苦《みなしんく》　なるを

憫農
鋤禾日当午◎
汗滴禾下土◉
誰知盤中飧
粒粒皆辛苦◉

（上声七麌韻）

現代語訳　稲の手入れの雑草取りをしていると、真昼どきの太陽が照りつける。汗が稲の下の地面にしたたり落ちる。一体誰が知っていようか、この盤《さら》の中の飯の、一粒一粒が皆農民の労苦の結晶であることを。

語釈　憫農＝農民を憐む。鋤禾＝「鋤」は「すく」、たがやす意。「禾」は稲。当午＝正午になった。盤＝食器。はち、皿の類。飧＝夕食。ここは飯の意。朝食は「饔《よう》」という。粒粒＝一つぶ一つぶ。辛苦＝苦しみ。農民の血と汗の結晶。要旨・鑑賞　毎日々々の食事の一粒々々は、すべて農民の汗の結晶であるのに、誰もその農民の苦労を知らないことを嘆いた詩。作者　李紳（?―八四六）。中唐。字は公垂。潤州無錫《しゃく》（江蘇省）の人。元和元年（八〇六）の進士。淮南節度使まで昇進。白居易・元稹と親交があった。

38　遊子吟《ゆうしぎん》　孟郊《もうこう》

慈母《じぼ》　手中《しゅちゅう》の　線《せん》
遊子《ゆうし》　身上《しんじょう》の　衣《い》
行《こう》に臨《のぞ》み　密密《みつみつ》に　縫《ぬ》う
意《い》に恐《おそ》る　遅遅《ちち》として　帰《かえ》らん　ことを
(大)誰《たれ》か　言《い》う　寸草《すんそう》の　心《こころ》
三春《さんしゅん》の　暉《き》に　報《むく》い　得《え》んと

遊子吟
慈母手中線
遊子身上衣◎
臨行密密縫
意恐遅遅帰◎
誰言寸草心
報得三春暉◎

（上平五微韻）

現代語訳　慈しみ深い母の手の中にある糸で、旅に出るわが子が身にまとう衣服を、出発する時に、一針一針細かに縫っていた。心の中では帰りが延び延びになることを心配している。誰が、一寸の草のように親の愛情を受けて成長した子が、春の日射しのような母の慈しみに報いることが出来ると、いうか。

語釈　遊子吟＝楽府題。故郷を離れている者の歌。線＝糸。身上＝からだ。密密＝こまかに。意恐＝心の中で心配する。寸草心＝一寸（三センチ）ほどの草のように小さなわが心。三春暉＝孟春・仲春・季春の春三か月。「暉」は日の光。母の広大な愛にたとえた。**要旨・鑑賞**　母の慈愛を詠んだ。作者が溧《りつ》陽県の尉となった時の作。時に五十歳。母を迎えた当時の心情が思いやられる。第一・二句は対句になっている。慈母が、旅に出るわが子の衣服を、背を丸くして黙々と縫っている様子が、ありありと浮かんでくる。次の二句「密密」と「遅遅」も対句で、一針々々丁寧に縫いながら、帰りの遅れることを心配している母心を感じさせる。寸草のような小さい心で、三春の日ざしのような母の慈しみに、報いることができると誰がいうだろう。到底報いることはできないが、今せめても孝行をしたいというのである。作者 孟郊（七五一—八一四）。中唐。字は東野。武康（浙江省）の人。貞元十二年（七九六）の進士。時に四十六歳。四年後、溧陽県（江蘇省）の尉となった。

39 生年《せいねん》百《ひゃく》に満《み》たず　無名氏《むめいし》

生年《せいねん》　百《ひゃく》に　満《み》たず
常《つね》に　千歳《せんざい》の　憂《うれ》いを　懐《いだ》く
(下)昼《ひる》　短《みじか》くして　夜《よる》の長《なが》きを　苦《くる》しむ
何《なん》ぞ　燭《しょく》を秉《と》りて　遊《あそ》ばざる
(大上)楽《たのし》みを為《な》す　当《まさ》に　時《とき》に　及《およ》ぶべし
何《なん》ぞ　能《よ》く　来茲《らいじ》を　待《ま》たん

生年不満百
常懐千歳憂◎
昼短苦夜長
何不秉燭遊◎(尤)
為楽当及時
何能待来茲○

(中)愚者《ぐしゃ》は　費《ひ》を愛惜《あいせき》して
但《た》だ後世《こうせい》の　嗤《わらい》となる
仙人《せんにん》　王子《おうし》　喬《きょう》
与《とも》に　期《き》を　等《ひと》しうすべきこと　難《かた》し

愚者愛惜費
但為後世嗤○
仙人王子喬
難可与等期○(支)

(尤―下平十一尤、支―上平四韻)

現代語訳　人の寿命は百歳まで生きられない。それなのに常に十倍の千年先きのことまで心配している。昼は短く夜の長いのに苦しむなら、どうして手に明かりを持って、共に遊ばないのか。人生は楽しむ時は、好機をつかんでするることだ。どうして来年まで待つことはない。愚か者は、僅かなむだ費いを惜しんで倹約しているが、それはただ後世の笑いとなるだけだ。あの仙人の王子喬と同じように、いつまでも長生きすることは、出来やしないのだぞ。

語釈　千歳＝千年。来茲＝来年。王子喬＝周の霊王（前五七一―五四五）の太子晋をいう。笙《しょう》を好んで、吹いて遊楽していたが、後に道士の浮丘公に伴われて仙人となり、嵩《すう》山に上って世を去ったという。等期＝同じように長生きすること。要旨・鑑賞　生命ははかないから、楽しみのチャンスを逃していけないことを詠んだ。しかし、だから一日々々の生活を充実しなければならないことを教えている。

40

雑詩《ざっし》　陶淵明《とうえんめい》

人生《じんせい》　根蔕《こんてい》　無《な》く
飄《ひょう》として　陌上《はくじょう》の　塵《ちり》の　如《ごと》し
分散《ぶんさん》して　風《かぜ》を逐《お》うて　転《てん》ず
此《こ》れ　已《すで》に　常《つね》の身《み》に　非《あら》ず
地《ち》に落《お》ちて　兄弟《けいてい》と　為《な》る
何《なん》ぞ　必《かなら》ずしも　骨肉《こつにく》の親《しん》のみ　ならんや
(大上)歓《かん》を得《え》ば　当《まさ》に　楽《たの》しみを　作《な》すべし
斗酒《としゅ》　比隣《ひりん》を　聚《あつ》む
盛年《せいねん》　重《かさ》ねて　来《きた》らず
一日《いちじつ》　再《ふた》び　晨《あした》　なり難《がた》し
(大上)時《とき》に　及《およ》んで　当《まさ》に勉励《べんれい》　すべし
歳月《さいげつ》は　人《ひと》を　待《ま》たず

雑詩

人生無根蔕
飄如陌上塵◎
分散逐風転
此已非常身◎
落地為兄弟
何必骨肉親◎
得歓当作楽
斗酒聚比隣◎
盛年不重来
一日難再晨◎
及時当勉励
歳月不待人◎

（上平十一真韻）

現代語訳　人生は根無し草、さっと風に舞う路上の塵のよう。ちりぢりに風のまにまにころがって、もはや一定不変の身ではない。この世に生まれて兄弟となる。どうしていつも肉親だけが親しいだけか。歓び事を得た時は、当然楽しむことだ。一斗の酒で隣り近所を集めて飲もう。若い時は二度とは来ない。一日は二回朝はない。好機をひっつかんで努め励むのだ。歳月は人を待ってはくれない。

語釈　雑詩＝一種の無題詩、十二首中の一首。根蔕＝草木の根と果実のへた。転じて、よりどころ。飄＝風に舞いあがるさま。陌＝街路。常身＝永遠に変わらない身。落地＝この世に生まれ落ちて。斗酒＝一斗の酒。日本の約三升。比隣＝近所の人々。及時＝時を逃がさず。勉励＝努め励む。**要旨・鑑賞**　人生を詠んだ詩。人生はしっかりした根底がなく、風に舞う路上の塵のようなものだ。だからこの世に生まれては、皆兄弟となり、歓楽の時を得たら当然楽しむことである。一斗の酒があったら近所の人々を集めて、大いに飲もう。若い時は二度と来ない。一日は二回朝はない、だから時期を逃さず、精一ぱい勉強することだ。歳月は人を待っていない。**作者**　陶淵明（三六五―四二七）。名は潜、淵明は字。一説には淵明は諱《いみな》（本名）、字は元亮。潯陽（江西省九江）の人。祖父は晋の名将陶侃《かん》である。二十九歳で役人になり、四十一歳の時、県令（彭沢《ほうたく》県）となったが、郡の査察官が査察に来たが、それが郷里の若僧であったので、「われ五斗米のために、膝《ひざ》を屈して郷里の小人に向かう能《あた》わず」といって、即刻辞職して田園に帰った。その心境を述べたのが「帰去来の辞」である。田園詩人として有名。

六 日本の漢詩

41 富士山《ふじさん》　石川丈山《いしかわじょうざん》

仙客《せんかく》　来《きた》り遊《あそ》ぶ　雲外《うんがい》の　顚《いただき》
神竜《しんりょう》　棲《す》み老《お》ゆ　洞中《どうちゅう》の　淵《ふち》
(大上)雪《ゆき》は　紈素《がんそ》の　如《ごと》く　煙《けむり》は柄《え》の　如《ごと》し
白扇《はくせん》　倒《さかしま》に懸《か》かる　東海《とうかい》の　天《てん》

富士山
仙○客●来○遊○雲○外●顚◎
神○竜○棲○老●洞●中○淵◎
雪●如○紈○素●煙○如○柄●
白●扇●倒●懸○東○海●天◎
(仄起式下平一先韻)

現代語訳　仙人が来て遊ぶ、雲外の富士山の顚《いただき》。その洞中の淵に、神竜が長く住んでいる。雪は白い練り絹のようで、立ち上る煙は柄のようだ。白い扇を逆さまに掛けたような富士山が、東海の天に聳えている。

語釈　仙客＝仙人。また鶴の異名。紈素＝白いねりぎぬ。柄＝扇の柄。要旨・鑑賞　富士山の秀麗な姿を詠んだ。結句の「白扇倒懸東海天」の比喩はすばらしい。着想も実に悠大である。作者　石川丈山(一五八三—一六七二)。初名は重之、丈山は号。江戸初期の文人。通称引三郎。藤原惺窩《せいか》に師事し、最も詩に長じていた。芸州侯浅野氏に仕えたが、母が没するに及んで致仕し、京都に帰り、比叡山の西麓に詩仙堂を築いて住み、作詩を楽しんで晩年を送った。母に仕え、至孝の誉が高かった。八十九歳で没する。

42　桂林荘雑詠《けいりんそうざつえい》、諸生《しょせい》に示《しめ》す　広瀬淡窓《ひろせたんそう》

道《い》うを休《や》めよ　他郷苦辛《たきょうくしん》　多《おお》しと
同袍《どうほう》　友《とも》有《あ》り　自《おのず》から　相親《あいした》しむ
(下)柴扉《さいひ》　暁《あかつき》に出《い》づれば　霜雪《しもゆき》の　如《ごと》し
君《きみ》は　川流《せんりゅう》を汲《く》め　我《われ》は薪《たきぎ》を　拾《ひろ》わん

桂林荘雑詠示諸生
休○道●他○郷○多○苦●辛◎
同○袍○有●友●自●相○親◎
柴○扉○暁●出●霜○如○雪●
君○汲●川○流○我●拾●薪◎

（仄起式上平十一真韻）

現代語訳　言うを止めよう、他国は苦労が多いなどとは。一枚の綿入れを共用する程の親友も、自然に出来て親しみ合うだろう。柴《しば》の戸を開けて早朝外に出て見ると、霜が雪のように一面に降りている。君は川の水を汲め、私は薪を拾おう。

語釈　雑詠＝心に思い浮かんだことを、ふと書きつけて詠んだ。道＝言うに同じ。同袍＝一枚の袍（綿入れの上衣）を二人で着るほどの親しい間柄。柴扉＝柴《しば》の戸。**要旨・鑑賞**　故郷を離れて学ぶことは辛《つら》いが、塾生同志の友情は楽しいことを詠んだ。「桂林荘」は豊後《ぶんご》（大分県）日田にあった。淡窓が二十四歳で、寺の学寮に塾を開き、二年後に「桂林荘」を作った。門人四千人、高野長英、大村益次郎、清浦奎《けい》吾という知名の人材が輩出した。**作者**　広瀬淡窓（一七八二―一八五六）。名は建、字は子基、淡窓は号。大分の日田の人。福岡の亀井南冥《めい》、昭陽父子に学ぶ。病気で帰京。「桂林荘」を作り、後ち「咸宜《かんぎ》園」を作る。

43　壁《へき》に題《だい》す　釈月性《しゃくげっしょう》

男児《だんじ》　志《こころざし》を立《た》てて　郷関《きょうかん》を　出《い》づ
学《がく》もし　成《な》る無《な》くんば　死《し》すとも　還《かえ》らず
（大上）骨《ほね》を　埋《うず》むる　豈《あ》に惟《た》だ　墳墓《ふんぼ》の地《ち》　のみならんや
人間《じんかん》　到《いた》るところ　青山《せいざん》　あり

題壁

男○児○立●志●出●郷○関◎
学●若●無○成○死●不●還◎
埋○骨●豈●惟○墳○墓●地●
人○間○到●処●有●青○山◎

（平起式上平十五刪韻）

現代語訳　男が志を立てて郷里を出る。若し学問が成就しなかったら、死んでも帰らない。骨を埋めるのは、どうして墳墓のある地だけか。この世は到る所に、青山がある。

語釈　題壁＝壁に書きつけること。郷関＝ふるさと。若無成＝もし大成しなければ。死不還＝死んでも帰らない。一本「不復還」。人間＝人間社会。この世。青山＝墓地。**要旨・鑑賞**　男子たるもの、一たび学問に志した以上は、それが成就するまでは、死んでも故郷に帰らないという決意を詠んだ。この詩は作者が二十七歳、大阪の篠崎小竹の門下に入る時の決意を、家の壁に書きしるしたといわれる。**作者**　釈月性（一八一六—一八五八）。江戸時代末期の僧。周防の人。字は知円、号は清狂、妙円寺の住職。広瀬淡窓、吉田松陰、梁川星巌、梅田雲浜などと交際した。

44　天草洋《あまくさなだ》に泊《はく》す　頼山陽《らいさんよう》

雲《くも》か　山《やま》か　呉《ご》か　越《えつ》か
水天《すいてん》　髣髴《ほうふつ》　青《せい》　一髪《いっぱつ》
(中)万里《ばんり》　舟《ふね》を泊《はく》す　天草《あまくさ》の　洋《なだ》
煙《けむり》は　篷窓《ほうそう》に横《よこた》わりて　日《ひ》漸《ようや》く　没《ぼっ》す
(大上)瞥見《べっけん》す　大魚《たいぎょ》の　波間《はかん》に　躍《おど》るを
太白《たいはく》　船《ふね》に当《あ》たって　明《めい》　月《つき》に　似《に》たり

泊天草洋
雲耶山耶呉耶越●
水天髣髴青一髪●
万里泊舟天草洋
煙横篷窓日漸没●
瞥見大魚躍波間
太白当船明似月●
（入声六月韻）

現代語訳　あれは、雲か、山か、呉の国か、越の国か。海と空がさながら一筋の髪のような青い水平線だけだ。遠く離れてこの天草洋に舟泊りすると、夕靄《もや》が舟の窓辺に立ち込め、日も次第に沈んで行く。ちらっと見た。大魚が波間に跳《は》ね上がるのを。金星が舟の向こうに、月のように明るく輝いている。

語釈　天草洋＝長崎半島の突端の野母崎から天草島までの海。天草島は熊本の所属。天草灘。呉・越＝共に中国春秋時代の国名。天草洋のほぼ真西に当たる。今の江蘇・浙江省付近。髣髴＝さながら。よく似ているさま。篷窓＝舟の窓。「篷」は茅《かや》や竹などで編んで、舟にかぶせるもの。とま。瞥見＝ちらりと見る。**太白**＝宵《よい》の明星、金星。（要旨・鑑賞） 山陽三十九歳、九州に旅して天草灘に舟泊した時詠んだ。七言古詩。海を詠んだ詩の代表。（作者） 頼山陽（一七八〇―一八三二）。江戸末期の漢詩人、史家。大阪の人。『日本外史』他を著す。

第二部

鑑賞編

〔一〕七言絶句

45　九月九日山中《くがつここのかさんちゅう》の兄弟《けいてい》を憶《おも》う　王維《おうい》

独《ひと》り　異郷《いきょう》に在《あ》って　異客《いかく》と　為《な》る
佳節《かせつ》に　逢《あ》う毎《ごと》に　倍《ますます》　親《しん》を　思《おも》う
(下)遥《はる》かに　知《し》る　兄弟《けいてい》高《たか》きに　登《のぼ》る　処《ところ》
遍《あまね》く　茱萸《しゅゆ》を挿《さしはさ》みて　一人《いちにん》を　少《か》くを

九月九日憶山中兄弟
独在●異郷為異客▲
毎逢佳節倍思親◎
遥知兄弟登高処
遍挿茱萸少一人◎
（仄起式上平十一真韻）

【現代語訳】　自分独りが故郷を離れ、よその国で旅人になっている。めでたいお節句に出会う度に、いよいよ故郷の親兄弟を懐しく思う。遥か遠くで想像する。兄弟が皆高い所に登って、茱萸《しゅゆ》を挿している中に、自分一人だけ欠けている情景を。

【語釈】　九月九日＝重陽の節句。五節句とは、一月七日（人日《じんじつ》）・三月三日（上巳《じょうし》）・五月五日（端午《たんご》）・七月七日（七夕《たなばた》）・九月九日（重陽《ちょうよう》）のこと。山中＝「山東」とするのもある。山東は華山の東をいう。異郷＝他郷。ここは長安。異客＝他郷に旅に出ている者。佳節＝めでたい節句。親＝親兄弟。倍＝ますます。茱萸＝カワハジカミ。赤い実がなる。邪気を払う。一人＝王維。【要旨・鑑賞】　王維十七歳の作。王維は十五歳で、科挙の受験準備のため、大原（山西省）から都長安へ出た。重陽の節句に、故郷の家族を偲《しの》んで詠んだ。【作者】　王維。一〇七頁参照。

46

元二《げんじ》の安西《あんせい》に使《つか》いするを送《おく》る　王維《おうい》

渭城《いじょう》の　朝雨《ちょうう》　軽塵《けいじん》を　浥《うるお》す
客舎《かくしゃ》　青青《せいせい》　柳色《りゅうしょく》　新《あら》たなり
(大上)君《きみ》に勧《すす》む　更《さら》に尽《つ》くせ　一杯《いっぱい》の　酒《さけ》
西《にし》のかた　陽関《ようかん》を出《い》づれば　故人《こじん》　無《な》からん

送元二使安西

渭城◯朝雨浥軽塵◎
客舎青青柳色新◎
勧君更尽一杯酒
西出陽関無故人◎

(平起式上平十一真韻)

現代語訳　旅立つ朝、渭城の町の朝雨は軽い土ぼこりを潤している。宿屋の前には青々とした柳の芽ぶいたばかりの芽が一そう青々と見える。君よ、更にもう一杯酒を飲めよ。西の方、陽関の関所を出たら、一緒に酒を汲み交わす親友もいないだろうから。

語釈　**元二**＝元の姓。二は排行で、二番目の男の意。**安西**＝中国の西、新疆省庫車県亀茲《きじ》にあった。唐代安西都護符が置かれた地。**渭城**＝咸陽の別名。秦の首都咸陽を、漢代には渭城と呼んだ。**浥**＝ぬらす。**客舎**＝宿屋、旅館。**新**＝一そう鮮やかになる。**陽関**＝敦煌《とんこう》の西南におかれた関所。**故人**＝旧友。親友。

要旨・鑑賞　春雨に洗われた鮮やかな渭城で、遠方へ旅立つ親友との惜別を詠んだ。唐代、送別の席上でよく歌われた。三度繰り返して歌うことから「陽関三畳」といわれる。作者　王維。一〇七頁参照。

47　廬《ろ》山の瀑《ばく》布《ふ》を望《のぞ》む　李《り》白《はく》

日《ひ》は　香炉《こうろ》を照《て》らして　紫烟《しえん》を　生《しょう》ず
遥《はる》かに看《み》る　瀑布《ばくふ》の　長川《ちょうせん》を　挂《か》くるを
(大)飛流《ひりゅう》　直下《ちょっか》　三千《さんぜん》　尺《じゃく》
疑《うたが》うらくは　是《こ》れ　銀河《ぎんが》の九天《きゅうてん》より　落《お》つるかと

望廬山瀑布
日照●香炉生紫烟◎
遥看瀑布挂長川◎
飛流直下三千尺
疑是銀河落九天◎
（仄起式下平一先韻）

現代語訳　太陽が香炉峰を照らして、山は紫色にけぶっている。遥か彼方に大瀑布が、長い川を立て掛けたように流れているのが見える。滝の勢いは飛ぶようにものすごく、まっすぐに三千尺も流れ落ちる。まるで天の川が、天空から流れ落ちるのではないかと思われるばかりである。

語釈　廬山＝江西省九江県の南、約十七キロの所にある山。標高約一六〇〇メートル。景勝の地として有名。道安の弟子慧《けい》遠の開山で、南方仏教の一大中心地。香炉＝廬山の峰の一つ。形が香炉に似ているのでこの名がある。紫烟＝山気が日光に映じて紫色にかすんで見えること。長川＝一本「前川」に作る。「挂長川」は、落下する滝が、川を立てかけたように見えるさま。三千尺＝非常に長い譬え。唐代の一尺は三一・一センチ。疑是＝……かと思う。九天＝天の最も高い所。

要旨・鑑賞　李白五十六歳の作。この年、廬山の屏風畳《へいふうじょう》に隠居した。瀑布の壮大なさまを詠んだ。

作者　李白。三七頁参照。

48　蘇台覧古《そだいらんこ》　　李白《りはく》

旧苑《きゅうえん》　荒台《こうだい》　楊柳《ようりゅう》　新《あら》た　なり
菱歌《りょうか》　清唱《せいしょう》　春《はる》に　勝《た》えず
(中)只《た》だ今《いま》　惟《た》だ　西江《せいこう》の月《つき》のみ　有《あ》り
曽《かつ》て　照《て》らす　呉王宮裏《ごおうきゅうり》の　人《ひと》

蘇台覧古
旧苑●荒台楊柳新◎
菱歌清唱不勝春◎
只今惟有西江月
曽照呉王宮裏人◎

（仄起式上平十一真韻）

現代語訳　古い庭園や、荒れた高台に、楊柳が新しい芽をつけている。ヒシの実を取りながら歌う娘たちの清らかな歌声が、やるせなく聞こえて来る。ただ今は、ただ西江の水面に映る月だけだ。この月はかつて呉王の宮殿の絶世の美人西施《せいし》を照らした月なのだ。

語釈　蘇台＝姑蘇《こそ》台の略。江蘇省蘇州市の西方、一五キロの姑蘇山上にある。春秋時代の呉王闔閭《こうりょ》の築いた宮殿。覧古＝古の遺跡を見て物思いにふける。旧苑＝昔の庭園。荒台＝あれはてた姑蘇台。新＝新鮮な色。菱歌＝池に舟を浮かべて、食用にするヒシの実を取りながら歌う民謡。不勝春＝春のふんい気にがまんできないほどにやるせなく聞こえる。西江＝姑蘇台の西を流れる川。曽＝昔。以前。宮裏＝宮殿の中。西施《せいし》（西子）を指す。西施は越の美女。夫差に贈った。

要旨・鑑賞　李白四十二歳ごろの作。姑蘇台の荒れはてたさまを詠み、人生の無常を偲《しの》んでいる。

作者　李白。三七頁参照。

49

越中懐古《えつちゅうかいこ》　李白《りはく》

越王《えつおう》　句践《こうせん》　呉《ご》を破《やぶ》って　帰《かえ》る

義士《ぎし》　家《いえ》に還《かえ》るに　尽《ことごと》く　錦衣《きんい》す

（中）宮女《きゅうじょ》は　花《はな》の如《ごと》く　春殿《しゅんでん》に　満《み》つ

只《た》だ今《いま》　惟《た》だ　鷓鴣《しゃこ》の飛《と》ぶ　有《あ》るのみ

越中懐古

越王句践破呉帰◎

義士還家尽錦衣◎

宮女如花満春殿

只今惟有鷓鴣飛◎

（平起式上平五微韻）

現代語訳　越王の句践が、呉の国を破って凱旋して来た。忠義な勇士たちは、故郷に帰るのに、皆美しい錦を着て帰って来た。宮中の女性たちは、美しい花のように、春の宮殿に満ち溢《あふ》れている。しかし今は、ただ鷓鴣《しゃこ》が飛び回っているばかりである。

語釈　越中＝春秋時代（前七七〇―前四〇三）越の都。会稽（今の浙江省紹興市）を指す。懐古＝昔を思い出してなつかしむ。句践＝勾践とも書く。春秋時代の越王（？―前四六五）のこと。破呉＝初め呉王夫差に捕えられて屈辱を受けたが、後ち二十年の苦節の末、忠臣范蠡《はんれい》の力によって呉を滅し、会稽での恥をすすいだ。義士＝越王と一緒に戦った勇士達。尽錦衣＝全員が美しい錦を着て故郷に帰った。只・惟＝ただそれだけ。「只」は「惟」より意味が軽い。鷓鴣＝ウズラよりやや大きい。キジ科。「越雉《えっち》」ともいう。

要旨・鑑賞　李白四十二歳ごろの作。越で当時を偲《しの》んで詠んだ。作者　李白。三七頁参照。

50　天門山《てんもんざん》を望《のぞ》む　李白《りはく》

天門《てんもん》　中断《ちゅうだん》して　楚江《そこう》　開《ひら》く
碧水《へきすい》　東流《とうりゅう》して　北《きた》に至《むか》って　廻《めぐ》る
（大上）両岸《りょうがん》の　青山《せいざん》　相対《あいたい》して　出《い》で
孤帆《こはん》　一片《いっぺん》　日辺《じつへん》より　来《きた》る

望天門山
天門○中断楚江開◎
碧水東流至北廻◎
両岸青山相対出
孤帆一片日辺来◎

（平起式上平十灰韻）

現代語訳　天門山は真ん中から二つに断ち切られ、その間に長江の流れが開けている。緑の水は東に流れて来たが、ここで北へ向かって流れを変える。両岸の青い山が向き合って突き出ており、そこを一点の白帆が、はるばる彼方の、西の方太陽の沈む辺りから流れ下って来た。

語釈　天門＝安徽《あんき》省にある二つの山の総称。東の当塗県の博望山と、西の和《か》県の梁《りょう》山とが、揚子江を挟んで、門のように向かい合っている。それが天の門のように見えるので、二つを合わせて「天門山」と呼んでいる。中断＝真ん中から二つに分かれている。楚江＝揚子江のこと。このあたりはこう呼ぶ。開＝門が左右に開いて、揚子江がパッと流れ出るようだ。碧水＝緑色。またはこい青色の水。至北＝北に向かう。廻＝まわって流れる。出＝揚子江の流れの上まで乗り出す。日辺＝太陽のあたりから。大へん遠いところから。

要旨・鑑賞　李白、五十三、四歳ごろの作。天門山あたりの雄大な風景を詠んだ。作者　李白。三七頁参照。

51　董大《とうだい》に別《わか》る　高適《こうせき》

十里《じゅうり》の　黄雲《こううん》　白日《はくじつ》　曛《くん》じ
北風《ほくふう》　雁《かり》を吹《ふ》いて　雪《ゆき》　紛紛《ふんぷん》
(中)愁《うれ》うる　莫《な》かれ　前路知己《ぜんろちき》　無《な》きを
天下《てんか》　誰人《たれびと》か　君《きみ》を識《し》ら　ざらん

別董大
十里黄雲白日曛◎
北風吹雁雪紛紛◎
莫愁前路無知己
天下誰人不識君◎
(仄起式上平十二文韻)

現代語訳　千里の彼方まで黄色い雲が、一面に垂れ込め、太陽も淡く光っている。冷たい北風が雁を吹いて、雪が紛々と乱れ降っている。悲しみなさるな。これからの旅先に自分を知ってくれる人のいないことを。この天下には、一体誰が、君を知らないだろうか。

語釈　董大＝董は姓、大は排行一番の男。音楽家の董庭蘭か。琴の名手。宰相房琯《ぼうかん》に愛されたが、収賄《わい》事件に挫《ざ》折し、音楽を演奏しながら流浪した。十里＝一里は約五六〇メートル。空一面に。空いっぱいに。黄雲＝黄塵で黄色がかった雲。薄どんよりとした空。白日＝太陽。曛＝たそがれ時の淡い光。紛紛＝盛んに降り乱れるさま。知己＝自分を理解してくれる人。要旨・鑑賞　董大が、冬風の吹く雪の夕暮れ時、旅立って行くのを励まして詠んだ。送別の詩であるから、送別会の時、吟ずるとよい。王維の「陽関三畳」(五五頁参照)と並んで有名である。作者　高適。八頁参照。

52

磧中《せきちゅう》の作《さく》　岑参《しんしん》

馬《うま》を走《はし》らせて　西来《せいらい》　天《てん》に到《いた》らんと　欲《ほっ》す
家《いえ》を辞《じ》してより　月《つき》の両回《りょうかい》　円《まど》かなるを　見《み》る
（仄上）今夜《こんや》は　知《し》らず　何《いず》れの処《ところ》にか　宿《しゅく》せん
平沙《へいさ》　万里《ばんり》　人烟《じんえん》を　絶《た》つ

磧中作
走馬西来欲到天◎
辞家見月両回円◎
今夜不知何処宿
平沙万里絶人烟◎
（仄起式下平一先韻）

現代語訳　馬を走らせて西へ西へと進み、天に行きつかんばかりである。家を出てから月が二回も満月になったのを見た。今夜は何処に宿るのであろか。何のあてもない。見渡す限りの平坦な砂漠は、万里の彼方まで続いており、人家の煙など何処にも見られない。

語釈　磧＝石の多い河原。ここは砂漠。西来＝西へ西へとやって来る。長安から、西のチベット地方に向かうこと。欲到天＝砂漠の地が西に向かうほど高く、地平線の彼方まで続いているので、天に向かって進み、天にとどかんばかりに感じるのである。「欲」は「……しそうだ」の意。辞家＝家を出てから。両回円＝二回、月が満月になった。平沙＝広々とした平坦な砂漠。

要旨・鑑賞　作者が節度使の幕僚として西域を旅していた時、砂漠の果てしなく広いことを詠んだ。語句雄壮、岑参の面目をよく表した作である。

作者　岑参（七一五？―七七〇）。盛唐。南陽（河南省南陽市）、また荊州江陵の人とも。天宝三年（七四四）の進士。王之渙・王昌齢・高適と同じく辺塞詩人として有名。

53 長安主人《ちょうあんしゅじん》の壁《へき》に題《だい》す　張謂《ちょうい》

世人《せじん》　交《まじ》わりを結《むす》ぶに　黄金《おうごん》を　須《もち》う
黄金《おうごん》　多《おお》からざれば　交《まじ》わり　深《ふか》からず
(中)縦令《たとい》　然諾《ぜんだく》して　暫《しばら》く　相許《あいゆる》す　とも
終《つい》に　是《こ》れ　悠悠行路《ゆうゆうこうろ》の　心《こころ》

題長安主人壁
世人○結交須黄金◎
黄金不多交不深◎
縦令然諾暫相許
終是悠悠行路心◎

（平起式下平十二侵韻）

【現代語訳】　世間の人は交際を結ぶ時は、金の力を用いる。金が多くないと、交際も深くならない。たとい友達となることを承知して暫く親しく付き合っていても、結局は行きずりの人のような無関心の気持ちになる。

【語釈】　題＝書きつける。須＝必要とする。縦令＝もしも。たとえ。然諾＝よろしいと引き受けること。相許＝親しく交際する。「相」はおたがいに。悠悠＝無関心になる。行路心＝行きずりの人。無関心な気持ち。

【要旨・鑑賞】　張謂が進士の試験を受けようとして、長安に出て、どこかの家に身を寄せていた時、その家の主人の部屋の壁に書きつけた。張謂が試験に落第したとたん、冷たく扱われたため、嘆いて作ったといわれる。

【作者】　張謂（七二一—七八〇?）。中唐。字は正言。河内（河南省沁陽《しんよう》）の人。天宝二年（七四三）の進士。礼部侍郎（次官）にまでなる。

54

江村即事《こうそんそくじ》　司空曙《しくうしょ》

釣《つり》を罷《や》め　帰《かえ》り来《きた》って　船《ふね》を　繋《つな》がず
江村《こうそん》　月落《つきお》ちて　正《まさ》に眠《ねむ》りに　堪《た》えたり
(中)縦然《たとい》　一夜《いちや》　風吹《かぜふ》き　去《さ》るとも
只《た》だ　蘆花浅水《ろかせんすい》の　辺《ほと》りに　在《あ》らん

江村即事
罷釣●帰来不繋船◎
江村月落正堪眠◎
縦然一夜風吹去
只在蘆花浅水辺◎
(仄起式下平一先韻)

【現代語訳】　釣を止めにして戻って来たが、船を繋ごうという気持ちになれない。川辺の村に月が落ちて、ちょうど眠るに気持ちよい。たとい一夜の中に風が吹いて船が流されても、ただ蘆《あし》の花の咲く浅瀬のあたりに漂い着くだけだろう。

【語釈】　江村＝川のほとりの村。堪＝ふさわしい。ちょうどよい。縦然＝たとえ……であっても。仮定形。蘆花＝アシの白い花。秋に咲く。【要旨・鑑賞】　揚子江のほとり、釣をしている様を詠んだ。いかにも自然でのんびりしている。「不レ繋レ船」の三字が、全詩を引き立てている。釣愛好者には、この心境がよく理解されるであろう。【作者】　司空曙（七四〇―七九〇?）。中唐の詩人。字は文明。広平（河北省）の人。磊《らい》落で才気があり、大暦（七六六―七七九）十才子の一人。

55 秋思《しゅうし》　劉禹錫《りゅううしゃく》

古《いにしえ》より　秋《あき》に逢《あ》うて　寂寥《せきりょう》を　悲《かな》しむ
我《われ》は言《い》う　秋日《しゅうじつ》は　春朝《しゅんちょう》に　勝《まさ》れりと
(大上)晴空《せいくう》　一鶴《いっかく》　雲《くも》を排《はい》して　上《あが》る
便《すなわ》ち　詩情《しじょう》を引《ひ》きて　碧空《へきくう》に　到《いた》る

秋思
自古●逢秋悲寂寥◎
我言秋日勝春朝◎
晴空一鶴排雲上
便引詩情到碧空△

（仄起式下平二蕭韻。但し結句は踏み落し）

【現代語訳】昔から人は秋ともなれば、寂しさを悲しむ。だが私は言おう。秋の日は春の朝に勝っていると。晴れ渡った空に、一羽の鶴が雪を押し分けて上って行き、たちまち詩情を引いて、碧《あお》い空の彼方へ飛んで行く。これこそ秋の風情ではないか。

【語釈】秋思＝秋の思い。楽府。寂寥＝ものさびしいさま。便＝すぐに。たちまち。【要旨・鑑賞】作者の秋に逢った感じを詠んだ。ふつう秋というと「悲秋」の語がよく使われるが、この詩は、かえって春より秋が勝っており、詩情さわやかなものがあるといっている。「晴空一鶴」がいかにも秋のすがすがしさを表わしている。【作者】劉禹錫（七七二―八四二）。中唐。洛陽の人。字は夢得。貞元九年（七九三）の進士。晩年は白居易と交遊。『劉夢得文集』がある。

56 舟中《しゅうちゅう》、元九《げんきゅう》の詩《し》を読《よ》む　白居易《はくきょい》

君《きみ》が　詩巻《しかん》を把《と》って　灯前《とうぜん》に　読《よ》む
詩《し》尽《つ》き　灯《ともしび》　残《のこ》りて　天《てん》未《いま》だ　明《あ》けず
（下）眼《まなこ》痛《いた》み　灯《ともしび》を滅《け》して　猶《な》お闇坐《あんざ》　すれば
逆風《ぎゃくふう》　浪《なみ》を吹《ふ》きて　船《ふね》を打《う》つの　声《こえ》

舟中読元九詩
把君○詩巻灯前読◎
詩尽灯残天未明◎
眼痛滅灯猶闇坐
逆風吹浪打船声◎
（平起式下平八庚韻）

現代語訳　君の詩集を手に取って、灯の前で読む。詩を読み終えた時は、灯が僅かに残っていたが、空はまだ明けなかった。眼に痛みを覚え、灯を消して、そのまま暗闇の中に座っていると、向かい風が波を吹き上げて、船に叩《たた》きつける音だけが聞こえて来る。

語釈　元九＝元稹《しん》。「九」は排行第九番目。残＝わずかに残ること。滅＝火を消す。闇坐＝暗がりに坐る。逆風＝向かい風。

要旨・鑑賞　白居易四十四歳の作。元和十年（八一五）、江州の司馬に左遷され、長安から任地へ行く途中で詠んだ。「八月十五日の夜、禁中に独り直《とのい》し、月に対して元九を憶う」（一〇〇頁）と同様、元稹との友情を詠んだ詩。この詩が作られたころ、元稹も通州（四川省達県）にいて、白居易を思う詩、「楽天の江州司馬を授けられしを聞く」（次頁）を作っている。この詩は「詩」の字が二回、「灯」の字が三回使われている。常体ではないが、胸中が出ている。

作者　白居易。九九頁参照。

57 楽天《らくてん》の江州司馬《こうしゅうしば》を授《さず》けられしを聞《き》く　元稹《げんしん》

残灯《ざんとう》　焔《ほのお》無《な》く　影《かげ》　憧憧《しょうしょう》
此《こ》の夕《ゆう》べ　君《きみ》が　九江《きゅうこう》に謫《たく》せらるるを　聞《き》く
(中)垂死《すいし》の　病中《びょうちゅう》　驚《おどろ》いて坐起《ざき》　すれば
暗風《あんぷう》　雨《あめ》を吹《ふ》いて　寒窓《かんそう》に　入《い》る

聞楽天授江州司馬
残灯○無焔影憧憧◎
此夕聞君謫九江◎
垂死病中驚坐起
暗風吹雨入寒窓◎

（平起式上平三江韻）

現代語訳　燃え尽きかけた灯の焔《ほのお》はなく、光がたよりなげにゆらめいている。この寂しい夜に、君が九江に左遷されたという知らせを聞いた。死なんばかりの身の病気の中に、驚いて起き上がって、居ずまいを正すと、暗闇《やみ》の中から雨まじりの夜風が、寒々とした窓に吹き込んで来る。

語釈　楽天＝作者の親友白居易の字。江州司馬＝江州は江西省九江市。司馬は唐代においては、州の刺史（長官）の属官。憧憧＝光がたよりなげにゆらめくさま。謫＝僻地に左遷されること。九江＝江州の別名。垂死＝死にかけた。

要旨・鑑賞　白居易は、元和《げんな》十年（八一五）の秋、江州司馬に左遷された。この年の春、元稹は通州（四川省）に司馬として赴任した。元稹は病床でこのことを知って詠んだ。

作者　元稹（七七九―八三一）。中唐。字は微之。河南（河南省洛陽）の人。九歳で詩文を作り、十五歳で明経科に及第した俊才。「元軽白俗」（元稹は軽々しく、白居易は俗っぽい）の評がある。白居易は二年後、「元微之に与うる書」を書き、この詩を絶賛した。

58　**清明《せいめい》**　**杜牧《とぼく》**

清明《せいめい》の　時節《じせつ》　雨《あめ》　紛紛《ふんぷん》
路上《ろじょう》の　行人《こうじん》　魂《たましい》を断《た》たんと　欲《ほっ》す
(中)借問《しゃもん》す　酒家《しゅか》　何《いず》れの処《ところ》にか　有《あ》る
牧童《ぼくどう》　遥《はる》かに指《さ》す　杏花《きょうか》　村《そん》

清明

清明◦時節雨紛紛◎
路上行人欲断魂◎
借問酒家何処有
牧童遥指杏花村◎

(平起式上平十三元韻)

現代語訳　清明節だというのに、雨がしきりに乱れ降る。道行く旅人(私)の心をひどく滅入らせてしまう。ちょっと尋ねるが、酒を売る店は、どちらの方にあるのかね。すると、牛飼いの子が、あっちの方だよと指さした。それはアンズの花咲く村だ。

語釈　清明＝春分から十五日目をいう。陽暦の四月五日ごろにあたる。紛紛＝入り乱れているさま。行人＝道行く人。ここは作者自身。断魂＝心がひどく滅入ること。借問＝ちょっとたずねたい。牧童＝牛などを世話する子供。杏花＝アンズの花。三月ごろ白またはピンクの花が咲く。要旨・鑑賞　清明の時節の様子を詠んだ。清明の時節に雨がしきりに降り、道行く自分の心は滅入ってしまう。それで酒家を牧童に尋ねると、遥か彼方の白い杏の花の咲く村の方を指さした。暗い中にボーッと明るさを感じる。作者　杜牧。二一頁参照。

59 秦淮《しんわい》に泊《はく》す　杜牧《とぼく》

煙《けむり》は　寒水《かんすい》を籠《こ》め　月《つき》は沙《すな》を　籠《こ》む
夜《よる》　秦淮《しんわい》に泊《はく》して　酒家《しゅか》に　近《ちか》し
(中)商女《しょうじょ》は　知《し》らず　亡国《ぼうこく》の　恨《うら》み
江《こう》を隔《へだ》てて　猶《な》お唱《うた》う　後庭《こうてい》　花《か》

泊秦淮
煙籠寒水月籠沙◎
夜泊秦淮近酒家◎
商女不知亡国恨
隔江猶唱後庭花◎
(平起式下平六麻韻)

現代語訳　夕もやは、秦淮河の冷たい水の上に立ちこめ、月の光は川岸の砂を照らす。夜、秦淮河に舟泊りしたが、川の向こうは料亭だった。妓女たちは、亡国の恨みの歌だとは知らずに、いまなお、玉樹後庭花の曲を歌っている。

語釈　秦淮＝秦の始皇帝が作った運河。江蘇省句容県の北、および溧《りつ》水県の東南に源を発し、南京を経て揚子江に注ぐ。河岸には妓楼があり、画舫《がぼう》を浮べて楽しんだりした、風流な繁華街であった。煙＝もや。寒水＝冷たい水。秦淮の河水。月籠沙＝月光が白く照らし、白い砂と区別がつかないこと。酒家＝料亭。商女＝妓女。亡国恨＝国を自ら亡ぼした陳の後主の恨みの歌。後庭花＝「玉樹後庭花」という歌曲名の略。陳の後主陳叔宝（五八三―五八九在位）が作った。陳の後主は、日夜酒色にふけり、ついに隋に滅ぼされた。

要旨・鑑賞　繁華街に船をとめて泊まり、世の盛衰を詠んだ。

作者　杜牧。二一一頁参照。

60

烏《う》江亭《こうてい》に題《だい》す　杜牧《とぼく》

勝敗《しょうはい》は　兵家《へいか》も　事《こと》　期《き》せず
羞《はじ》を包《つつ》み　恥《はじ》を忍《しの》ぶは　是《こ》れ　男児《だんじ》
（大上）江東《こうとう》の　子弟《してい》　才俊《さいしゅん》　多《おお》し
巻土《けんど》　重来《じゅうらい》　未《いま》だ知《し》る　可《べ》からず

題烏江亭
勝敗●兵家事不期◎
包羞忍恥是男児◎
江東子弟多才俊
巻土重来未可知◎
（仄起式上平四支韻）

【現代語訳】戦いの勝敗は、兵法家でも予測出来ない。恥を包み忍ぶのは、真の男子である。江東の若者たちには優れた人材が多い。再起を図って事を起こせば、どうなるか分からない。

【語釈】烏江亭＝安徽省和《か》県の東にあった渡し場。「烏江」は揚子江の北岸にある。題＝自分で作った詩を、建物や壁に書きつける。不期＝予測できない。羞＝顔を合わせるのがはずかしい。恥＝心にはずかしく思う。江東＝揚子江の下流江南地方。南京・蘇州あたり。子弟＝若者。才俊＝すぐれた人物。巻土重来＝再起を図って事を起こすこと。

【要旨・鑑賞】烏江亭を杜牧が訪れた時、項羽の最期を偲《しの》び、その死を惜しんで詠んだ。項羽の最期については、「垓下の歌」（一四七頁）を参照。

【作者】杜牧。二一一頁参照。

61　十五夜《じゅうごや》に月《つき》を望《のぞ》む　王建《おうけん》

中庭《ちゅうてい》　地白《ちしろ》うして　樹《き》に鴉《からす》　棲《す》み
冷露《れいろ》　声無《こえな》く　桂花《けいか》を　湿《うる》おす
(中)今夜《こんや》　月明《げつめい》　人《ひとことごと》尽く　望《のぞ》むも
知《し》らず　秋思《しゅうし》の　誰《た》が家《いえ》にか　在《あ》るを

十五夜望月
中庭○地白樹棲鴉◎
冷露無声湿桂花◎
今夜月明人尽望
不知秋思在誰家◎
（平起式下平六麻韻）

【現代語訳】中庭の地面は月の光で白く輝き、樹上には烏が住んでいる。冷ややかな露がしのびやかに結んで、木犀《もくせい》の花をうるおしている。今夜は中秋の満月、人は皆眺めているだろうが、秋の思いに耽っている人は、どこの家にいるのか、分からない。

【語釈】鴉＝カラス（烏）。冷露＝冷ややかな露。桂花＝木犀《もくせい》の花。月の世界にも生えるという伝説がある。秋思＝秋のものおもい。【要旨・鑑賞】満月の夜景を詠みながら、友人を懐かしむ詩。結句は疑問の形で、かえって友人への思慕の情を増している。【作者】王建（生没年不詳）。中唐。潁川（河南省許昌市）の人。大暦十年（七七五）の進士。韓愈門下。

62

桑乾《そうかん》を度《わた》る　賈島《かとう》

并州《へいしゅう》に　客舎《かくしゃ》して　已《すで》に　十霜《じゅっそう》
帰心《きしん》　日夜《にちや》　咸陽《かんよう》を　憶《おも》う
(中)端《はし》なくも　更《さら》に渡《わた》る　桑乾《そうかん》の　水《みず》
却《かえ》って　并州《へいしゅう》を望《のぞ》めば　是《こ》れ　故郷《こきょう》

度桑乾
客舎●并州已十霜◎
帰心日夜憶咸陽◎
無端更渡桑乾水
却望并州是故郷◎
（仄起式下平七陽韻）

【現代語訳】　并《へい》州での旅暮らしも、も早や十年になった。帰心は日ごと夜ごとに都長安を思ってい た。ところが、思いがけなくも、更に桑乾の河を渡り、別の任地へ旅立つことになった。予想に反 して、并州を望むと、仮りの宿と思ったこの町が、故郷のように懐しく思われる。

【語釈】　度＝渡るに同じ。桑乾＝桑乾河のこと。山西省を流れ、河北省の天津付近で運河に入る。永定河 または盧溝河ともいう。今の北京に近い。并州＝今の山西省太原市。十霜＝十年。咸陽＝長安の西北にあ る秦都。暗に長安を指す。【要旨・鑑賞】　長年月いた任地并州に別れを告げ、都長安とは反対の方向の任 地へ旅立つ時、前の任地が第二の故郷のように思われた望郷の詩である。今日単身赴任をして、その地に 何年もいると、第二の故郷に思われると同じようである。【作者】　賈島（七七九―八四三）。中唐。范陽 （河北省涿県）の人。遂州（四川省）長江の主簿となる。

63 山亭夏日《さんていかじつ》　高駢《こうべん》

緑樹《りょくじゅ》　陰《かげ》濃《こまや》かにして　夏日《かじつ》　長《なが》し
楼台《ろうだい》　影《かげ》を倒《さかしま》にして　池塘《ちとう》に　入《い》る
(下)水晶《すいしょう》の　簾動《れんうご》いて　微風《びふう》　起《お》こり
一架《いっか》の　薔薇《しょうび》　満院《まんいん》　香《かんば》し

山亭夏日
緑樹●陰濃夏日長◎
楼台倒影入池塘◎
水晶簾動微風起
一架薔薇満院香◎

(仄起式下平七陽韻)

現代語訳　こんもりと生い茂った緑樹の影は色濃く、夏の一日は長い。池のほとりの高殿は、姿をさかさまにして、大きな池の水面に映っている。水晶の玉かざりがついた簾《すだれ》が、かすかに吹いて来る風に動いて、涼しい音を立てている。棚《たな》一ぱいのバラの花が、その風に乗って、庭じゅうに香りを漂わせている。

語釈　山亭＝山荘。陰濃＝濃い影。楼台＝二階建て以上の高殿。影＝水に映った姿。池塘＝いけ。丸いいけを「池」、四角のいけを「塘」という。ここは普通にいけ。一架＝一つの棚。満院＝「院」は建物に囲まれた中庭。中庭いっぱいに。要旨・鑑賞　山荘の、日長の夏の静かな様子を詠んだ。作者　高駢(八二一―八八七)。晩唐。字は千里。幽州(河北省涿《たく》県)の人。先祖代々武門の家柄であったので、学問はもとより、武芸にも優れていた。黄巣の乱で名を挙げた。後ち謀叛をいだき、晩年兵権を失い、神仙を求めたが、殺された。

64 客中《かくちゅう》の初夏《しょか》　司馬光《しばこう》

四月《しがつ》　清和《せいわ》　雨《あめ》乍《たちま》ち　晴《は》れ
南山《なんざん》　戸《と》に当《あ》たって　転《うた》た　分明《ぶんめい》
(中)更《さら》に　柳絮《りゅうじょ》の　風《かぜ》に因《よ》りて起《お》こる　無《な》く
惟《た》だ　葵花《きか》の　日《ひ》に向《む》かいて傾《かたむ》く　有《あ》り

客中初夏
四月●清和雨乍晴◎
南山当戸転分明◎
更無柳絮因風起
惟有葵花向日傾◎

（仄起式下平八庚韻）

現代語訳　四月の初夏の爽やかですがすがしい日、雨に洗われたように、たちまち晴れ渡った空。南にある山は、部屋の戸口間近にあるかのように、いよいよはっきり見える。その上、柳のわたが風に乱れ飛ぶこともなく、ただヒマワリが日の射す方向に顔を向けているのがあるだけである。

語釈　客中＝旅先き。初夏＝陰暦四月、今の五月。清和＝爽やかですがすがしい。南山＝南の方に見える山。長安の南にある終南山か。当戸＝戸口の正面に。転＝いよいよ。更無＝全く…ない。「更」は「無」の意味を強める。柳絮＝柳の白い綿毛。柳の種子に生じる白毛状のもの。晩春の風物。葵花＝ヒマワリの花。要旨・鑑賞　初夏の雨あがりの、すがすがしい昼間の情景を詠んだ。洛陽郊外の独楽園に隠居していた時の作であろう。作者　司馬光（一〇一九―一〇八六）。北宋。字は君実。陝《せん》州（山西省夏県）の人。二十歳で進士に及第。神宗のとき、王安石の新法に反対し官界を去ったが、哲宗の時、再び戻り宰相となる。六十八歳で没し、大師温国公の称号を贈られた。史書『資治通鑑』を著す。

65　**春夜**《しゅんや》　**蘇軾**《そしょく》

春宵《しゅんしょう》　一刻《いっこく》　直《あたい》　千金《せんきん》
花《はな》に　清香《せいこう》有《あ》り　月《つき》に　陰《かげ》　有《あ》り
(大上)歌管《かかん》　楼台《ろうだい》　声《こえ》　寂寂《せきせき》
鞦韆《しゅうせん》　院落《いんらく》　夜《よる》　沈沈《ちんちん》

春夜
春宵○一刻直千金◎
花有清香月有陰◎
歌管楼台声寂寂
鞦韆院落夜沈沈◎
(平起式下平二蕭韻)

現代語訳　春の夜は、一ときが千金に値するほど。花には清らかな香りが漂い、月はおぼろにかすんでいる。高殿の歌声や管絃の音は、今は静かに聞こえ、ぶらんこが人気のない中庭にぶら下がって、夜は静かにふけて行く。

語釈　春宵＝春の夜。一刻＝十五分間。ちょっとの時間。直＝値に同じ。千金＝たいへん高価なこと。清香＝清らかなかおり。ふつう梅の花の香をいう。陰＝くもり。おぼろ月。歌管＝歌声や管弦の音。楼台＝高殿。寂寂＝ひっそりしているさま。しずかなさま。一本「細細」に作る。鞦韆＝ぶらんこ。院落＝中庭。沈沈＝静かに夜がふけて行くさま。

要旨・鑑賞　春の夜は、まことに千金の値のあることを詠んだ。この詩は第一句によって知られている。制作年は不詳であるが、南宋に編集された『詩人玉屑《せつ》』に引用されており、若い時の作と推定される。

作者　蘇軾。一八頁参照。

66 望《ぼう》湖《こ》楼《ろう》酔《すい》書《しょ》　蘇軾《そしょく》

黒雲《こくうん》　墨《すみ》を翻《ひるが》えして　未《いま》だ山《やま》を　遮《さえぎ》らず
白雨《はくう》　珠《たま》を跳《おど》らせて　乱《みだ》れて船《ふね》に　入《い》る
(中)地《ち》を巻《ま》き　風来《かぜきた》りて　忽《たちま》ち吹《ふ》き　散《さん》ずれば
望湖《ぼうこ》　楼下《ろうか》　水天《みずてん》の　如《ごと》し

望湖楼酔書
黒雲○翻墨未遮山◎
白雨跳珠乱入船◎
巻地風来忽吹散
望湖楼下水如天◎

（平起式下平一先韻）

現代語訳　黒い雲が墨をぶちまけたように広がって来たが、まだ山をすっかり隠すまでになっていない。と見る間に、夕立ちの白い雨垂《だ》れが、真珠を跳らせたように、ばらばらと船の中に吹き散って来た。やがて、大地を巻き上げるように、風が吹いて来て、見る見る雲や雨を吹っ飛ばすと、望湖楼下の水面は、青空のようになった。

語釈　望湖楼＝杭州（浙江省）の西湖のほとりに立っていた高殿。鳳凰《ほうおう》山にある。酔書＝酒に酔ったまま書く。翻＝ひっくり返す。未遮山＝まだ、向こうの山を一面に覆い尽くしたというほどではない。白雨＝夕立ち。跳珠＝雨が珠のようにはねる。巻地＝大地を巻き上げるように、強風が吹く。水如天＝湖の表面は、青空のように澄みわたる。**要旨・鑑賞**　熙《き》寧五年（一〇七二）、蘇軾三十七歳の作。風光明媚《び》の西湖に、夕立が通り過ぎた情景を詠んだ。いかにも酔って、一気に書きあげた感じの詩である。**作者**　蘇軾。一八頁参照。

67　雪梅《せつばい》　方岳《ほうがく》

梅《うめ》有《あ》り　雪《ゆき》無《な》ければ　精神《せいしん》　ならず
雪《ゆき》有《あ》り　詩《し》無《な》ければ　人《ひと》を　俗了《ぞくりょう》　す
(中)薄暮《はくぼ》　詩《し》成《な》りて　天《てん》また　雪《ゆき》ふる
梅《うめ》と　併《あわ》せ作《な》す　十分《じゅうぶん》の　春《はる》

雪梅
有梅無雪不精神◎
有雪無詩俗了人◎
薄暮詩成天又雪
与梅併作十分春◎
（平起式上平十一真韻）

現代語訳　梅が咲いていても雪が降らないと、生気があふれる詩景にはならない。梅と雪とがそろっても、詩心が起こらないと、俗なものになってしまう。夕暮れには詩が出来上がり、空に又雪が降って来た。梅と雪と詩と、三つそろって、申し分ない春となった。

語釈　精神＝生気があふれる。生き生きして美しい。俗了＝俗なものになってしまう。俗化する。薄暮＝日暮。「薄」は「迫」（せまる）の意。併＝合わせる。十分春＝申し分ない春。完全な春。要旨・鑑賞　梅・雪・詩の三つのものがそろってこそ、初めて十分な春になると詠んだ。同じ字が何度も出てくるのは、絶句の正体ではないが、平仄・押韻は規則通りになっている。作者　方岳（一一九九―一二六二）。南宋。字は巨山、号は秋崖、祁《き》門（安徽省歙《きゅう》県）の人。紹定五年（一二三二）の進士。農家の出身、農村の景物を歌う詩が多い。

二 五言絶句

68 易水送別《えきすいそうべつ》　駱賓王《らくひんおう》

此《こ》の地《ち》　燕丹《えんたん》に別《わか》る
壮士《そうし》の髪《かみ》　冠《かんむり》を衝《つ》く
(下)昔時《せきじ》　人《ひと》　已《すで》に没《ぼっ》し
今日《こんにち》　水《みず》猶《な》お　寒《さむ》し

易水送別
此地●別燕丹
壮士髪衝冠◎
昔時人已没
今日水猶寒◎
（仄起式上平十四寒韻）

現代語訳　荊軻《けいか》は、この易水のほとりで燕の太子丹に別れた。荊軻の怒髪は冠を突いたとのこと。その時の人々は、もういない。しかし、今日の別れにも、易水の水だけは変わることなく、寒々と流れている。

語釈　易水＝源を河北省易県付近に発し、戦国時代（前四〇三―前二二一）、燕の西境（河北省保定駅付近）を流れた川。燕丹＝燕の太子丹。刺客の荊軻《けいか》が丹のために、秦王を刺そうとして易水のほとりで別れる時、「風は蕭蕭として易水寒し、壮士一たび去って復《ま》た還《かえ》らず」と歌った。時に送別の士が慷慨し髪がことごとく上って、冠を衝いたという。壮士＝血気さかんな男。**要旨・鑑賞**　作者が今、易水のほとりに来て、人と別れるに際して、荊軻の故事を用いて詠んだ、すなわち則天武后（唐の第三代高宗（六四九―

六八三）の皇后）が唐の天下を奪ったことを憤った詩。別れた相手は徐敬業のことであろう。作者　駱賓王（？—六八四？）。初唐。婺《ぶ》州義烏（浙江省）の人。則天武后に抗して、唐室に忠勤を尽くした義士。

69　鏡《かがみ》に照《て》らして白髪《はくはつ》を見《み》る　張九齢《ちょうきゅうれい》

宿昔《しゅくせき》　青雲《せいうん》の　志《こころざし》
蹉跎《さた》たり　白髪《はくはつ》の　年《とし》
（大上）誰《たれ》か知《し》らん　明鏡《めいきょう》の　裏《うち》
形影《けいえい》　自《みずか》ら　相憐《あいあわ》れ　まんとは

照鏡見白髪
宿昔●青雲志
蹉跎白髪年◎
誰知明鏡裏
形影自相憐◎

（仄起式上平十一真韻）

現代語訳　昔は、青雲の志を抱いていた。しかし志を得ない中に、何時の間にか白髪の年となってしまった。一体、誰が予想したであろう。明鏡の中で、私と私の影とが互いに憐み合うとは。

語釈　宿昔＝むかし。少壮時代をいう。青雲志＝「青雲」は高い位。立身出世の志。蹉跎＝つまずくこと。思い通りにならないでいるうちに、時機を失すること。明鏡＝磨いてよく映る鏡。当時は銅鏡。形影＝鏡の前の当人の姿と、鏡に映った像。要旨・鑑賞　作者が李林甫と意が合わず宰相を辞めた時、鏡に対して身の不遇を嘆いて詠んだ。作者　張九齢（六七三—七四〇）。初唐。字は子寿。韶《しょう》州曲江（広東省）の人。長安二年（七〇二）の進士。玄宗に仕えた名宰相。詩は清淡の風を開き、王維・孟浩然の先をなした。

70 雑詩《ざっし》（二）　王維《おうい》

君《きみ》　故郷《こきょう》より　来《きた》る
応《まさ》に　故郷《こきょう》の　事《こと》を　知《し》る　べし
（下）来日《らいじつ》　綺窓《きそう》の　前《まえ》
寒梅《かんばい》は　花《はな》を著《つ》けしや　未《いま》だ　しや

雑詩（二）
君自●故郷来
応知故郷事●
来日綺窓前
寒梅著花未●
（仄起式去声四寘韻）

現代語訳　君は私の故郷からやって来られた。私の故郷の消息などご存知であろう。君がこちらへお出になる日、私の妻の飾り窓のある部屋の前の寒梅は、もう花を着けていただろうか。

語釈　雑詩＝定まった題がなく、種々とりまぜて作ってあるのでいう。この詩は、雑詩三首の第二首である。応知＝「応」は推量。知っているだろう。綺窓＝「綺」はあやぎぬ。あやぎぬをはった飾りのある窓。主として婦人の部屋に用いる。寒梅＝寒中に咲く梅。未＝疑問を表わす。

要旨・鑑賞　他郷にいる作者が、故郷から来た人と問答していることを詠んだ。すらすらと叙べている中に、故郷を懐しむ情が細やかによく表わされている。

作者　王維。一〇七頁参照。

71　雑詩《ざっし》（三）　王維《おうい》

已《すで》に　寒梅《かんばい》の発《ひら》くを　見《み》
復《ま》た　啼鳥《ていちょう》の　声《こえ》を　聞《き》く
（下）愁心《しゅうしん》　春草《しゅんそう》を　視《み》
階前《かいぜん》に向《む》かって　生《しょう》ぜんことを　畏《おそ》る

雑詩（三）

已見●寒梅発
復聞啼鳥声◎
愁心視春草
畏向階前生◎

（仄起式下平八庚韻）

【現代語訳】も早や、寒梅の開いたのを見、又鳥の鳴き声も聞いた。奥さんは春草の茂るのを愁えの心で視られ、雑草が階前まで生じはせぬかと気づかわれている。

【語釈】愁心＝うれいの心。【要旨・鑑賞】この詩は雑詩の第三首で、第二首（前頁）に対しての答えの形を取っている。寒梅はとうに開いたし、また鳥の鳴く声も聞こえて、故郷は正に春である。奥さんは春草の茂るのを愁えの心で見守られ、雑草が階前まで生じはせぬかと気づかわれているという意。夫君が帰らなければ、人の歩くこともないから、雑草が生い茂る。それを畏《おそ》れる妻の気持ちがよく出ている。間接的には、夫の帰郷を促している詩である。今日多い単身赴任に対する、妻の気持ちを思わせる。【作者】王維。一〇七頁参照。

72 **秋浦歌《しゅうほか》（十五）** **李白《りはく》**

白髪《はくはつ》 三千《さんぜん》 丈《じょう》
愁《うれ》いに縁《よ》って 箇《かく》の似《ごと》く 長《なが》し
(大)知《し》らず 明鏡《めいきょう》の 裏《うち》
何《いず》れの処《ところ》にか 秋霜《しゅうそう》を 得《え》たる

秋浦歌（十五）
白髪三千丈
縁愁似箇長
不知明鏡裏
何処得秋霜
（仄起式下平七陽韻）

現代語訳　鏡に照らしてわが姿を見ると、白髪は三千丈もあろうかと思われる程長い。これは積もる愁いのために、こんなになったのだろう、澄んだ鏡の中に映る白髪の姿を見るにつけても、この秋の霜のような白髪は、一体、何処からやって来たものであろうか。

語釈　秋浦＝今の安徽省貴池県揚子江沿岸の地名。李白の「秋浦歌」の第十五首である。三千丈＝実数ではない。非常に長いさまを大げさにいったもの。似箇＝「如此」の俗語。このように。秋霜＝白髪にたとえた。

要旨・鑑賞　この詩も李白が、己の老いを嘆いて詠んだ。五十四、五歳ごろの作。第一句の「白髪三千丈」は、古来から有名で、何かにつけ引用される。三千という数は多いという意の慣用語で、「弟子三千」「宮女三千」など、その例が多い。

作者　李白。三七頁参照。

73 **独《ひと》り敬亭山《けいていざん》に坐《ざ》す**　**李白《りはく》**

衆鳥《しゅうちょう》　高《たか》く飛《と》びて　尽《つ》き
孤雲《こうん》　独《ひと》り去《さ》って　閑《しずか》なり
(中)相看《あいみ》て　両《ふた》つながら　厭《いと》わざるは
只《た》だ　敬亭山《けいていざん》　有《あ》るのみ

独坐敬亭山
衆鳥●高飛尽
孤雲独去閑◎
相看両不厭
只有敬亭山◎
(仄起式上平十五刪韻)

現代語訳　あたりにいた多くの鳥も、空高く飛んで、すっかりいなくなり、空に浮かんでいた一ひらの離れ雲も、どこかへ流れ去って、ひっそりと静かになった。私とじっと見合って、互いに厭《あ》くことのないのは、ただ敬亭山だけである。

語釈　敬亭山＝安徽省宣城県の北にある。一名昭亭山とか、査山ともいう。風景の良い山で、標高約一〇〇〇メートル。衆鳥＝多くの鳥。孤雲＝一つの雲。閑＝静か。相＝互いに。李白と敬亭山が互いにという意で、山を擬人化したもの。両＝李白と敬亭山。不厭＝互いに見あきない。要旨・鑑賞　李白、五十三、四歳ごろの作。ひとりで敬亭山に向かってすわり、山の景色に心を奪われ、自然と一体となった境地を詠んだ。この詩を、後世の批評家は、「胸中事無く、眼中人無し」と評している。作者　李白。三七頁参照。

74 **秋日《しゅうじつ》**　**耿湋《こうい》**

返照《へんしょう》　閭巷《りょこう》に　入《い》る
憂《うれ》い　来《きた》って　誰《たれ》と共《とも》にか　語《かた》らん
(下)古道《こどう》　人《ひと》の行《ゆ》くこと　少《まれ》に
秋風《しゅうふう》　禾黍《かしょ》を　動《うご》かす

秋日
返照●入閭巷
憂来誰共語●
古道少人行
秋風動禾黍●

（仄起式上声六語韻）

現代語訳　夕日の照り返しが、村里に差し込んでいる。この静かな光景に憂いがわき起こって来たが、共に語って心を慰める者もいない。荒れた古い道は、人通りも殆んどなくて、秋風が稲とキビを、さわさわと騒がしている。

語釈　返照＝夕日の照り返し。閭巷＝村里。「閭」は二十五家ある里の門。「巷」はその中の小路。横丁。憂来＝「来」は助字。誰共語＝誰と共に語ろうか。語る相手がいない。少＝ほとんどない。禾黍＝稲とキビ。

要旨・鑑賞　村里の秋の夕暮れの情景を詠んだ。芭蕉の「この道や行く人なしに秋の暮」の句は、この詩からヒントを得たのではあるまいか。

作者　耿湋（七三四―？）。中唐。字は洪源。河東（山西省永済県）の人。宝応二年（七六三）の進士。盧綸・司空曙等と共に、大暦十才子の一人に数えられている。

75　秋夜《しゅうや》、丘二十二員外《きゅうにじゅうにいんがい》に寄《よ》す　韋応物《いおうぶつ》

君《きみ》を懐《おも》うて　秋夜《しゅうや》に　属《ぞく》す
散歩《さんぽ》して　涼天《りょうてん》に　詠《えい》ず
(大上)山《やま》　空《むな》しうして　松子《しょうし》　落《お》つ
幽人《ゆうじん》　応《まさ》に　未《いま》だ眠《ねむ》らざるべし

秋夜寄丘二十二員外
懐君属秋夜
散歩詠涼天◎
山空松子落
幽人応未眠◎
（平起式下平一先韻）

現代語訳　君のことを思っている今は、ちょうど秋の夜である。そぞろ歩きをしながら、涼しい天に向かって詩を吟じている。山の中には人気がなくて、松かさがカサリと落ちた。ひっそりと住む君も、きっとまだ眠っていないだろう。

語釈　丘＝姓。丘丹のこと。蘇州嘉興の人。二十二＝排行。二十二番目の男子。員外＝戸部員外郎（尚書省の属官）。丘はこの官を早くに辞めて、浙江省の臨平山に隠棲《せい》した。属＝ちょうど……にあたる。松子＝松かさ。幽人＝世捨て人。隠者。ここでは丘丹を指す。要旨・鑑賞　臨平に隠棲している友、丘丹を懐しく思って詠んだ。作者が貞元六年（七八六）蘇州刺史に転出したころの作品であろう。作者　韋応物（七三六―？）。中唐。字は不詳。享兆長安（陝西省西安市）の人。名門の出身。安禄山の乱で失職してから勉学に励んだ。性寡欲、詩は高潔、陶淵明に比せられた。五言に長ず。

76 秋風《しゅうふう》の引《いん》　劉禹錫《りゅううしゃく》

何《いず》れの処《ところ》よりか　秋風《しゅうふう》　至《いた》る
蕭蕭《しょうしょう》として　雁群《がんぐん》を　送《おく》る
(下)朝来《ちょうらい》　庭樹《ていじゅ》に　入《い》り
孤客《こかく》　最《もっと》も先《さき》に　聞《き》く

秋風引
何処●秋風至
蕭蕭送雁群◎
朝来入庭樹
孤客最先聞◎
(仄起式上平十二文韻)

現代語訳　何処から秋風が吹いて来るのだろうか。蕭々と寂しい音を立てて、雁《かり》の群を送っている。朝がた庭の木々の間に入ってざわざわとさせる音を、孤客の私が誰よりも先に聞きつけた。

語釈　秋風引＝楽府題。「引」は曲・歌と同じく、楽府の曲名。蕭蕭＝秋風がサラサラと音を立てるさま。朝来＝「来」は助字。今朝がた。孤客＝孤独な旅人。

要旨・鑑賞　秋風に対して感じたところを詠んだ。作者は、監察御史となったが、柳宗元等と共に、王叔文の叛に連坐して、郎州の司馬や、連州の刺史等に左遷され、官途には恵まれなかったから、秋風に対して、ことさら感を抱いたのである。晩年、白楽天と親しく交わり、白楽天も彼を推して詩豪と称した。「孤客最先聞」の句は、客愁をよく表現している。この詩に関連した和歌に、「秋きぬと目にはさやかに見えねども風の音にぞおどろかれぬる」(藤原敏行)。

作者　劉禹錫。六四頁参照。

77 慈恩塔《じおんとう》に題《だい》す　荊叔《けいしゅく》

漢国《かんこく》　山河《さんが》　在《あ》り
秦陵《しんりょう》　草樹《そうじゅ》　深《ふか》し
(下)暮雲《ぼうん》　千里《せんり》の　色《いろ》
処《ところ》として　心《こころ》を　傷《いた》ましめざるは　無《な》し

題慈恩塔
漢国●山河在
秦陵草樹深◎
暮雲千里色
無処不傷心◎
（仄起式下平侵韻）

現代語訳　今に残る漢の国のものといったら、山や河だけである。秦の始皇帝の御陵も草や木が生い茂り、人の世のはかなさを感じさせる。夕暮れの雲が、果てしなく空を覆い、宵《よい》の闇《やみ》が迫り、どこもかしこも心を悲しませないものはない。

語釈　慈恩塔＝西安（陝西省）の南部、大慈恩寺の境内にある七層の仏塔。大雁塔《だいがんとう》とも。西安が長安と呼ばれた唐の時は、市の規模ははるかに大きく、この寺は市内にあった。建立は貞観二年（六四八）、玄奘《じょう》三蔵が初代の住職。科挙の及第者や文人が、この塔に登り、詩を作り宴を催す行楽の地でもあった。漢国＝唐代人は朝廷をはばかり、唐を漢に託して表現した。秦陵＝秦の始皇帝陵。西安東郊驪《り》山の麓《ふもと》にある。

要旨・鑑賞　国家の衰運をいたむ懐古の詩。大雁塔から眺めた光景に、はかない人の世を思い、今の世の行く末を案じて詠んでいる。作者　荊叔（生没年不詳）。中・晩唐。この一詩のみ。

78

酒《さけ》を勧《すす》む　于《う》武陵《ぶりょう》

君《きみ》に勧《すす》む　金屈《きんくつ》　卮《し》
満酌《まんしゃく》　辞《じ》するを　須《もち》いず
(中)花《はな》　発《ひら》いて　風雨《ふうう》　多《おお》し
人生《じんせい》　別離《べつり》　足《た》る

勧酒
勧君○金屈卮
満酌不須辞◎
花発多風雨
人生足別離◎
（平起式上平四支韻）

現代語訳　さあ、君にこの金色に輝く杯で一献あげよう。なみなみと注がれた酒を遠慮するな。花が咲くと嵐が来るのは、この世のならい。人生というものは、別離に満ちているのだ。

語釈　金屈卮＝黄金製の把手《とって》のついた美しい杯。「卮」はさかずき。満酌＝杯になみなみと酒をつぐ。足＝満。多いこと。

要旨・鑑賞　人生の別離を嘆いた詩。黄金の杯に、なみなみと酒をついで、君に勧める。遠慮なさるな。花が咲けば、風雨に散る。人生は別離が多い。なんと無情の世の中ではないか。

作者　于武陵（八四七ごろ在世）。晩唐。名は鄴《ぎょう》、字は武陵。杜曲（陝西省西安の南郊）の人。宣宗の大中年間（八四七―八六〇）の進士。官途を捨て、書物と琴を携えて放浪し、後、嵩《すう》山の南に隠棲した。

三七言律詩

79 金陵《きんりょう》の鳳凰台《ほうおうだい》に登《のぼ》る　李白《りはく》

鳳凰《ほうおう》　台上《だいじょう》　鳳凰《ほうおう》　遊《あそ》ぶ
鳳去《ほうさ》り　台空《だいむな》しくして　江《こう》　自《おのずか》ら　流《なが》る
(下)呉宮《ごきゅう》の　花草《かそう》は　幽径《ゆうけい》に　埋《うず》もれ
晋代《しんだい》の　衣冠《いかん》は　古邱《こきゅう》と　成《な》る
(大上)三山《さんざん》　半《なか》ば落《お》つ　青天《せいてん》の　外《そと》
一水《いっすい》　中分《ちゅうぶん》す　白鷺《はくろ》　洲《しゅう》
(中)総《す》べて　浮雲《ふうん》の　能《よ》く日《ひ》を蔽《おお》うが　為《ため》に
長安《ちょうあん》は　見《み》えず　人《ひと》をして　愁《うれ》え　しむ

登金陵鳳凰台

鳳凰台上鳳凰遊◎
鳳去台空江自流◎
呉宮花草埋幽径
晋代衣冠成古邱◎
三山半落青天外
一水中分白鷺洲◎
総為浮雲能蔽日
長安不見使人愁◎

(平起式下平十一尤韻)

現代語訳　昔、この鳳凰台の上に鳳凰が遊んだというが、今は鳳凰は飛び去って、台だけが空しく残り、台の下の長江は昔と変わることなく、悠々と流れている。呉の宮殿を彩った花や草は、今は寂しい小道の中に埋もれてしまい、晋代の衣冠の貴族たちも、古い丘の土となってしまった。見渡すと、三山は青空の外側へ半ば落ちたように見え、秦淮河《しんわいが》の二つの流れは、白鷺洲をはさんで分かれている。いつもあの浮き雲が太陽の光を覆いかくしているために、帝都長安を見ることが出来ないので、私の心を愁いに沈ませる。

語釈 金陵＝南京。呉（二二二―二六四）が都して建業と称し、晋（二六五―三一六）が建康と呼んだ。鳳凰台＝六朝の宋（四二〇―四七九）の元嘉年間（四二四―四五三）に三羽の鳥が飛んで来た。この鳥は五色の色を持ち、孔雀の形をし、鳴き声がいいので、多くの鳥が群がり集まった。それで時人はこれを鳳凰だといい、その山の上に台を築いて、鳳凰台と名づけた。江＝揚子江。呉宮＝三国呉の宮殿。幽径＝さびしい小道。晋代＝三国時代に続く晋の時代。衣冠＝衣冠をつけた貴族たち。古邱＝古くなった墓地。三山＝金陵の西南五十七里にある三つの山。三つの峰が南北に連なっている。半落青天外＝山の上半分が雲におおわれて見えない。一水＝秦淮河。二水の説もある。総＝いつも。浮雲＝讒《ざん》者にたとえた。高力士など。

要旨・鑑賞 李白四十七歳の作。六十一歳説もある。この詩は、李白が鳳凰台に登って、都長安の方向を望み、感慨にふけったことを詠んだ。四十七歳とすれば、都を追放されてから三年余になる。『唐詩紀事』によると、李白は崔顥《さいこう》の「黄鶴楼」（三〇頁参照）と競って、この詩を作ったとある。「黄鶴楼」は唐代律詩中の第一の作と称されている。

作者 李白。三七頁参照。

80 曲江《きょくこう》　杜甫《とほ》

朝《ちょう》より回《かえ》りて　日日《ひび》　春衣《しゅんい》を　典《てん》し
毎日《まいにち》　江頭《こうとう》　酔《よい》を尽《つ》くして　帰《かえ》る
(中)酒債《しゅさい》は　尋常《じんじょう》　行《ゆ》く処《ところ》に　有《あ》り
人生《じんせい》　七十《しちじゅう》　古来《こらい》　稀《まれ》なり
(下)花《はな》を穿《うが》つ　蛺蝶《きょうちょう》は　深深《しんしん》として　見《み》え
水《みず》に点《てん》ずる　蜻蜓《せいてい》は　款款《かんかん》として　飛《と》ぶ
(大上)伝語《でんご》す　風光《ふうこう》　共《とも》に流転《るてん》　して
暫時《ざんじ》　相賞《あいしょう》して　相違《あいたが》うこと　莫《な》かれと

曲江
朝回○日日典春衣◎
毎日江頭尽酔帰◎
酒債尋常行処有
人生七十古来稀◎
穿花蛺蝶深深見
点水蜻蜓款款飛◎
伝語風光共流転
暫時相賞莫相違◎

(平起式上平五微韻)

現代語訳　朝廷から戻ると、毎日毎日春の衣服を質に入れ、日毎曲江の辺りで酒を飲み、酔ってから帰る。酒の借金は普段行くところは、何処にでもある。そんなことより、人生は短く、七十まで生きる者はこれまでめったにない。せめて生きている間、酒を飲もうではないか。花の間に蜜を吸うアゲハチョウは、奥深いところに見え、水面に尾を着けているトンボは、悠々と飛んでいる。

風光に伝えよう。わたしと共に流れていって、暫らくの間お互いに賞して、互いに背き合うことのないようにしようと。

語釈 曲江＝池の名。漢の武帝が都長安に宜春苑を造り、水流が「之《し》」の字の形に曲折した池があったので名づけた。唐の玄宗皇帝が楊貴妃を伴って行楽した所である。朝回＝朝廷より下がる。典＝質に入れること。江頭＝曲江のほとり。酒債＝酒代の借金。尋常＝普通。普段。穿花＝花の間に入りこむ。蛺蝶＝アゲハチョウ。点水＝水に尾をつける。蜻蜓＝トンボ。款款＝ゆるやかなさま。緩緩と同じ。伝語＝伝言。共流転＝作者杜甫が風光とともに流れて行く。相違＝互いにそむき合う。**要旨・鑑賞** 乾元元年（七五八）、杜甫四十七歳の作。房琯《かん》を弁護したことで、粛宗の怒りに触れ、その後朝廷へ出ても、楽しまない日が続いた。この詩は、そのような晩春の思いを詠んだ。有名な「古稀」の語は、第四句の「人生七十古来稀」から出たが、杜甫は五十九歳で生涯を閉じたのは、皮肉である。**作者** 杜甫。三五頁参照。〔補説〕天宝十四年（七五五）、杜甫四十四歳の時、ようやく太子右衛率府冑曹参軍に任ぜられる。武器の管理と門の出入りを取り締る低いものであった。杜甫はこの仕官を喜び、家族に知らせるべく、疎開地の奉先県（陝西省蒲城県）に赴いた。そこで安禄山の乱に会い、家族を鄜《ふ》州（陝西省鄜県）の羌《きょう》村へ避難させ、翌至徳元年（七五六）、玄宗の皇子粛宗が即位した霊武（寧武省寧夏県）へ参じようとして、その途中賊軍に捕えられ、長安に軟禁され、九か月後の至徳二年（七五七）、賊軍の手中から脱出して、鳳翔（陝西省翔県）の行在所で粛宗に拝謁し、左拾遺を授けられ、四十六歳でやっと宿願を果たし、長安で中央の廷臣として官吏生活を送った。（以下九五頁）

81 登高《とうこう》　杜甫《とほ》

風急《かぜきゅう》に　天高《てんたか》くして　猿嘯《えんしょう》　哀《かな》し
渚《なぎさ》清《きよ》く　沙白《すなしろ》くして　鳥《とり》飛《と》び　廻《めぐ》る
(下)無辺《むへん》の　落木《らくぼく》　蕭蕭《しょうしょう》として　下《くだ》り
不尽《ふじん》の　長江《ちょうこう》　滾滾《こんこん》として　来《きた》る
(大上)万里《ばんり》の　悲秋《ひしゅう》　常《つね》に客《かく》と　作《な》り
百年《ひゃくねん》の　多病《たびょう》　独《ひと》り台《だい》に　登《のぼ》る
(中)艱難《かんなん》　苦《はなは》だ恨《うら》む　繁霜《はんそう》の　鬢《びん》
潦倒《ろうとう》　新《あら》たに停《とど》む　濁酒《だくしゅ》の　杯《はい》

登高

風○	急●	天○	高○	猿○	嘯●	哀◎
渚●	清○	沙○	白●	鳥●	飛○	廻◎
無○	辺○	落●	木●	蕭○	蕭○	下●
不●	尽●	長○	江○	滾●	滾●	来◎
万●	里●	悲○	秋○	常○	作●	客●
百●	年○	多○	病●	独●	登○	台◎
艱○	難○	苦●	恨●	繁○	霜○	鬢●
潦●	倒●	新○	停○	濁●	酒●	杯◎

(仄起式上平十灰韻)

現代語訳　風が激しく吹き、空は高く澄み渡り、猿の鳴き声が悲しく聞こえて来る。揚子江の渚《なぎさ》は清く、砂は真っ白で、その上を鳥が輪を画いて飛んでいる。果てしもなく落ち葉する木の葉は、寂しい音を立てながら落ち、尽きることのない揚子江の流れは、こんこんと盛んに流れている。万里も遠く故郷を離れた他郷は、もの悲しい秋で、またもやいつもの旅人となり、生涯の持病の身の中、重陽の節句を迎え、独りで高台に登った。苦労を重ねたため、真っ白になってしまった鬢《びん》の毛が恨めしくてならない。それに老いぼれてしまったので、慰めに飲んだ濁り酒も、最近止めてしまった。

語釈 登高＝重陽の節句に、杜甫が高い所に登って酒を飲み健康を祈った。風急＝風が激しく吹く。天高＝青空が澄みわたっている。嘯＝声を長く引いて鳴く。無辺＝どこまでも果てしなく続く。落木＝木の葉や枯枝。蕭蕭＝ものさびしいさま。不尽＝尽きることのない。長江＝揚子江。滾滾＝水が盛んに流れるさま。万里＝故郷から一万里も遠く離れている。悲秋＝もの悲しい秋。百年＝一生。多病＝病気がち。持病のぜんそく。結核の説もある。艱難＝困難と苦労。繁霜鬢＝真っ白になった鬢《びん》の毛。潦倒＝「潦」は、「にわたずみ」と読み、「水たまり」のことであるが、「潦倒」の反切は、「ロウ」となるから、「老」の義とし、老衰の意に用いた。新停＝最近禁酒したばかり。**要旨・鑑賞** 大暦二年（七六七）、杜甫五十六歳の作。成都を離れて、錦江を下り、よるべなき身の杜甫が、ちょうど夔《き》州（四川省奉節県）の地で、九月九日の重陽の節句を迎え、台に登り、自己の悲哀を詠んだ。八句全部対句になっている。全対格である。前四句は、台に登って眺めた時の所見、後四句は、その時の所感である。明の評論家胡応麟は、古今七律の第一と激賞している。杜甫はここで二年間生活し、その後、貧困と病苦に悩まされながら、江陵（湖北省）、公安（湖北省）、岳州（湖南省岳陽市）と流浪して、大暦五年（七七〇）、衡州（湖南省衡陽市）から郴《ちん》州（湖南省）へ向かう途中、耒陽《らいよう》（湖南省）で亡くなった。時に五十九歳。**作者** 杜甫。三五頁参照。

82　客至《かくいた》る　杜甫《とほ》

舎南《しゃなん》　舎北《しゃほく》　皆《みな》　春水《しゅんすい》
但《た》だ見《み》る　群鷗《ぐんおう》の　日日《ひび》に　来《きた》るを
(下)花径《かけい》　曽《かつ》て　客《かく》に縁《よ》って　掃《はら》わず
蓬門《ほうもん》　今《いま》始《はじ》めて　君《きみ》が為《ため》に　開《ひら》く
(大上)盤飧《ばんそん》　市《いち》遠《とお》くして　兼味《けんみ》　無《な》く
樽酒《そんしゅ》　家《いえ》貧《まず》しくして　只《た》だ　旧醅《きゅうばい》　あり
(中)肯《あえ》て　隣翁《りんおう》と　相対《あいたい》して　飲《の》まんや
籬《かき》を隔《へだ》てて　呼《よ》び取《と》りて　余杯《よはい》を　尽《つ》くさん

客至
舎南○舎北皆春水▲
但見群鷗日日来◎
花径不曽縁客掃
蓬門今始為君開◎
盤飧市遠無兼味
樽酒家貧只旧醅◎
肯与隣翁相対飲
隔籬呼取尽余杯◎

(平起式上平十灰韻)

現代語訳　わが家の北も南もみな春の水が流れ春たけなわとなった。ただ毎日鷗の群れの来るのを見るだけである。花咲く小道も来客のために掃き清めることは、かつてなかったが、君を迎えるために、わが家のヨモギぶきの門を今日初めて開けた。皿に盛ったご馳走は、市場まで遠いので二種類はなく、樽《たる》酒も、家が貧しいので、ただ古いどぶろくがあるだけだ。粗末な酒食ではあるが、どうぞ隣りのおじいさんと一緒に飲もう。垣根ごしに呼び寄せて、残りの酒を飲み尽くそう。

語釈　客至＝お客がやって来た。花径＝花の咲いている小道。蓬門＝ヨモギでふいた門。粗末な門。君＝客。盤飧＝皿に盛られた夕食。「飧」は夕食の意。朝食は「饔《よう》」という。兼味＝二種以上のおいしい料理。旧醅＝ふるいどぶろく。籬＝垣根《かきね》。要旨・鑑賞　上元二年（七六一）、杜甫五十歳の作。成都郊外の浣花草堂に、来客を迎えた様子を詠んだ。杜甫の楽しげな生活ぶりが、手に取るように窺える。この詩の出典『杜工部詩集』の注に「崔明府の相過《よ》ぎるを喜ぶ」とある。明府は県令の雅称であるから、崔という県令の訪問を迎えて作った詩である。作者　杜甫。三五頁参照。（補説）乾元元年（七五八）、杜甫は職を越えて宰相房琯《ぼうかん》の罪を弁護したことで、帝の不興を買い、華州（陝西省寧県）の司功参軍に左遷され、翌年この地方の大飢饉に遭い、食うこともできず、その官を捨てて、妻子と流浪の旅に出る。上元元年（七六〇）、成都尹《いん》剣南節度使の厳武の招きで、成都（四川省成都市）へ赴き、厳武の推薦で工部員外郎となり、郊外の浣花渓《かんかけい》に草堂を建てて住む。浣花草堂である。永泰元年（七六五）、厳武の死と蜀地方の乱れのため、成都を離れ、船で揚子江を下り、夔《き》州（四川省奉節県）に着き、二年間生活した。（以下九三頁の「要旨・鑑賞」参照）

83 左遷《させん》せられて藍関《らんかん》に至《いた》り、姪孫《てつそん》湘《しょう》に示《しめ》す

韓愈《かんゆ》

一封《いっぷう》 朝《あした》に奏《そう》す 九重《きゅうちょう》の 天《てん》
夕《ゆう》べに 潮州《ちょうしゅう》に貶《へん》せらる 路《みち》 八千《はっせん》
(中)聖明《せいめい》の 為《ため》に 弊事《へいじ》を除《のぞ》かんと 欲《ほっ》す
肯《あえ》て 衰朽《すいきゅう》を将《もっ》て 残年《ざんねん》を 惜《お》しまんや
(下)雲《くも》は 秦嶺《しんれい》に横《よこた》わって 家《いえ》何《いず》くにか 在《あ》る
雪《ゆき》は 藍関《らんかん》を擁《よう》して 馬《うま》 前《すす》まず
(大上)知《し》る汝《なんじ》 遠《とお》く来《きた》る 応《まさ》に意《い》 有《あ》るべし
好《よ》し 吾《わ》が骨《ほね》を収《おさ》めよ 瘴江《しょうこう》の 辺《ほと》りに

左遷至藍関示姪孫湘
一封○朝奏九重天◎
夕貶潮州路八千◎
欲為聖明除弊事
肯将衰朽惜残年◎
雲横秦嶺家何在
雪擁藍関馬不前◎
知汝遠来応有意
好収吾骨瘴江辺◎

(平起式下平一先韻)

現代語訳　朝、一通の上奏文を天子の奥深い宮殿に奉ったら、夕べには八千里も遠い南の潮州の地に左遷されてしまった。聖明な天子のために、国家の弊害を除こうとして、したことである。この衰えはてた身で、今更余生を惜しむものか。雲は秦嶺山脈に立ち込めて、わが家が何処にあるかも分からなく、雪は藍田関を抱え込んで、馬も進もうともしない。君が遠くからはるばるやって来

たのは、きっと何か心にあってのことであろう。ならば私の遺骨を、毒気の立ち込めている大川の辺りで、拾い収めるがよい。

【語釈】 左遷＝官位を下げて遠地へ移すこと。元和十四年（八一九）「仏骨を論ずる表」の件で、韓愈は刑部侍郎（法務次官）から潮州刺史に左遷された。時に五十二歳。藍関＝長安（陝西省）の東南藍田関のこと。姪孫湘＝「姪孫《おいまご》」は兄弟の孫をいう。湘は韓愈の次兄韓介《かんかい》の孫（七九四―？）で、韓老成の子である。一封＝一通の上奏文。「仏骨を論ずる表」のこと。九重天＝天子の奥深い朝廷。宮中。潮州＝広東省潮州市。路八千＝長安から潮州までは、八千里はなく、五、六二五里（約三、〇〇〇キロ）という。聖明＝天子の徳。天子の尊称。ここは皇帝憲宗（八〇五―八二〇）を指す。弊事＝仏舎利を宮中に迎え入れることより起こる弊害。衰朽＝老い衰える。残年＝余生。秦嶺＝長安の南の秦嶺山脈。その主峰終南山を指すこともある。擁＝抱え込む。雪が藍田関を包むようにかかっていること。応＝推量。きっと……であろう。好＝好かろう。瘴江＝「瘴」は毒気。マラリアなどの病気のもの。毒気の出る川。【要旨・鑑賞】「仏骨表」のことで左遷され、都を追われる身となった作者が、見送りに来てくれた姪孫の湘に、自分の固い信念を吐露した悲壮な遺言の詩である。硬骨漢韓愈の人柄を思わせる格調高い名詩といえる。韓愈は、日ごろから仏教・道教が嫌いであった。特に仏教は国風を乱すものと考え、排した。「仏骨を論ずる表」は、その不満をぶちまけたが、勢い余って、「仏教を信仰する天子の寿命は決まって短い」と極論したので、憲宗の逆鱗に触れた。【作者】 韓愈（七六八―八二四）。中唐。字は退之《たいし》、昌黎《しょうれい》（河北省）の人とするが、南陽（河南省）の出身。三歳で父母を喪い、刻苦し、二十五歳で進士に及第、吏部侍郎で終わる。柳宗元とともに古文復興に力を尽くした。

香炉峰下《こうろほうか》、新《あら》たに山居《さんきょ》を卜《ぼく》し、草堂初《そうどうはじ》めて成《な》り、偶《たま》たま東壁《とうへき》に題《だい》す　白居易《はくきょい》

日高《ひたか》く　睡《ねむ》り足《た》りて　猶《な》お起《お》くるに　慵《ものう》く
小閣《しょうかく》に　衾《しとね》を重《かさ》ねて　寒《さむ》さを　怕《おそ》れず
(中)遺愛寺《いあいじ》の　鐘《かね》は　枕《まくら》を欹《そばだ》てて　聴《き》き
香炉峰《こうろほう》の　雪《ゆき》は　簾《すだれ》を撥《かか》げて　看《み》る
(大上)匡廬《きょうろ》は　便《すなわ》ち　是《こ》れ名《な》を逃《のが》るるの　地《ち》
司馬《しば》は　仍《な》お　老《お》いを送《おく》るの　官《かん》たり
(下)心泰《こころやす》く　身寧《みやす》きは　是《こ》れ帰《き》する　処《ところ》
故郷《こきょう》　何《なん》ぞ　独《ひと》り長安《ちょうあん》にのみ　在《あ》らんや

香炉峰下新卜山居草堂初成偶題東壁

日高○睡足猶慵起◎
小閣重衾不怕寒◎
遺愛寺鐘欹枕聴
香炉峰雪撥簾看◎
匡廬便是逃名地
司馬仍為送老官◎
心泰身寧是帰処
故郷何独在長安◎

(平起式上平十四寒韻)

現代語訳　日は高く昇り、睡眠はもう十分なのだが、まだ起きるのはおっくうだ。小さな二階建の家で、重ねた布団にくるまっていれば、寒さなど感じない。遺愛寺の鐘が響くと、ちょいと枕を

縦にして頭をもたげて聴き、香炉峰の雪は、布団の中から簾をはね上げて、手をかざして眺め込る。廬山《ろざん》は、とりもなおさず、俗世間から隠れ住むにふさわしい土地であり、司馬という閑職は、やはり老後を送る官には悪くない。心が安らかで身がおだやかであれば、これ以上望むことはない。故郷はどうしてただ長安だけにあろう。

語釈　**香炉峰下**＝廬《ろ》山（江西省九江県の西南）の北峰の名。形が香炉に似ているのでいう。「下」はふもと。**卜**＝占う。**山居**＝山中の住居。**草堂**＝かやぶきで粗末な家。**初**＝……したばかり。**偶題**＝たまたま思いがけなく詩ができ、それを書きつける。**慵**＝おっくう。**小閣**＝小さな二階建の家。草堂をいう。**衾**＝かけぶとん。**遺愛寺**＝香炉峰の北方にあった寺。**欹枕**＝枕を縦にして、頭をもたげる。**撥簾**＝すだれをはね上げる。**匡廬**＝廬山のこと。殷《いん》周時代、匡族兄弟七人がここに廬を作って住んだことから。**便**＝とりもなおさず。**逃名**＝名声や名誉心から逃避する。**司馬**＝州の刺史（長官）を補佐する次官。主に軍事を司る。**泰**＝やすらかでのんびりしていること。**寧**＝おだやかなこと。**帰処**＝落着くべき所。**要旨・鑑賞**　白居易四十六歳の作。草堂が出来上がったので、その感想を詠み、東壁に書きつけた。時に元和十二年（八一七）、江州司馬となって三年目。四首中の第三首。**作者**　白居易（七七二―八四六）。中唐。字は楽天、下邽《けい》（陝西省渭南）の人。本籍は太原（山西省）。二十九歳の時、進士に及第。刑部尚書で退官。酔吟先生と号する。香山居士ともいう。詩は平易で、流伝が早く、生前中わが国にも伝わり、平安文学に多大な影響を与えた。中でも「長恨歌」（一七二頁参照）「琵琶行」（一九六頁参照）は有名である。『白氏文集』七十一巻がある。（補説一四〇頁参照）

85

八月十五日《はちがつじゅうごにち》の夜《よる》、禁中《きんちゅう》に独《ひと》り直《とのい》し、月《つき》に対《たい》して元九《げんきゅう》を憶《おも》う　白居易《はくきょい》

銀台《ぎんだい》　金闕《きんけつ》　夕《ゆう》　沈沈《ちんちん》
独宿《どくしゅく》　相思《あいおも》いて　翰林《かんりん》に　在《あ》り
(中)三五《さんご》　夜中《やちゅう》　新月《しんげつ》の　色《いろ》
二千《にせん》　里外《りがい》　故人《こじん》の　心《こころ》
(下)渚宮《しょきゅう》の　東面《とうめん》は　煙波《えんぱ》　冷《ひや》やかに
浴殿《よくでん》の　西頭《せいとう》は　鐘漏《しょうろう》　深《ふか》し
(大上)猶《な》お恐《おそ》る　清光《せいこう》　同《おな》じく見《み》ざらん　ことを
江陵《こうりょう》は　卑湿《ひしつ》にして　秋陰《しゅういん》　足《た》る

八月十五日夜独直禁中対月憶元九
銀台○金闕夕沈沈◎
独宿相思在翰林◎
三五夜中新月色
二千里外故人心◎
渚宮東面煙波冷
浴殿西頭鐘漏深◎
猶恐清光不同見
江陵卑湿足秋陰◎
(平起式下平十二侵韻)

現代語訳　宮中の銀台門や宮殿は夜が更けて行き、私独り翰林院に宿直して君のことを思っている。今宵は十五夜、昇ったばかりの明月に、二千里も遥か彼方にいる君の心が偲《しの》ばれる。君のいる

渚宮の東の方は、もやにけぶった水面が、月に冷たく光っているだろう。私のいる宮中の浴殿の西側は、時を告げる鐘や水時計の音が、静寂の中に、深々と時を刻んでいる。月を見て私が君を思うように、君も又私を思っていてくれるだろうが、それでも心配なのは、君がこの清らかな月かげを、見られないのではないかということだ。なぜなら、江陵の地は低く湿っぽくて、秋は曇り勝ちの日が多いというから。

語釈 **八月十五日**＝旧暦で、中秋の明月。**禁中**＝宮中。**元九**＝友人の元稹。湖北の江陵に左遷されていた。**銀台**＝宮中の門名。その北に翰林院がある。**金闕**＝宮門。または宮城。**沈沈**＝夜のふけゆくさま。**翰林**＝翰林院。翰林学士が宮中の宿直をし、天子の詔勅を掌る。**三五夜**＝十五夜。**新月**＝出たばかりの月。**故人**＝旧友。元稹を指す。**渚宮**＝春秋時代の楚王の宮殿。江陵城内にあった。この句は元稹のいる江陵の景を詠んだ。**煙波**＝もやにけぶった水面。**浴殿**＝大明宮にあった浴堂殿で太子の湯殿《ゆどの》。この西に翰林院があった。この句は作者のいる宮中の景を詠んだ。**鐘漏**＝水時計によって、時刻を知らせる鐘の音。**清光**＝清らかな月の光。**江陵**＝湖北省江陵県。**秋陰**＝秋曇り。**足**＝多い。**要旨・鑑賞** 白居易三十九歳の作。中秋の明月の夜、宮中に独りで宿直していた作者が、月を見ながら、遥か遠くへ流されている旧友の元稹を思って詠んだ。白居易と元稹の交友は、吏部の試験に共に及第した貞元十九年（八〇三）ごろから始まった。以後大和五年（八三一）、元稹が五十三歳で死ぬまで続いた。その間、多くの詩や手紙の遣り取りが行われた。中国には友情を詠んだ詩が数多くあるが、その中でも二人の友情の詩は傑出している。既出の「舟中、元九の詩を読む」（六五頁参照）も、その一つであるが、この詩も二人の友情を詠んだ代表作である。この詩の眼目は、頷聯《がんれん》（第三句・四句）である。十分鑑賞されたい。**作者** 白居易。九九頁参照。

四五言律詩

86 **洞庭《どうてい》に臨《のぞ》む**　**孟浩然《もうこうねん》**

八月《はちがつ》　湖水《こすい》　平《たいら》かなり
虚《きょ》を涵《ひた》して　太清《たいせい》に　混《こん》ず
(下)気《き》は蒸《む》す　雲夢《うんぼう》の　沢《たく》
波《なみ》は撼《うご》かす　岳陽《がくよう》　城《じょう》
(大上)済《わた》らんと　欲《ほっ》するに　舟楫《しゅうしゅう》　無《な》く
端居《たんきょ》して　聖明《せいめい》に　恥《は》ず
(中)坐《そぞろ》に　釣《つり》を垂《た》る者《もの》を　観《み》て
徒《いたず》らに　魚《うお》を羨《うらや》むの　情有《じょうあ》り

臨洞庭

八月●湖水平
涵虚混太清◎
気蒸雲夢沢
波撼岳陽城◎
欲済無舟楫
端居恥聖明◎
坐観垂釣者
徒有羨魚情◎

(仄起式下平八庚韻)

現代語訳　中秋八月の洞庭湖は増水期で、湖面は平らに果てしなく広がる。大空を浸し、最も高い太清天まで届き、大空と湖水が混じり合う。水蒸気は雲夢沢まで立ち込め、湖面に立つ波は、岳陽の町全体をゆり動かす程である。渡ろうと思ったが、舟も楫《かい》も見当たらない。何もしないでじっとしていると、天子に対して自らの不明を恥じる。なんとはなしに釣り糸を垂れている人を観ては、ただに魚を得たいという気持ちを起こすばかりである。

語釈 洞庭湖＝一〇五頁語釈参照。八月＝陰暦の八月。中秋。江水が増して、湖水がみなぎる時。湖水平＝水がまんまんと満ちて、洲渚が没して見えなくなったさま。虚＝虚空。大空。太清＝最も高い天。雲夢沢＝雲沢・夢沢。洞庭湖に連なる大沢。湖南省安陸県の南。もとはこの二沢あったが、合わせて雲夢といった。岳陽城＝岳陽市のこと。一〇五頁語釈参照。舟楫＝舟とかい。天子を補佐する才にたとえる。『書経』説《えつ》命上に、高宗が傅説《ふえつ》にいった「若《も》し巨川を済《わた》るとせば、汝を用って舟楫と作《な》さん」の語による。または官職を得ようとしても、その手だてのないことをいう。端居＝閒居に同じ。なすこともなく、じっとしていること。聖明＝聖天子。坐＝なんとなく。羨魚情＝『漢書』董仲舒伝《とうちょうじょでん》に、「淵に臨んで魚を羨《うらや》むは、退いて網を結ぶに如《し》かず」とあるに基づき、魚を得る方法もなくて、いたずらに魚を求めるように、自ら仕進の努力をしないで、徒らに出世を羨んでいる愚かさを自嘲した語。**要旨・鑑賞** 洞庭湖の景を描写し、仕官を求める意を詠んだ。「羨魚情」には、仕官を求めている意が内在している。この詩は、杜甫の「岳陽楼に登る」（次頁参照）の詩に遜色がない。作者は節義の士で、王維や李白・杜甫とも親交があったが、官途には不遇であった。**作者** 孟浩然。二五頁参照。

87　岳陽楼《がくようろう》に登《のぼ》る　杜甫《とほ》

昔聞《むかしき》く　洞庭《どうてい》の　水《みず》
今上《いまのぼ》る　岳陽《がくよう》　楼《ろう》
(下)呉楚《ごそ》　東南《とうなん》に　坼《さ》け
乾坤《けんこん》　日夜《にちや》　浮《うか》ぶ
(大上)親朋《しんぽう》　一字《いちじ》　無《な》く
老病《ろうびょう》　孤舟《こしゅう》　有《あ》り
戎馬《じゅうば》　関山《かんざん》の　北《きた》
軒《けん》に憑《よ》って　涕泗《ていし》　流《なが》る

登岳陽楼

昔●聞○洞●庭○水●
今○上●岳●陽○楼◎
呉○楚●東○南○坼●
乾○坤○日●夜●浮◎
親○朋○無○一●字●
老●病●有●孤○舟◎
戎○馬●関○山○北●
憑○軒○涕●泗●流◎

(平起式下平十一尤韻)

現代語訳　昔から洞庭湖の壮大なのは、噂《うわさ》に聞いていたが、今、岳陽楼に上って、眼前にその湖面を眺めると、呉の国と楚の国は、それぞれこの湖によって東と南に引き裂かれており、その湖面には、天地のすべてのものが、昼夜の別なく影を落として浮いている。今は、親類や友人からの一字の便りもなく、この老病の身に、ただ一そうの船があるだけだ。北の故郷では、今なお戦乱が関所や山々で続いている。楼上の手すりに寄りかかっていると、涙や鼻水が流れ落ちるばかりである。

語釈　岳陽楼＝湖南省岳陽市の西門に建てられた楼。天岳山の南にあるのでこの名がついた。洞庭湖の東北に位置し、ここから眺望する景観はすばらしい。昔聞＝かねがね聞いている。洞庭湖＝湖南省北部にある中国第二の湖。長さ約一二〇キロ、短径約六〇キロメートルといわれる。呉楚＝共に春秋時代の国の名。「呉」は今の江蘇・浙江省で、洞庭湖の東。「楚」は湖北・湖南省で、その南にある。坼＝音タク、裂ける。乾坤＝天と地。日夜浮＝昼となく夜となく浮かぶ。親朋＝親類と友人。無一字＝一字の便りもない。戎馬＝「戎」は兵器の総称。「馬」は兵馬。戦争、戦乱。関山＝関所や山々。憑軒＝手すりによりかかる。涕泗＝「涕」は涙、「泗」は鼻水。要旨・鑑賞　大暦三年（七六八）、杜甫五十七歳の作。この年の晩春、長安に帰ろうと夔《き》州（奉節県）から揚子江を下って、岳州（岳陽市）に留まった。この詩は岳陽楼に登って、流浪の悲しさを詠んだ。この詩は古今の絶唱といわれている。前半は壮大な洞庭湖の景観を叙し、後半は悲痛な懐郷の抒情である。この両者を第七、八句で統一している。読み吟ずる者の胸中に、切々と訴えるものがある。老残の杜甫の憂国と望郷に、手すりによりかかって涙を流している姿が、眼前に彷彿《ほうふつ》としてくる。この詩の第三、四句は、芭蕉の名句「荒海や佐渡に横たふ天の河」の句となった。作者　杜甫。三五頁参照。

88 山居秋暝《さんきょしゅうめい》　王維《おうい》

空山《くうざん》　新雨《しんう》の　後《のち》
天気《てんき》　晩来《ばんらい》の　秋《あき》なり
(中)明月《めいげつ》　松間《しょうかん》に　照《て》り
清泉《せいせん》　石上《せきじょう》に　流《なが》る
(大上)竹《たけ》　喧《さわが》しくして　浣女《かんじょ》　帰《かえ》り
蓮《はす》動《うご》いて　漁舟《ぎょしゅう》　下《くだ》る
(下)随意《ずいい》　なり　春芳《しゅんぽう》の歇《や》む　こと
王孫《おうそん》　自《みずか》ら留《とどま》る　可《べ》し

山居秋暝
空山◯新雨後
天気晩来秋◎
明月松間照
清泉石上流◎
竹喧帰浣女
蓮動下漁舟◎
随意春芳歇
王孫自可留◎

(平起式下平十一尤韻)

現代語訳　人気のないもの寂しい山に、サァーッと雨が降り、それが上がったばかり。空模様は夕暮れの秋である。明月が松の葉ごしに照り、清らかな泉は石の上をサラサラ流れている。竹林の向こうから賑《にぎ》やかに話す声が聞こえて、浣女が帰って行き、入江の蓮《はす》が動いて、漁舟が川を下って行く。春の花が散るのは勝手に散ればよい。王孫は春の草花が枯れ尽きようと、そんなことはおかまいなしに、ここに留まろう。

語釈　山居＝山荘。秋暝＝秋の夕暮れ。新雨＝雨あがり。「新」は「……したばかり」の意。天気＝空もよう。天候。晩来＝暮れ方。「来」は助字。浣女＝川で洗濯する娘。裏に「浣紗女《かんしゃじょ》」すなわち西施の連想があろう。随意＝好き勝手に。春芳歇＝春の花が散ってしまうこと。王孫＝若さま。貴公子。暗に王維自身を指す。『楚辞』「招隠士」に「王孫遊びて帰らず。春草生じて萋萋たり」とある。自可留＝そんなことにはかまわず、自らここに留まろう。要旨・鑑賞　輞《もう》川《せん》の別荘での秋の夕暮れの情景を詠んだ。大自然に融け込んでいる表現である。最後の句の「王孫自可留」は、如何にこの山居の景色がすばらしいかを的確に表現し、全体を見事に締めくくっている。作者　王維（七〇一—七六一？）。盛唐。字は摩詰《まきつ》。太原（山西省）の人。生没には、六九九—七五九、とする説もある。十五歳の時、科挙の準備のため、都長安へ行く。二十一歳で進士に及第。官は尚書右丞に至る。書画に巧みで南画の開祖。詩画一致の妙境をとらえ、「詩中に画あり、画中に詩あり」と評せられた。音楽にも通じ、山水を愛し、輞川（陝西省藍田県にある川の名）に別荘二十景を作り自然を楽しんだ。また仏教に悟入し、字を摩詰とつけた。これは名と続けて維《ゆい》摩詰となる。『王右丞集』六巻。

89　**春夜雨《しゅんやあめ》を喜《よろこ》ぶ**　　**杜甫《とほ》**

好雨《こうう》　時節《じせつ》を　知《し》り
春《はる》に当《あ》たって　乃《すなわ》ち　発生《はっせい》す
(下)風《かぜ》に　随《したが》って　潜《ひそ》かに夜《よる》に　入《い》り
物《もの》を潤《うるお》して　細《こま》やかにして　声《こえ》　無《な》し
(大上)野径《やけい》　雲《くも》は　倶《とも》に　黒《くろ》く
江船《こうせん》　火《ひ》は独《ひと》り　明《あき》らか　なり
(中)暁《あかつき》に　紅《くれない》の　湿《しめ》れる処《ところ》を　看《み》れば
花《はな》は　重《おも》し　錦官《きんかん》　城《じょう》

春夜喜雨
好雨●知時節
当春乃発生◎
随風潜入夜
潤物細無声◎
野径雲倶黒
江船火独明◎
暁看紅湿処
花重錦官城◎

(仄起式下平八庚韻)

現代語訳　好い雨は、降るべき時節を知っており、春になると降り出して、そこで万物が萌《も》え初める。雨は風につれて、密《ひそ》かに夜中まで降り続き、万物を潤すことが細やかで、音も立てない。野の小道は、垂れ込める雲と同じように真っ黒であり、川に浮かんでいる船のいさり火だけが、明かるく見える。夜明け方に、赤く湿っている所を見ると、錦官城に花がしっとりと咲いている。

語釈　好雨＝よい雨。時節＝雨の降る時節。当春＝春になると。発生＝万物が生じること。潤物細＝細い小ぬか雨が降る。野径＝野の小道。江船＝川に浮ぶ船。火＝いさり火。錦官城＝成都の名。昔、産物の錦を掌る役人がいたので、この名がある。

要旨・鑑賞　上元二年（七六一）、杜甫五十歳の作。成都郊外の浣《かん》花草堂で、春雨を詠んだ。浣花草堂は成都の西約四キロのところ、浣花渓のほとりにある。ここからは、西北の遠方に万年雪をいただいている西嶺も眺められる。杜甫は四十九歳に成都へ来、五十四歳までおり、生涯で一番平和な生活を送った。

作者　杜甫。三五頁参照。

杜甫草堂

五 古詩 (一)四言古詩

90 関雎《かんしょ》 詩経《しきょう》(国風《こくふう》・周南《しゅうなん》)

関関《かんかん》たる 雎鳩《しょきゅう》は
河《かわ》の洲《す》に 在《あ》り
窈窕《ようちょう》たる 淑女《しゅくじょ》は
君子《くんし》の 好逑《こうきゅう》

参差《しんし》たる 荇菜《こうさい》は
左右《さゆう》に之《これ》を 流《もと》む
之《これ》を 求《もと》むれども 得《え》ず
寤寐《ごび》に 思服《しふく》す

(大)参差《しんし》たる 荇菜《こうさい》は

関雎

関関雎鳩◎
在河之洲◎
窈窕淑女
君子好逑◎
(下平十一尤韻)
参差荇菜
左右流之
求之不得
寤寐思服
参差荇菜

左右《さゆう》に之《これ》を芼《えら》ぶ
窈窕《ようちょう》たる　淑女《しゅくじょ》は
鐘鼓《しょうこ》もて　之《これ》を　楽《たの》しむ

左右芼之
窈窕淑女
鐘鼓楽之

現代語訳　カンカンと鳴くミサゴが、河の洲にやって来た。淑《しとや》かな美しい乙女は、立派な若者のよいつれ合いである。ふぞろいのアサザを、右に左に求め、いくら求めても得られないので、寝ても覚《さ》めても思いこがれる。やっとふぞろいのアサザを、右に左に取ることが出来て、しとやかな美しい乙女は、鐘や太鼓のにぎわいで、迎える人を楽しませている。

語釈　関雎＝首句の二字を取って篇名としたもの。『詩経』の篇名は、すべて首句から取っている。関関＝鳥の鳴き声。雎鳩＝ミサゴ。河之洲＝「洲」は、川の流れの中の小島。「河」は中国北方の川の呼び名で、黄河とは限らない。窈窕＝奥深くしとやかなさま。淑女＝美しい乙女。しとやかな若い女。君子＝立派な若者。好逑＝よい配偶者。よいつれあい。参差＝ふぞろいのさま。荇菜＝アサザ。水辺に生える水草。左右＝左に右に。あちこちに。流＝求める。寤寐＝寝てもさめても。思服＝思いこがれる。芼＝えらぶ。

要旨・鑑賞　君子が、よき結婚相手を探し求めるさまを詠んだ。元は四言二十句から成っているが、第二章の第三・四句「窈窕淑女、寤寐求之」、第七・八句「悠哉悠哉、輾転反側」と、第三章の第一・二・三・四句「参差荇菜、左右采之、窈窕淑女、琴瑟友之」を省略し、十二句とし、吟じやすいようにした。この詩は『詩経』の巻頭に出ている。男側の立場として、結婚式に吟ずるとよい。この詩は三章より成っており、一章を迎える人の訪れを祝賀し、二・三章を迎えられる花嫁の行為と、一般の書は見ているが、二章は花嫁を求める花婿の悩み、三章はやっと花嫁を迎えることが出来て、花嫁が花婿に料理を作り、鐘鼓を鳴らして楽しませると見る方が、自然ではなかろうか。『老子』に「その雄を知れば、その雌を守りて、天下の谿となる」（二十八章）とあり、この注に「雄は先の属、雌は後の属なり」と王弼は注している。これが中国の古代の思想である。したがって、雌は雄に応えることが男女の通念であって、女性が男性を得るために思いこがれることはあっても、女性から手を出して男性を求めることはなかったのではなかろうか。男性が意中の女性を見つけるのに思いこがれ、見つけられた女性が男性に思いこがれるのが常識であろう。〔出典〕 詩経。五経の一。中国最古の詩集。もとは三千余編あったが、孔子（前五五二—前四七九）が手を加えて三百五編（外に題名だけのもの六編）にしたと伝えられている。漢初に毛亨《こう》、毛萇《ちょう》が伝（解釈）を加えたので「毛詩」ともいう。『詩経』の解釈には『毛伝』『鄭箋』『詩集伝』があるが、『毛伝』によった。

91 桃夭《とうよう》　詩経《しきょう》（国風《こくふう》・周南《しゅうなん》）

桃《もも》の　夭夭《ようよう》たる
灼灼《しゃくしゃく》たる　其《そ》の華《はな》
（大）之《こ》の子《こ》　于《ここ》に帰《とつ》ぐ

桃夭
桃之夭夭
灼灼其華◎
之子于帰

其《そ》の室家《しっか》に　宜《よろ》しからん　　宜其室家◎

（下平六麻韻）

（大上）桃《もも》の　夭夭《ようよう》たる　　桃之夭夭
蕡《ふん》たる有《あ》り　其《そ》の実《み》　　有蕡其実●
之《こ》の子《こ》　于《ここ》に帰《とつ》ぐ　　之子于帰
其《そ》の家室《かしつ》に　宜《よろ》しからん　　宜其家室●

（入声四実韻）

（中）桃《もも》の　夭夭《ようよう》たる　　桃之夭夭
其《そ》の葉《は》　蓁蓁《しんしん》たり　　其葉蓁蓁◎
之《こ》の子《こ》　于《ここ》に帰《とつ》ぐ　　之子于帰
其《そ》の家人《かじん》に　宜《よろ》しからん　　宜其家人◎

（上平十一真韻）

現代語訳　若く美しい桃の木に、花が盛んに咲いている。そのような子がお嫁に行く。きっと行く先き宜しいであろう。若く美しい桃の木に、沢山実がなった。そのようにこの子がお嫁に行く。

きっと子宝に恵まれ、その家庭に宜しいであろう。若く美しい桃の木に、葉が盛んに茂った。そのようにこの子は、家人の皆さんに宜しく、きっと栄えるであろう。

語釈 夭夭＝若く美しいさま。子女の若く美しいのにたとえた。『周礼』によると、桃の咲く時は婚期になっている。灼灼＝花が燃えるように美しく咲いているさま。之子＝とつぐ子。于帰＝「帰」は「嫁」と同じ。「于」はここに。音ウ。室家＝嫁に行った先きの家庭。古くは、夫婦の部屋を「室」、門の中の建物全体を「家」といった。一門が家である。蕡＝実が沢山なっているさま。蓁蓁＝葉の盛んに茂っているさま。家人＝嫁いだ先きの家の人達。**要旨・鑑賞** 桃の花があでやかに咲いているような美しい乙女が、嫁入りをする。さぞ家人たちと睦じく暮すであろうと、前途を祝福した詩。この詩は、『詩経』の国風・周南に収められている。周南は今の陝西省で、周公旦の封ぜられた地である。

92 **女曰鶏鳴《じょえつけいめい》** **詩経《しきょう》（鄭風《ていふう》）**

女曰《じょいわ》く　鶏《にわとり》　鳴《な》くと
士曰《しいわ》く　昧旦《まいたん》　ならん
士興《しお》きて　夜《よる》を　視《み》よ
（大）明星《みょうじょう》　爛《らん》たる　有《あ》らん

女曰鶏鳴

女曰鶏鳴
士曰昧旦
士興視夜
明星有爛

将《まさ》に翺《かけ》り　将《まさ》に翔《かけ》りて　　将翺将翔
鳧《ふ》と雁《がん》とを　弋《いぐるみ》にせよ　　弋鳧与雁
弋《いぐるみ》にして　言《ここ》にこれを　加《あて》れば　　弋言加之
子《し》が与《ため》に　之《これ》を宜《よろ》しう　せん　　与子宜之

宜《よろ》しうして　言《ここ》に　酒《さけ》を　飲《の》み　　宜言飲酒
子《し》と偕《とも》に　老《お》いん　　与子偕老
琴瑟《きんしつ》　御《ぎょ》に在《あ》り　　琴瑟在御
(大)静好《せいこう》　ならずと　いうこと　莫《な》し　　莫不静好

現代語訳　女「鶏が鳴いたよ」士「まだ夜明けだろう」女「あなた起きて夜を視てごらん。金星が明かるく輝いているだろう。今から鳥のように飛び回って、カモと雁をいぐるみで射てよ、いぐるみを射て命中したら、あなたのために、これを料理しよう。料理が出来て、そこで酒を飲んで、あなたと共に老いよう。琴と瑟とが側にある。これを奏で、静かでなごやかに過ごそうよ」

語釈　昧旦＝夜明け。興＝「起」と同じ。明星＝明け・宵の明星。金星。爛＝明るく輝くさま。翺・翔

＝鳥の飛び回ること。ここは人がかけ回ること。鳧＝カモ。弋＝いぐるみで射ること。加＝あたる。命中する。宜＝宜しく調味する。在御＝側にある。静好＝静かでなごやか。**要旨・鑑賞** 新婚の睦まじい夫婦仲を詠んだ。結婚式に吟ずるのに適している。

93 陟岵《ちょくこ》 詩経《しきょう》（魏風《ぎふう》）

彼《か》の岵《こ》に　陟《のぼ》りて　父《ちち》を　瞻望《せんぼう》す
父曰《ちちいわ》く　嗟《ああ》　予《わ》が子《こ》
役《えき》に行《ゆ》き　夙夜《しゅくや》　已《や》むこと　無《な》からん
（中）上《こいねが》わくは　旃《これ》を　慎《つつ》しめや
猶《な》お　来《きた》れかし　止《とど》まること　無《な》かれと

彼《か》の屺《き》に　陟《のぼ》りて　母《はは》を　瞻望《せんぼう》す
母曰《ははいわ》く　嗟《ああ》　予《わ》が季《き》
役《えき》に行《ゆ》き　夙夜《しゅくや》　寐《い》ぬること　無《な》からん

陟岵
陟彼岵兮瞻望父兮
父曰嗟予子
行役夙夜無已
上慎旃哉
猶来無止
陟彼屺兮瞻望母兮
母曰嗟予季
行役夙夜無寐

(大上) 上《こいねが》わくは　旃《これ》を　慎《つつ》しめや　　上慎旃哉
猶《な》お　来《きた》れかし　棄《す》てらるること　無《な》かれと　　猶来無棄

彼《か》の岡《おか》に　陟《のぼ》りて　兄《あに》を　瞻望《せんぼう》す　　陟彼岡兮瞻望兄兮
兄曰《あにいわ》く　嗟《ああ》　予《わ》が弟《おとうと》　　兄曰嗟予弟
役《えき》に行《ゆ》き　夙夜《しゅくや》　必《かなら》ず偕《とも》に　せよ　　行役夙夜必偕
(下) 上《こいねが》わくは　旃《これ》を　慎《つつ》しめや　　上慎旃哉
猶《な》お　来《きた》れかし　死《し》ぬること　無《な》かれと　　猶来無死

現代語訳　あの茂った山に登って、父を望み見る。父がいう、「ああ、わが子よ、戦争に行って、早朝から夜遅くまで、休む暇がないだろう。どうか、このことを気をつけよ　さらに、無事で帰ってこい。戦場に残るようなことはするな」と。あのはげ山に登って、母を望み見る。母がいう、「ああ、わが末の子よ、戦争に行って、早朝から夜遅くまで、眠るようなことはないだろう。どうか、このことを注意せよ。さらに、無事で帰ってこい。傷ついたり死んだりして、皆から捨てられてしまうようなことはするな」と。あの岡に登って、兄を望み見る。兄はいう、「ああ、わが弟よ、戦争に行って、早朝から夜遅くまで、必ず皆と一緒にせよ。どうか、これを気をつけよ、さらに、無事で帰って来い。死んでしまうことはするな」と。

語釈 陟岵＝「陟」は、のぼる。「岵」は草木の茂った山。一説、はげ山。彼＝特定のものを指しているのではなく、軽い意味。瞻望＝「瞻」は、望み見る。仰ぎ見る。はるか遠くを仰ぎ見る。はるか遠くの父を慕い見る意。嗟＝ああ。嘆息する時のことば。感嘆詞。役＝戦争。夙夜＝早朝から夜遅くまで。無已＝休む暇もないだろう。上＝「尚」と同じ。こいねがわくは。どうかの意。慎旃＝「旃」は「之」と同じ。このことを気をつけよ。すべてに注意せよ。猶＝さらに。来＝家に帰って来ること。無止＝「止」は戦場に残る。つまり戦死する。戦死するな。屺＝はげ山。季＝末っ子。無寐＝「寐」は眠ること。いねむり。「寝」は床に入って眠る。無棄＝傷ついたり死んだりして、皆から捨てられてしまうことがないように。偕＝皆と一緒。**要旨・鑑賞** 出征して戦地にいる兵士が、故郷の父・母・兄をしのんで詠んだ。与謝野晶子の「君死にたまふことなかれ」は、この詩をモデルにしたのであろう。

94 蓼莪《りくが》　詩経《しきょう》（小雅《しょうが》）

蓼蓼《りくりく》たり　莪《おはぎぐさ》
　莪《おはぎぐさ》に匪《あら》ず　伊《こ》れ　蒿《よもぎぐさ》なり
哀《かな》しいかな　父《ちち》と母《はは》
(下)我《われ》を　生《う》みて　劬労《くろう》　したもう

蓼莪
蓼蓼者莪
匪莪伊蒿◎
哀哀父母
生我劬労◎(庚)

蓼蓼《りくりく》たり　莪《おはぎぐさ》
　莪《おはぎぐさ》に匪《あら》ず　伊《こ》れ　蔚《ははけぐさ》なり
(大上)哀《かな》しい　かな　父《ちち》と　母《はは》
我《われ》を　生《う》みて　労瘁《ろうすい》　したもう

父《ちち》無《な》くんば　何《なに》をか　怙《たの》まん
母《はは》　無《な》くんば　何《なに》をか　恃《たの》まん
出《い》でては　則《すなわ》ち　恤《うれい》を　銜《ふく》み
入《い》りては　則《すなわ》ち　至《いた》る　靡《な》し

(大上)父《ちち》や　我《われ》を生《う》み
母《はは》や　我《われ》を　鞠《やしな》う
之《これ》が徳《とく》に　報《むく》いんと　欲《ほっ》すれば

蓼蓼者莪
匪莪伊蔚●(物)
哀哀父母
生我労瘁●(寘)

無父何怙
無母何恃●(紙)
出則銜恤
入則靡至●(寘)

父兮生我
母兮鞠我●(哿)
欲報之徳

（大上）昊天《こうてん》 極《きわ》まり 罔《な》し　　昊天罔極◉（職）

現代語訳　生長した莪《おはぎぐさ》。莪でなく蒿《よもぎぐさ》である。哀しいなあ父と母、わたしを生んで苦労なさった。生長した莪。莪でなく蔚《ははけぐさ》である。哀しいなあ父と母、わたしを生んで労瘁なさった。父が無かったら何を頼もう。母が無かったら何を恃もう。外へ出ては憂いを含み、家へ入ってはこの上なく行き届く。父はわたしを生み、母がわたしを養った。この徳に報いようとしたら、大空の広さよりも極まりがない。

語釈　蓼蓼＝長く大きいさま。莪＝ヨモギ草の一種。キク科の多年生草。湿地に生え、若葉を食用にする。セリの別名。莪＝クサヨモギ。始めて生えるのを莪といい、長大なものを蒿という〈爾雅〉。劬労＝ほねおり苦しむ。蔚＝オトコヨモギ。労瘁＝疲れ苦しむ。怙＝たのむ。音コ。恃＝たのむ。音ジ。怙（父）恃（母）。恤＝うれえる。音ジュツ。鞠＝やしなう。そだてる。音キク。昊天＝天。大空。夏の空。

要旨・鑑賞　この詩は、『詩経』の「小雅」にある詩。孝子が労役に従事して、家を留守にしていたため、親の生前に孝養を尽くし得なかったのを悲しんで歌った詩。この「蓼莪」の詩は、原詩を効果的に取り上げたもので、原詩にはこの外に、次のような詩句がある。「生我労瘁」の次に「缾之罄矣、維罍之恥。鮮民之生、不如死、之久矣」（缾《かめ》これ罄《むな》し、これ罍《たる》の恥なり。鮮民これ生く、死するに如《し》かず、これ久し）〈瓶がからっぽになった。これは酒樽の恥である。孤独な民が生きる。死んだように長い間だ〉。「母兮鞠我」の次に「拊我畜我、長我育我、顧我復我、出入腹我」（われを拊《な》でわれを畜《やしな》い、われを長じわれを育《はぐく》み、われを顧みわれを復《ふたた》びし、出入にわれを腹《いだ》く）、〈わたしを撫で養い、成長させ、顧みかえりみ、出入には抱きかかえる〉。「昊天罔極」の次に「南山烈烈。飄風発発。民莫不穀、我独何害。南山律律。飄風弗弗。民莫不穀、我独不卒」（南山烈烈たり。飄風発発たり。民は穀ならざる莫し、われ独り何ぞ害あらん。南山律律たり。飄風弗弗たり。民は穀ならざる莫し、われ独り卒《おわ》らず）〈終南山は高大である。つむじ風が強く吹く。民は養なわれる、わたしだけは何の害もない。終南山は高く嶮しい。つむじ風が速く吹く。民は養なわれる、わたしだけは終わらない〉とある。「蔚」は、オトコヨモギ、これを「ハハケグサ」と訓んでいるのは、母の慈愛の深いことからであろうか。

95 天保九如《てんぽうきゅうじょ》　詩経《しきょう》（小雅《しょうが》）

天《てん》　爾《なんじ》を保《やす》んじ　定《さだ》む
以《も》って　興《さか》んならずと　いうこと　莫《な》けん
(中)山《やま》の　如《ごと》く　阜《おか》の　如《ごと》く
岡《おか》の　如《ごと》く　陵《おか》の　如《ごと》く
川《かわ》の方《みざかり》に　至《いた》るが　如《ごと》く
(大上)以《も》って　増《ま》さずと　いうこと　莫《な》けん

天保九如
天保定爾
以莫不興◎
如山如阜
如岡如陵◎
如川之方至
以莫不増◎

(下)月《つき》の　恒《ゆみはり》の　如《ごと》く
日《ひ》の升《のぼ》るが　如《ごと》く
(大上)南山《なんざん》の　寿《いのちなが》きが　如《ごと》く
騫《か》けず　崩《くず》れず
松柏《しょうはく》の茂《しげ》れるが　如《ごと》く
(中)爾《なんじ》　承《う》くる或《あ》らざる　無《な》けん

如月之恒
如日之升◎
如南山之寿
不騫不崩◎
如松柏之茂
無不爾或承◎

（下平十蒸韻）

現代語訳　天は周の文王を安んじ定める。だから盛んにならないということはない。山のように、大きな丘のように、小さな丘のように、大きな丘のように、川がまっ盛りに流れて行くように、増さないということはない。月の弓張月のように、太陽が昇るように、終南山の寿《いのちなが》いように、欠けず、崩れず、松柏の茂っているように、なんじは天の恵を受けないということはない。

語釈　天保九如＝首句の「天保定爾」と「如」字が九つあるので、ここではこう題した。爾＝なんじ。周の文王。保定＝安んじ定める。無事安全にする。阜＝大きな丘。岡＝小さな丘。陵＝大きな丘。方＝みざかり。まさかり（真盛）と同じ。盛んに。恒＝弓張月。弦月。南山＝終南山。陝西省長安県（今の西安）の南方にある。史跡、名勝が多い名山。秦嶺、秦山ともいう。柏＝コノテガシワ。ヒノキ科の常緑樹。節操の堅いたとえになる。

要旨・鑑賞 周の初代の文王の徳を称えた詩である。「南山之寿《なんざんのじゅ》」は、終南山が永久に変わらないように、事業が末永く続くこと。転じて人の長寿を祈るのにいう語、出典はここにある。結婚式などの寿賀の宴で吟ずるとよい。この詩は、以下の句を除いている。初めの「天保定爾。亦孔之固。俾爾単厚。何福不除。俾爾多益。以莫不庶。天保定爾。俾爾戩穀。罄無不宜。受天百禄。降爾遐福、維日不足」（天は爾《なんじ》を保んじ定む。亦た孔《はなはだ》これ固く、爾をして単厚せしめ、何の福も除かず。爾をして多益せしめ、以て庶《こいねが》わざること莫し。天は爾を保んじ定む。爾をして戩穀《せんこく》せしめ、罄《ことごと》く宜しからざるはなく、天の百禄を受け、爾に遐《か》福を降す。これ日足らず）〈天はあなたを安んじ定める。それは又大変固く、あなたに本当にねんごろに、どんな幸いも除かなく、あなたに多くの益をさせ、国を安んじ定めることをこいねがう。天はあなたを安んじ定める。あなたに善を尽くさせ、ことごとく宜しく、天の多福を受け、あなたに大いなる福を降し、限りがない〉。「以莫不増」の次に、「吉蠲為饎、是用孝享。禴祠烝嘗、于公先王。君曰卜爾、万寿無疆。神之弔矣、詒爾多福。民之質矣。日用飲食、群黎百姓、徧為爾徳」（吉蠲《きつけん》して饎《し》を為し、是れ孝を用《もっ》て享す。禴《せん》は烝嘗を祠《まつ》り、公の先王に于《おい》てす。君曰く、爾を卜し、万寿疆《きわま》りなし。神これ弔い、爾に多福を詒《おく》る。民これ質なり。日用の飲食《し》、群黎百姓《ぐんれいひゃくせい》、徧《あまね》く爾の徳を為す）〈斎戒沐浴して酒さかなを用意し、これを孝を以て供え祭る。宗廟の祭りは烝（冬）・嘗（秋）の祭りをし、国君の先王にする。国君いう、あなたを占い、万寿限りがない。神はあわれみ、あなたに多福を贈る。民は質朴である。日常の飲み食い、多くの人民は、遍くあなたの徳を行っている〉とある。

(二)雑言古詩文

96 幽州台《ゆうしゅうだい》に登《のぼ》る歌《うた》　陳子昂《ちんすごう》

前《さき》に　古人《こじん》を　見《み》ず
後《しりえ》に　来者《らいしゃ》を　見《み》ず
(大上)天地《てんち》の　悠悠《ゆうゆう》たるを　念《おも》い
独《ひと》り　愴然《そうぜん》として　涕《なみだ》　下《くだ》る

登幽州台歌
前不見古人
後不見来者●
念天地之悠悠
独愴然而涕下●
(上声二十一馬韻)

【現代語訳】　前に生まれた昔の人には会えないし、後に生まれて来る未来の人にも会うことが出来ない。天地の悠々たるを思うと、人の一生の短かさに悲しみ痛み、涙がとめどもなく流れる。

【語釈】　幽州台＝現在の北京市のあたり。台は北京市徳勝門の西北の薊丘《けいきゅう》にあったようである。悠悠＝遠くはるかなさま。はてしなく広いさま。愴然＝悲しみいたむさま。【要旨・鑑賞】　悠々たる天地を思い、慷慨しているさまを詠んだ。この詩は、後出の「薊丘覧古」(一三三頁参照)の連作を作って後に、感極まって詠んだものである。時間と空間の中に、一人で立って、自然と人事の相違に、滂沱《ぼうだ》たる涙を流している、名状し難い作者の姿が想像される。【作者】　陳子昂(生没年不詳)。初唐。梓州射洪(四川省射洪県)の人。字は伯玉。二十四歳で進士となる。

97 薤露歌《かいろか》　無名氏《むめいし》

薤上《かいじょう》の露《つゆ》　何《なん》ぞ　晞《かわ》き　易《やす》き

露《つゆ》は　晞《かわ》けども　明朝《みょうちょう》　更《さら》に復《ま》た　落《お》つ

（大上）人《ひと》　死《し》して一《ひと》たび去《さ》れば　何《いず》れの時《とき》にか　帰《かえ》らん

薤露歌

薤上露　何易晞◎

露晞明朝更復落

人死一去何時帰◎

（上平五微韻）

【現代語訳】ニラの葉に下りた露の、何と乾き易いことよ。露は乾いても、明朝更に又下りる。人は死んで、一たんこの世を去ると、一体、何時帰って来るのであろうか。

【語釈】薤露歌＝首句の二字を取って題名とした。薤＝オオニラ。ニラの類は香りが強いので、神霊を呼び降ろすための霊草として用いられた。晞＝かわくこと。落＝露のおりるのをいう。何時帰＝反語形。いつ帰って来るのであろうか。いや帰って来ない。【要旨・鑑賞】人の死を詠んだ詩で、野辺送りの際に、柩《ひつぎ》の引き綱を取る人が歌った挽歌《ばん》である。王公貴人の送葬に歌われた。夏目漱石（一八六七―一九一六）に「薤露行」の一編がある。「人　死して」の句は二回繰り返して吟じるとよい。

98 蒿里《こうり》　無名氏《むめいし》

蒿里《こうり》は　誰《た》が家《いえ》の　地《ち》ぞ
魂魄《こんぱく》を　聚斂《しゅうれん》して　賢愚《けんぐ》　なし
(中)鬼伯《きはく》　一《いっ》に　何《なん》ぞ相催促《あいさいそく》　するや
人命《じんめい》は　少《しばら》くも　踟躕《ちちゅう》するを　得《え》ず

蒿里
蒿里誰家地
聚斂魂魄無賢愚◎
鬼伯一何相催促
人命不得少踟躕◎
(上平七虞韻)

現代語訳　蒿里は一体誰の住み家か、そこには賢人愚人の区別なく、あらゆる死者の魂が集め収められている。死神はなんとせっせと催促することよ。人の命は暫くの間も、この世に踏み留まっていられない。

語釈　蒿里＝首句の二字を取って題名とした。「蒿里」は、山東省の泰山の南にある地名。墓地の代名詞となった。それは死者の霊がここに集まると、歌われたことからである。聚斂＝集め収める。魂魄＝たましい。「魂」は天に上り、「魄」は地上に留まって分離するという。「魂」は精神、「魄」は身体。鬼伯＝死者の魂をつかさどる神。死神。一何＝まあ、何と。踟躕＝足ぶみして進まないさま。ためらうさま。「躊躇」とおなじ。要旨・鑑賞　この詩は人の死について詠んだ。野辺送りの際、柩の引き綱を取る人が歌った。士・大夫や庶人の送葬に歌われた。蒿里が泰山の南にあるに因んで、「泰山行吟」ともいわれている。この地は、青森県下北半島にある「恐山」と似かよう点が感じられる。

99 **春夜桃李園に宴するの序《しゅんやとうりえんにえんするのじょ》　李白《りはく》**

夫《そ》れ天地《てんち》は　万物《ばんぶつ》の逆旅《げきりょ》にして
光陰《こういん》は　百代《ひゃくだい》の過客《かかく》なり
而《しこう》して　浮生《ふせい》は夢《ゆめ》の若《ごと》し
歓《よろこ》びを為《な》す　幾何《いくばく》ぞ
古人《こじん》　燭《しょく》を秉《と》りて　夜遊《よるあそ》ぶ
良《まこと》に　以《ゆえ》有《あ》るなり
況《いわ》んや陽春《ようしゅん》　我《われ》を召《まね》くに　煙景《えんけい》を以《もっ》てし
大塊《たいかい》　我《われ》に仮《か》すに　文章《ぶんしょう》を以《もっ》てするをや
桃李《とうり》の芳園《ほうえん》に　会《かい》して
天倫《てんりん》の楽事《らくじ》を　序《じょ》す

春夜宴桃李園序
夫天地者万物之逆旅
光陰者百代之過客
而浮生若夢
為歓幾何
古人秉燭夜遊
良有以也
況陽春召我以煙景
大塊仮我以文章
会桃李之芳園
序天倫之楽事

「群季《ぐんき》の　俊秀《しゅんしゅう》は　（「　」は節調、吟詠する所。以下同）
皆《みな》　恵連《けいれん》　為《た》り
吾人《ごじん》の　詠歌《えいか》は
独《ひと》り　康楽《こうらく》に　慚《は》ず」
幽賞《ゆうしょう》　未《いま》だ已《や》まず
高談《こうだん》　転《うた》た清《きよ》し
瓊筵《けいえん》を開《ひら》きて　以《もっ》て華《はな》に坐《ざ》し
羽觴《うしょう》を飛《と》ばして　月《つき》に酔《よ》う
「佳作《かさく》　有《あ》らずんば
何《なん》ぞ　雅懐《がかい》を　伸《の》べん
如《も》し詩《し》　成《な》らずんば
罰《ばつ》は　金谷《きんこく》の酒数《しゅすう》に　依《よ》らん」

群季俊秀
皆為恵連
吾人詠歌
独慚康楽
幽賞未已
高談転清
開瓊筵以坐華
飛羽觴而酔月
不有佳作
何伸雅懐
如詩不成
罰依金谷酒数

現代語訳　そもそも天地は万物の旅館のようなもので、年月は永遠に絶えることなく、次々と過ぎ去って行く旅人のようなものである。そうしてはかない人生は夢のようである。喜びをすることがどれ程あろうか。昔の人が、灯を手に持って夜も遊んだのは、本当にわけがあるのである。まして暖かい春が、霞たなびく春景色で、わたしを呼び招き、宇宙万物の造物主が、このわたしに詩文を作る才能を貸し与えてくれているからには、なおさらこの春を楽しむべきである。桃や李もある芳しい庭園に集まって、兄弟たちの集う楽しい宴会を順序よく繰り広げて行く。多くの若者たちの才知のすぐれて秀でている者は、皆謝恵連である。わたしの詠歌だけは謝康楽に恥じる。静かにほめ味うことが、まだ止まない中に、高尚な話がいよいよ話され、心が清らかになる。美しい宴会を開いて、花の前に座り、雀が羽根を広げた形の杯を、飛び交うように盛んに飲んで、月を眺めながら酔う。素晴らしい詩文が出来なかったら、その罰は金谷園の酒数によって、罰杯三杯を飲ませよう。

語釈　序＝文体の名。作者の意図を示す文章。逆旅＝やどや、旅館。逆は迎、旅人を迎える意。光陰＝年月。時間。過客＝過ぎ行く旅人。浮生＝はかない人生。人生。幾何＝どれほど。古人＝昔の人。秉＝手に持つこと。以＝理由。わけ。「必有《ズル》レ以也」（詩経・旄丘）。煙景＝かすみがたなびいている春景色。大塊＝大地。天地。宇宙万物の造物主。文章＝文才。詩や文を作る才能。天倫＝自然に備わった人の順序。父子・兄弟など。群季＝多くの弟たち。大ぜいの若者たち。季はすえ、年少者。俊秀＝才知のすぐれてひいでている。また、その人。恵連＝謝恵連（三九四—四三〇）。南宋。陽夏（安徽省）の人。十歳でよく詩を作ったという。書画にもすぐれ、族兄の謝霊運とともに江南第一と称せられた。康楽＝謝霊運（三八五—四三三）。陽夏（今の安徽省）の人。康楽侯に封じられたので謝康楽ともいう。詩文・書画にすぐれ、山水の詩は当代第一であった。陶淵明と併称される。幽賞＝静かにほめ味わう。高談＝高尚な話。転＝いよいよ。ますます。瓊筵＝玉のように美しいむしろ。美しい宴会。盛んな宴会。羽觴＝スズメが羽を広げた形にかたどった杯。佳作＝よくできたりっぱな詩文。雅懐＝風雅な心情。風流な心。金谷酒数＝金谷は谷の名。河南省洛陽県の西北に、晋の荊州の長官石崇の金谷園の別荘があって、宴会を催した。詩の作れない客には罰として罰杯三杯を飲ませたという故事から、罰杯の数の意。要旨・鑑賞　美しい花と月をめでつつ、詩を詠じ、酒を酌み交わす宴席の華やかなようすが格調高く述べられている。ここで自らを謝霊運に、従弟たちを謝恵連に見立てて自負のほどを表わしている。「古人燭を秉《と》りて夜遊ぶ」は、『文選』「古詩第十九首」の中に、「昼短くして夜の長きを苦しむ。何ぞ燭を秉りて遊ばざる」（四四頁参照）とある。「金谷の酒数」の故事は、今日でもよく宴会に用いられる用語である。作者　李白。三七頁参照。〔補説〕一説には、長江上に舟を浮かべて遊んでいたところ、舟中で酔って江上の月をとろうとして溺死したともいわれている。出生にしても、死亡に際しても、エピソードのある李白に、こんな話も残されている。李白が長安を追放されて、放浪の旅をつづけていたある時、酔ってロバに乗り、県令の門前を通り過ぎようとして、とがめられたので、「自分の反吐《へど》を天子に拭いてもらい、御製の羹《あつもの》をたべ、貴妃の持つ硯《すずり》で詩を賦し、高力士に靴《くつ》を脱がせた。天子の門前でも馬に乗って通ったのに、ロバにも乗れないのか」と言った。県令は驚いて、あやまった。代宗が即位した時、左拾遺の官で召されたが、既に死亡した後であった。李白は壮甫と並んで中国の大詩人であったが、その作風は相反していた。壮甫の「詩聖」に対して「詩仙」と称され、長編の古詩を得意とし、また絶句に秀でていた。豪放で天馬空を行くように、筆の運ぶにまかせて、詩が出来あがるという天才詩人であった。『李太白詩集』三十巻がある。

(三)五言古詩

100 **飲酒《いんしゅ》**　**陶淵明《とうえんめい》**

廬《ろ》を結《むす》んで　人境《じんきょう》に　在《あ》り
而《しか》れども　車馬《しゃば》の　喧《かまびす》しき　無《な》し
君《きみ》に問《と》う　何《なん》ぞ能《よ》く　爾《しか》ると
心遠《こころとお》くして　地自《ちおのずか》ら　偏《へん》なればなり
(下)菊《きく》を　採《と》る　東籬《とうり》の　下《もと》
悠然《ゆうぜん》として　南山《なんざん》を　見《み》る
(大)山気《さんき》　日夕《にっせき》　佳《か》なり
飛鳥《ひちょう》　相与《あいとも》に　還《かえ》る
(中)此《こ》の中《うち》に　真意《しんい》　在《あ》り
弁《べん》ぜんと　欲《ほっ》すれば　已《すで》に言《げん》を　忘《わす》る

飲酒
結廬在人境
而無車馬喧◎
問君何能爾
心遠地自偏○(先)
采菊東籬下
悠然見南山△
山気日夕佳
飛鳥相与還△(刪)
此中有真意
欲弁已忘言◎(元)

(元―上平十三元、先―下平一先、刪―上平十五刪通韻)

現代語訳　粗末な家を作って、人里の中にいる。しかし車や馬のやかましさがない。君に聞くが、どうしてそうしていることが出来るのか、と。心が人里から遠く離れて、地が自然と辺鄙《ぴ》であるからだ。菊の花を東の籬《まがき》のほとりで取り、悠然として南の山（廬山）を見る。山の気配は夕暮れで美しく、鳥が連れ立ってねじろへ帰って行く。この中に人生の真意がある。説明しようとすると、も早や言葉を忘れてしまう。

語釈　飲酒＝二十首連作の第五首目の詩である。題は「飲酒」であるが、必ずしも酒がテーマではない。酒を飲んで陶然となった気持ちの折々に作った。結廬＝粗末な家を作る。人境＝人間世界。人里。而＝逆接の接続詞。それなのに。喧＝うるさい。やかましい。君＝陶淵明。何能＝どうして……できるのか。「能」は可能の意味を持つ語。爾＝「然」と同じ。そうである。心遠＝自分の心が俗界を遠く離れている。地自偏＝住んでいるところも自然に、村はずれになっているからである。采＝手に取る。東籬＝庭の東側の垣根。下＝ほとり。そば。悠然＝ゆっくりとした気持ち。南山＝南方の山。廬山を指す。山気＝山の気配。山の様子。日夕＝夕暮れ。相与＝つれだって。還＝巣に戻る。此の中＝「采菊……相与還」までの四句を指す。ゆったりとした大自然。真意＝本当の意味。自然と自分が一体となった境地に味わえる、人生の真実。欲弁＝説明しようとしても。忘言＝言葉がない。要旨・鑑賞　人里離れた閑静な生活の中に、自然と一体となる妙境があることを詠んだ。平易な言葉でリズミカルに表現し、人生の深みを描いたすばらしい詩である。四十一歳、役人を辞し故郷の田園に隠居生活をしている時の作で、晩秋である。「采菊東籬下、悠然見南山」の二句がこの詩の詩眼である。作者　陶淵明。四七頁参照。

101 薊丘覧古《けいきゅうらんこ》　陳子昂《ちんすごう》

南《みなみ》　碣石館《けっせきかん》に　登《のぼ》り
遥《はる》かに　黄金台《おうごんだい》を　望《のぞ》む
(下)丘陵《きゅうりょう》　尽《ことごと》く　喬木《きょうぼく》
昭王《しょうおう》　安《いず》くに　在《あ》りや
(大)霸図《はと》　悵《ちょう》として　已《や》んぬる　かな
馬《うま》を　駆《か》りて　復《ま》た帰《かえ》り　来《きた》る

薊丘覧古
南登碣石館
遥望黄金台◎
丘陵尽喬木
昭王安在哉◎
霸図悵已矣
駆馬復帰来◎

（上平十灰韻）

現代語訳　薊丘の南、碣石坂に登り、遥か彼方の黄金台を眺めると、あたりの丘陵は、背の高い樹木で覆い尽くされてしまっている。賢者を重用した昭王は、何処へ行ってしまったのか。天下の霸者になろうとした昭王の願いも、もはや昔のことになってしまった。私はたまらなくなり、馬に鞭《むち》あて、もと来た道を帰って来た。

語釈　**薊丘**＝北京市徳勝門の西北にある。今は土城関という。戦国時代、燕の都であった。**覧古**＝古跡を訪ねて当時を偲《しの》ぶ。**碣石館**＝薊丘の東南、今の北京市大興県に碣石坂という丘があり、燕の昭王がここに碣石館を築き、大学者鄒衍《すうえん》を住まわせて教えを受けた。**黄金台**＝碣石坂付近にある台。昭王はこの台の中に千金をおいて賢者を集めた。喬木＝高い木。昭王＝燕の王（前三一一―前二七九在位）。覇図＝天下の覇者になろうとする望み。悵＝嘆くさま。**要旨・鑑賞** 作者が碣石館に登って、燕の昭王を偲んだ詩。七首連作の第二首目のもの。この詩は、魏の阮籍《げんせき》の「詠懐詩」の影響が強い。陳子昂が居士盧蔵用に贈ったもの。**作者** 陳子昂。一二四頁参照。

102 子夜呉歌《しやごか》　李白《りはく》

長安《ちょうあん》　一片《いっぺん》の　月《つき》
万戸《ばんこ》　衣《ころも》を擣《う》つの　声《こえ》
(中)秋風《しゅうふう》　吹《ふ》いて　尽《つ》きず
総《す》べて是《こ》れ　玉関《ぎょっかん》の　情《じょう》
(大上)何《いず》れの　日《ひ》にか　胡虜《こりょ》を平《たい》らげて
良人《りょうじん》　遠征《えんせい》を　罷《や》めん

子夜呉歌

長安一片月
万戸擣衣声◎
秋風吹不尽
総是玉関情◎
何日平胡虜
良人罷遠征◎

（下平八庚韻）

現代語訳 長安の空には一つの月が上り、どの家からも、衣を打つ砧《きぬた》の音が聞こえて来る。秋風が夜もすがら吹いて止まない。月や砧や秋風などの総べてが、遠い西方の玉門関に出征している夫を思う気持ちを掻き立てる。一体、何時になったら夷《えびす》を平らげて、夫は、遠征を止めて帰って来るのだろうか。

語釈 子夜呉歌＝子夜の作った呉歌という意味。東晋時代、呉の地に子夜という女子がいて、自ら詩を作ったが非常に哀調を帯びていたという。後代、後人がこれにならって、四時《しいじ》行楽の歌詞を作り歌うことが流行した。この体を子夜呉歌といった。東晋は呉の地方にあったので呉歌といった。李白もこれにならって作った。これは秋の歌である。長安＝今の西安。擣衣＝きぬたを打つこと。玉関＝玉門関。胡虜＝北方のえびす。良人＝夫。妻が夫をいうことば。**要旨・鑑賞** この詩は、李白が長安に滞在中の作とすれば、天宝二年（七四三）、四十三歳の秋の作である。国境警備のため、辺境に出征した兵士の妻が、冬の用意に砧《きぬた》を打ちながら、夫を思う情を詠んだ。終わりの二句に、夫を思う妻の情が綿々と出ている。**作者** 李白。三七頁参照。

103 月下独酌《げっかどくしゃく》　李白《りはく》

花間《かかん》　一壺《いっこ》の　酒《さけ》
独《ひと》り酌《く》みて　相親《あいした》しむ　無《な》し
（中）杯《さかずき》を　挙《あ》げて　明月《めいげつ》を　邀《むか》え
影《かげ》に対《たい》して　三人《さんにん》と　成《な》る
月既《つきすで》に　飲《の》むを　解《かい》せず
影《かげ》　徒《いたず》らに　我《わ》が身《み》に　随《したが》う
暫《しばら》く　月《つき》と影《かげ》とを伴《ともな》って
（大）行楽《こうらく》　須《すべか》らく　春《はる》に　及《およ》ぶべし
我《われ》　歌《うた》えば　月《つき》　徘徊《はいかい》し
我《われ》　舞《ま》えば　影《かげ》　凌乱《りょうらん》す
（下）醒時《せいじ》は　同《とも》に　交歓《こうかん》し
酔後《すいご》は　各《おのおの》　分散《ぶんさん》す

月下独酌

花間一壺酒
独酌無相親◎
挙杯邀明月
対影成三人◎
月既不解飲
影徒随我身◎
暫伴月将影
行楽須及春◎（真）
我歌月徘徊
我舞影凌乱●
醒時同交歓
酔後各分散●

永《なが》く　無情《むじょう》の遊《ゆう》を　結《むす》び

相期《あいき》して　雲漢《うんかん》　邈《はるか》　なり

永結無情遊

相期邈雲漢●（翰）

（真―上平十一真、翰―去声十五翰通韻）

現代語訳　花の咲いている中、一壺の酒を独りで酌んで、互いに語り合う親しい人もいない。杯を高く挙げて、昇って来た明月を迎え、月と我と我が影の三人となった。月はもともと酒を飲むことを解しない。影は影で、むやみに我が身に付き従うだけである。暫らく月と影とを連れにして、楽しみはどうしても春を逃がさずにすべきである。わたしが歌うと月はふらふらと天上をさ迷い、わたしが舞うと影も地上で乱れ動く。覚めている時は、互いに喜びを楽しみ合うが、酔った後は、それぞれ別れ別れになってしまう。いつまでも世俗の人情を離れた交遊を結んで、遥かな天の川で再会を約束する。

語釈　相親＝お互いに親しみあう。邀＝自分の方から迎える。対影＝「対」は、あわせて。月と自分と自分の影をあわせると。既＝もともと。暫＝「久」の反対。ちょっとの間。短い時間。将＝「与」と同じ。行楽＝楽しみをすること。凌乱＝乱れ動く。同＝月と自分と自分の影の三者が一緒に。各＝三人がそれぞれ。無情遊＝月も影も人間でないから、世俗の人情を離れた交遊。雲漢＝天の川。

要旨・鑑賞　李白四十四歳の時の作。「月下独酌」と題する四首の第一首である。李白が長安に滞在中、花の都の春の夜、月光の下で、ひとり酒を飲みながら、月と影とを相手にしている様子を詠んだ。酒仙李白ならではの作である。

作者　李白。三七頁参照。

104

慈《じ》烏《う》夜《や》啼《てい》　白居易《はくきょい》

慈《じ》烏《う》　其《そ》の母《はは》を　失《うしな》い
啞啞《ああ》として　哀音《あいいん》を　吐《は》く
昼夜《ちゅうや》　飛《と》び　去《さ》らず
年《とし》を経《へ》て　故林《こりん》を　守《まも》る
夜夜《よよ》　夜半《やはん》に　啼《な》き
聞《き》く者《もの》　為《ため》に　襟《えり》を　沾《うるお》す
(大)声《せい》　中《ちゅう》　告訴《こくそ》するが　如《ごと》し
未《いま》だ　反哺《はんぽ》の心《こころ》を尽《つ》くさ　ざるを
(中)百鳥《ひゃくちょう》　豈《あ》に　母《はは》　無《な》か　らんや
爾《なんじ》　独《ひと》り　哀怨《あいえん》　深《ふか》し
(大上)応《まさ》に是《こ》れ　母《はは》の　慈重《じおも》く
爾《なんじ》をして　悲《かな》しみに　任《た》えざらしむる　なるべし

慈烏夜啼

慈烏失其母
啞啞吐哀音◎
昼夜不飛去
経年守故林◎
夜夜夜半啼
聞者為沾襟◎
声中如告訴
未尽反哺心◎
百鳥豈無母
爾独哀怨深◎
応是母慈重
使爾悲不任◎

昔《むかし》　呉起《ごき》という　者有《ものあ》り
母《はは》　没《ぼっ》すれども　喪《そう》に　臨《のぞ》まず
(下)嗟哉《ああ》　斯《こ》の　徒輩《とはい》
其《そ》の心《こころ》　禽《とり》にだも　如《し》かず
慈烏《じう》　復《ま》た　慈烏《じう》
鳥中《ちょうちゅう》の　曽参《そうしん》　たり

昔有呉起者
母没喪不臨◎
嗟哉斯徒輩
其心不如禽◎
慈烏復慈烏
鳥中之曽参◎
(下平十二侵韻)

現代語訳　慈烏が母を亡くし、カアカアと、悲しそうに鳴き声を吐いている。昼も夜も飛び去ることなく、長い間母鳥と過ごした古巣を守っている。夜毎、夜中過ぎに鳴き、その声を聞く者は、もらい泣きして、衣の襟を濡《ぬら》す。鳴き声は、訴えているかのようだ。「まだ孝行の心を十分尽くしていなかった」と。どんな鳥でも、どうして母鳥のないものがあろう。だのに、お前だけが母を思って深く悲しんでいる。きっとこれは母鳥の愛情が深かったので、お前を悲しみに堪えきれない程に悲しませるのだろう。昔、呉起という者がいて、母が死んでも、葬式にも帰らなかった。ああ、こんなやからは、その心ばせは、鳥にも及ばない。慈烏よ、慈烏よ、お前は鳥の中の曽参だ。

語釈　慈烏＝カラスの一種。和名サトガラス。孝烏ともいう。生まれて六十日間は、母鳥に養育されるが、生長後六十日間は、餌を運んで母鳥に恩返しをするといい伝えられている鳥。啞啞＝ああ。烏が鳴く形容。哀音＝悲しげな声。経年＝長い間。長年。故林＝住みなれた林。沾襟＝流す涙で襟がぬれる。多く涙が流れるときの形容。告訴＝訴える。反哺心＝親にえさを運んで口に入れてやり、育ててもらった恩を返す心。孝行の心。「哺」は口に食物を入れて食べる。「反」は「返」と同じ。百鳥＝すべての鳥。豈＝反語。どうして……だろうか。応＝推量。きっと……に違いない。任＝耐え忍ぶ。呉起＝戦国時代の衛《えい》の人。孫子とともに兵法の大家。曽参《そうしん》に学んでいる時、母が死んだが帰らなかった。それで曽参から師弟の縁を切られた。嗟哉＝ああ。感嘆詞。徒輩＝者ども。禽＝鳥類。曽参＝孔子の弟子。親孝行で有名。姓は曽、名は参、字は子輿《よ》。孔子より四十六歳年少。『孝経』の著者といわれている。**要旨・鑑賞** 白居易四十歳。母を失って帰郷していた時の作。慈烏を借りて名利に走って、親孝行を忘れてしまった、当時の風潮を風刺したもの。白居易自身が母親を亡くした後だけに、この慈烏の鳴き声には、白居易の悲しみと後悔が込められている。特に「夜夜夜半啼」からの八句の「空」「応是」といった反語や推量の語を巧みに使って畳みかける筆の運びには、詩の表現を超えた切実さが感じられる。**作者** 白居易。九九頁参照。〔補説〕十五歳ごろから科挙の勉強に励み、そのために目を悪くして、頭髪に白髪がまじるほどであった。三十五歳の時から、官吏の道を歩み、四十歳の時、母の喪に服し、四十四歳の年、宰相武元衡の暗殺事件が起こり、犯人を捕えるよう上奏したところ、越権行為としてとがめられ、江州（江西省九江）の司馬に左遷された。七十一歳の時、法務大臣に当たる刑部尚書で退官し、七十五歳で没した。自居易の詩は、文字の分からぬ老婆に読んで聞かせて、分からないところは、分かるまで書き直したという。諷諭詩に最も重きを置いた。平安文学に大きな影響を与え、菅原道真の漢詩文や紫式部の『源氏物語』、また藤原公任の『和漢朗詠集』などがある。「元軽白俗」の名があり、『白氏文集』七十一巻がある。

105 **燕《つばめ》の詩《し》、劉叟《りゅうそう》に示《しめ》す**　**白居易《はくきょい》**

梁上《りょうじょう》に　双燕《そうえん》　有《あ》り
翩翩《へんぺん》たり　雄《おす》と　雌《めす》と
泥《どろ》を銜《ふく》む　両椽《りょうえん》の　間《かん》
一巣《いっそう》に　四児《しじ》を　生《う》む
(大)四児《しじ》　日夜《にちや》に　長《ちょう》じ
食《しょく》を索《もと》めて　声《こえ》　孜孜《しし》たり
青虫《せいちゅう》　捕《とら》え　易《やす》からず
黄口《こうこう》　飽《あ》くる　期《とき》無し
(大上)嘴爪《しそう》　敝《やぶ》れんと欲《ほっ》すと雖《いえど》も
心力《しんりょく》　疲《つか》れを　知《し》らず
須臾《しゅゆ》にして　十《と》たび　来往《らいおう》するも
猶《な》お　巣中《そうちゅう》の　飢《う》えを　恐《おそ》る

燕詩示劉叟
梁上有双燕
翩翩雄与雌◎
銜泥両椽間
一巣生四児◎
四児日夜長
索食声孜孜◎
青虫不易捕
黄口無飽期◎
觜爪雖欲敝
心力不知疲◎
須臾十来往
猶恐巣中飢◎

辛勤《しんきん》　三十《さんじゅう》日《にち》
母《はは》は痩《や》せ　雛《ひな》は　漸《ようや》く肥《こ》ゆ
喃喃《なんなん》　言語《げんご》を　教《おし》え
一一《いちいち》　毛衣《もうい》を　刷《は》く
(大)一旦《いったん》　羽翼《うよく》　成《な》れば
引《ひ》きて　庭樹《ていじゅ》の枝《えだ》に　上《のぼ》らしむ
(中)翅《はね》を挙《あ》げ　回顧《かいこ》　せずして
風《かぜ》に随《したが》いて　四散《しさん》して　飛《と》ぶ
雌雄《しゆう》　空中《くうちゅう》に　鳴《な》き
声尽《こえつ》くるまで　呼《よ》べども　帰《かえ》らず
(下)却《かえ》って　空巣《くうそう》の裏《うち》に　入《い》り
啁啾《ちょうしゅう》して　終夜《しゅうや》　悲《かな》しむ
燕《つばめ》よ　燕《つばめ》よ　爾《なんじ》　悲《かな》しむこと　勿《な》かれ

辛勤三十日
母痩雛漸肥◎
喃喃教言語
一一刷毛衣◎
一旦羽翼成
引上庭樹枝◎
挙翅不回顧
随風四散飛◎
雌雄空中鳴
声尽呼不帰◎
却入空巣裏
啁啾終夜悲◎
燕燕爾勿悲

爾《なんじ》 当《まさ》に返《かえ》りて 自《みずか》らを 思《おも》うべし
(中)思《おも》え 爾《なんじ》雛《ひな》為《た》りし 日《ひ》
高《たか》く飛《と》びて 母《はは》に背《そむ》きし 時《とき》を
当時《とうじ》の 父母《ふぼ》の 念《おも》い
(大上)今日《こんにち》 爾《なんじ》 応《まさ》に 知《し》る べし

爾当返自思◎
思爾為雛日
高飛背母時◎
当時父母念
今日爾応知◎

(上平四支韻)

現代語訳

梁《はり》の上に一対の燕がいる。雄と雌がひらひらと飛んで、泥をくわえて来て、二本の椽《たるき》の間に巣を作って、中に四羽の雛を生んだ。四羽の雛は日ごとに生長し、食べ物を欲しがって、ピーピーと声を挙げて鳴く。えさの青虫は簡単にはつかまらないし、雛鳥たちのくちばしは一ぱいになることがない。親鳥のくちばしと爪は、今にも破れそうだが、雛鳥のために、心も体も疲れを忘れて、あっという間に、十回も行き来して餌《えさ》を運び、それでもなお、巣の中の雛鳥が腹をすかせはせぬかと心配する。苦労に苦労を重ねて三十日、母鳥はやせたが、雛鳥は次第に太って来た。ピーチクパーチクと言葉を教え、一枚一枚、羽をきれいにそろえてやる。そうしてある日羽がすっかり生えそろうと、飛び方を教えるため、庭の木の枝に雛鳥を連れて上らせる。ところが飛べるようになると、雛鳥たちは羽を広げて振り返りもせず、風に乗って四方へ飛んで行ってしまった。雌雄の親鳥は空中で鳴き、声を限りに呼んでも、帰って来ない。仕方なく雛鳥がいなくなった巣に戻って、夜どおし悲しい鳴き声を挙げる。燕よ燕よ、お前たち悲しんではいけない。お前たちは自分のことを振り返って考えよ。お前たちが雛鳥だった日、高く飛び去って、母に背いた時のことを。あの時の父母の悲しい心の中を、今日こそ、お前たちは身にしみて分かったろう。

語釈 燕詩＝燕について詠んだ詩。劉叟＝劉という姓の老人。「叟」は老人。梁＝はり。屋根を支えるための、柱の上の横木。双燕＝一対の燕。翩翩＝鳥がひらひらと飛ぶさま。銜＝「含」と同じ。くわえる。椽＝たるき。棟《むね》から軒に渡して屋根を支える木。四児＝四羽の雛。四羽の子供。日夜＝一日中。長＝生長する。孜孜＝つとめはげむさま。懸命にピーピーと鳴くこと。ひなの鳴く擬声音。青虫＝蝶類の幼虫。黄口＝ひなのこと。口ばしにまだ黄色い色が残っていることから。飽＝満腹になる。期＝時期。とき。嘴爪＝口ばしとつめ。欲＝……しそうになる。敝＝やぶれる。心力＝気力と体力。須臾＝ちょっとの間。巣中＝巣の中の四羽のひな。辛勤＝苦労しながら努力する。「辛」は苦労する。漸＝だんだん。喃喃＝燕の鳴く声。ここは親鳥がさえずって、言葉を教えるさま。ぺちゃくちゃ。一一＝一本々々。刷＝ひなの毛並みをそろえてやる。一旦＝ある朝。「旦」は朝。成＝ひな鳥の羽が完成する。飛べるようになる。四散＝四方にばらばらに飛ぶ。雌雄＝親燕のめすとおす。却＝引き返す。啁啾＝悲しんで鳴く声のさま。「啁」は鳥の鳴き声。当＝当然……べきである。返自思＝振り返って自分を考える。

要旨・鑑賞 白居易が長安で、翰《かん》林学士や左拾遺の職にいた三十六歳から四十歳の間の作。諷諭詩。燕の詩に託して、劉老人のために作った。白居易は諷諭の詩が特にすぐれているので、そのうまさをよく味わい、また白居易の人間観を読み取りたい。子供に捨てられて悲しんでいる劉という老人に、老人自身の年少のころを反省させ、同時に子供が親の愛情を裏切る社会の風潮を、燕に譬えて諭した作品である。同じ文字を何度も用いたり、擬態語・擬声語をしきりに利用しているのは、白居易の詩の特徴の一つである。それがここでは、内容のわかり易さ、燕という身近な鳥に譬えた親しみ易さという点に、生かされている。ともあれ、この詩の詩眼は、終わりの「燕よ燕よ爾悲しむこと勿かれ……今日爾応に知るべし」にある。今日においても、考えさせられる詩句である。 作者 白居易。九九頁参照。

106 山中《さんちゅう》の月《つき》　真山民《しんさんみん》

(中)我《われ》は愛《あい》す　山中《さんちゅう》の　月《つき》
炯然《けいぜん》として　疎林《そりん》に　掛《か》かるを
幽独《ゆうどく》の　人《ひと》を　憐《あわれ》むが　為《ため》に
流光《りゅうこう》　衣襟《いきん》に　散《さん》ず
(中)我《わ》が　心《こころ》　本《もと》　月《つき》の　如《ごと》く
月《つき》も亦《ま》た　我《わ》が　心《こころ》の　如《ごと》し
(大上)心《こころ》と　月《つき》と　両《ふた》つながら　相照《あいて》らし

山中月
我愛山中月
炯然掛疎林◎
為憐幽独人
流光散衣襟◎
我心本如月
月亦如我心◎
心月両相照

清夜《せいや》　長《とこしな》えに　相《あい》　尋《たず》ぬ

清夜長相尋◎　（下平十二侵韻）

〔現代語訳〕　わたしは山中の月が、光り輝いて疎林に掛かっているのを愛する。幽独の人を憐れむために、月の光が衣の襟に降りかかっている。わたしの心はもともと月のように清らかであり、月も又わたしの心のように清らかである。この清らかな心と月と、両方が相照らしていて、清い夜、いつまでも人生の生き方を尋ねる。

〔語釈〕　炯然＝光り輝くさま。疎林＝まばらな林。幽独＝静かに世を避けて、隠れて住んでいる人。幽人。隠士。〔要旨・鑑賞〕　山中の月と自分との心の通い合いを詠んだ作品であり、「月」という言葉が四つも使われているが、少しもくどさがなく、寧ろ澄み切った清らかさを漂わせているところが素晴らしい。

〔作者〕　真山民（生没年未詳）。宋の人。一説に名は桂芳、括蒼（浙江省）の人。真徳秀の孫ともいわれる。南宋の度宗の咸淳《かんじゅん》（一二六四－一二七四）末ごろ在世し、宋末の進士。宋の滅亡とともに行方不明となった。自ら山民といったので、山民といわれている。

(四)七言古詩

107 垓下《がいか》の歌　項羽《こうう》

力《ちから》　山《やま》を抜《ぬ》き　気《き》は世《よ》を　蓋《おお》う
時《とき》に　利《り》あらず　騅《すい》　逝《ゆ》かず
(中)騅《すい》の　逝《ゆ》かざる　奈何《いかん》　すべき
虞《ぐ》や　虞《ぐ》や　若《なんじ》を　奈何《いかん》せん

垓下歌
力抜●山兮気蓋世●
時不利兮騅不逝●
騅不逝兮可奈何
虞兮虞兮奈若何○
(去声八霽韻、下平五歌韻)

現代語訳　わが力は山をも抜き、意気は天下を覆うほどあるが、時勢が悪くなり、更に愛馬の騅《すい》も進まない。騅が進まないのはどうしようもない。虞よ虞よ、お前をどうしよう。

語釈　垓下＝安徽省霊璧《へき》県の東南。抜山＝山を引き抜くほど強力な力がある。蓋世＝世の中を蓋《おお》うこと。意気高いことのたとえ。騅＝白に青がまじった馬。項羽の愛馬。逝＝「往」と同じ。可奈何＝どうしたらよいであろうか。どうしようもない。反語。虞＝項羽の愛人。**要旨・鑑賞**　項羽が自分の最期を詠んだ。

作者　項羽（前二三二―前二〇二）。姓は項、名は籍、字は羽。下相《か》（江蘇省宿遷県）に生まれた。季父《おじ》項梁と共に兵を起こし、「西楚の覇《は》王」となった。時に二十七歳。劉邦（漢の高祖）と戦い破れ壮烈な最期を遂げる。時に三十一歳。『史記』「項羽本紀」参照。

108 秋風《しゅうふう》の辞《じ》　漢《かん》の武帝《ぶてい》

秋風《しゅうふう》　起《お》こって　白雲《はくうん》　飛《と》び
草木《そうもく》　黄《き》ばみ落《お》ちて　雁南《かりみなみ》に　帰《かえ》る
（下）蘭《らん》には　秀有《しゅうあ》り　菊《きく》には　芳有《ほうあ》り
佳人《かじん》を　懐《おも》うて　忘《わす》るる　能《あた》わず
（中）楼船《せん》を　泛《うか》べて　汾河《ふんが》を　済《わた》り
中流《ちゅうりゅう》に　横《よこた》わって　素波《そは》を　揚《あ》ぐ
（大上）簫鼓《しょうこ》　鳴《な》って　棹歌《とうか》を　発《はっ》す
歓楽《かんらく》　極《きわ》まって　哀情《あいじょう》　多《おお》し
少壮《しょうそう》　幾時《いくとき》ぞ　老《お》ゆるを　奈何《いかん》　せん

秋風辞
秋風起兮白雲飛◎
草木黄落兮雁南帰◎（微）
蘭有秀兮菊有芳◎
懐佳人兮不能忘◎（陽）
泛楼船兮済汾河◎
横中流兮揚素波◎
簫鼓鳴兮発棹歌◎
歓楽極兮哀情多◎
少壮幾時兮奈老何◎（歌）

（微―上平五微、陽―下平七陽、歌―下平五歌韻）

現代語訳　秋風が起こって、白い雲が飛んで行き、草や木は黄ばみ落ち、雁が南に渡って行く。
蘭には立派な花が咲いており、菊は良い香りを放っている。賢臣を思って忘れることが出来ない。

屋形船を浮かべて汾河を渡り、中流に船を横にして、白い波が揚がる。笛や太鼓を鳴らして、船歌を勢いよく歌い、歓びや楽しみが極まって、哀情がこみ上げる。若い時は一体、何時まであるのか。年をとるのはどうすることも出来ない。

語釈 辞＝文体の一種。事物に感じたことを文章に託したもの。押韻し歌うのに適する。兮＝音ケイ。韻文の語句の中間、または末尾にそえ語勢が一時止まり、更に続けて説く意を表わす。秀＝立派に花が開いていること。佳人＝美人。ここは賢臣を指す。楼船＝やぐらを組んだ二階建ての船。屋形船。汾河＝山西省をほぼ東北から西南に流れて、黄河に注ぐ。「汾水」ともいう。中流＝川の中ほど。素波＝白い波。簫鼓＝簫と太鼓。「簫」は竹の管を何本も組合わせて作った吹奏楽器。棹歌＝船頭が棹をさしながら歌う歌。奈何＝嘆息を表わす疑問詞。

要旨・鑑賞 人生の老い易いことを嘆いて詠んだ。この詩は、武帝の元鼎《てい》四年（前一一三）十一月、武帝四十四歳の時作られたという。即ち武帝が河東（山西省）地方に行幸し、その土地の神を祀った時、汾河に船遊びをし、長安の都を望みながら、群臣と酒宴を張り、感興じて作ったものである。帝王として得意の境地にあり、しかも歓楽の絶頂にあって、「歓楽極まって哀情多し」と詠む人間観照の深さに、この詩の生命がある。歓楽の陰には悲哀があり、青春の陰には老衰がある。こうした人生の哲理が、実感としてこの英雄の胸に焼きつけられ、その情趣が遺憾なく表わされている。この詩が時と処を超えて人々に共感を得、千古の名吟となっているのも、ここにある。この詩の詩眼は、最後の二句にある。歓楽が大きければ大きいほど、哀情もまた深い。ことに皇帝の権力をほしいままにした武帝であるだけに、その哀情は一しお身に感ずるのである。それはまた老い行くわが身への恐れである。だからこそ末句の「少壮幾時ぞ、老ゆるを奈何せん」は、何回繰り返しても、繰り返すたびに、胸に熱いものを感じさせる。それが人生なのだとわかっていながらも。［作者］武帝（前一五六―前八七）。姓は劉、名は徹。漢王朝第七代の天子。武帝は諡《おくりな》である。景帝の子。年十七歳で即位。在位足かけ五十四年に及んだ。その名の通り、雄才と大略があり、内は大学を起こし、儒学を奨励し、文教を広め、泰山で封禅（天地の祭）をし、数々の壮厳な宮殿を建て、皇帝の権力を誇示し、外は南越（広東・広西）を平げ、匈奴《きょうど》を破り、国威を揚げた。勇邁《まい》で多感な、いわゆる英雄型の皇帝であった。一方で武帝は、神仙思想に強烈な憧《あこが》れを持ち、不老不死の薬を求めて、東海に使者を出したりし、それから生じる弊害もあった。

109 **去《さ》る者《もの》は日《ひび》に以《もっ》て疎《うと》し**　**文選《もんぜん》**

去《さ》る者《もの》は　日《ひび》に以《もっ》て　疎《うと》く
来《きた》る者《もの》は　日《ひび》に以《もっ》て　親《した》し
(中)郭門《かくもん》を　出《い》でて　直視《ちょくし》すれば
但《た》だ　邱《きゅう》と　墳《ふん》とを　見《み》る　のみ
(下)古墓《こぼ》は　犂《すか》れて　田《た》と　為《な》り
松柏《しょうはく》は　摧《くだ》かれて　薪《たきぎ》と　為《な》る
(大)白楊《はくよう》　悲風《ひふう》　多《おお》く

去者日以疎
来者日以親◎
出郭門直視
但見邱与墳◎
古墓犂為田
松柏摧為薪◎
白楊多悲風

蕭《しょう》蕭《しょう》として　人《ひと》を愁殺《しゅうさつ》す　　蕭蕭愁殺人◎
故《こ》里《り》の閭《りょ》に　還《かえ》らんと　思い　　思還故里閭
帰《かえ》らんと　欲《ほっ》すれども　道《みち》因《よ》る　無《な》し　　欲帰道無因◎
（上平十一真韻）

現代語訳　別れて去りゆく者は、日ごとに忘れられ、やって来る者は、日ごとに親しまれる。町の門外に出てあたりを見つめると、目に映るのは、大小様々の墓ばかりである。古い墓は、すきかえされて田畑となり、松柏の木々も打ち砕かれて薪となるのが世のならい。ハコヤナギに吹く秋風も悲風が多く、蕭々ともの寂しく、人を深くもの思いに沈ませる。いざ郷里に帰ろうとするが、帰る道がなくなった。

語釈　去者日以疎＝「古詩十九首」の編名。疎＝うとくなること。関係が薄くなって忘れられること。親＝親しくなること。郭門＝町の外側を囲った塀《へい》につけられた門。邱与墳＝「邱」は大きな墓、「墳」は土まんじゅうのような粗末な墓。白楊＝ハコヤナギ。松や柏（コノテガシワ）の常緑樹とともに、よく墓地に植えられる木。悲風＝もの悲しい秋風。愁殺＝憂い悲しむこと。「殺」は動詞の後について、その動作を強める助字。故里閭＝故郷の村里の入口の門。故郷の意。**要旨・鑑賞**　長く異郷に旅する者が、たまたま古墓を見て、人生の流転を感じ、急に帰郷の思いにかられたことを詠んだ。素直な歌い方で、あまり技巧をこらさない中に、人生のはかなさを強く感じさせる。日本人にも愛唱され、『徒然草』（第三十段）などにも引用されている。第一句の「去る者は日に以て疎く」は、人生の無常を表わすことばとして、広く親しまれている。一句と二句、五句と六句は、完全な対句をなし、効果的である。一・二句は、作者の心境であるとともに、一般的な真理である。五・六句も一般的な真理で、感慨深いものがある。

110　客遠方《かくえんぽう》より来《きた》る　文選《もんぜん》

客《かく》　遠方《えんぽう》より　来《きた》り
我《われ》に　一端《いったん》の　綺《き》を　遺《おく》れり
相去《あいさ》ること　万《ばん》　余里《より》
故人《こじん》の心《こころ》　尚《な》お　爾《しか》り
(下)文綵《ぶんさい》　鴛鴦《えんおう》を　双《なら》べたり
裁《た》ちて　合歓《ごうかん》の　被《ふすま》と　為《な》す
(大上)著《ちゃく》するに　長相思《ちょうそうし》を　以《もっ》て　し
縁《えん》するに　結不解《けつふかい》を　以《もっ》てす
(中)膠《にかわ》を以《もっ》て　漆中《しっちゅう》に　投《とう》ずれば

客従遠方来
遺我一端綺●
相去万余里
故人心尚爾●
文綵双鴛鴦
裁為合歓被●
著以長相思
縁以結不解●(蟹)
以膠投漆中

誰《たれ》か能《よ》く　此《こ》れを別離《べつり》せん　　　　　　誰能別離此●(紙)

(紙―上声四紙、蟹―上声九蟹韻)

現代語訳　客が遠方からやって来た。わたしに一反のあやぎぬを送ってくれた。万余里も遠く離れている夫の心は、やはりわたしと同じである。あやぎぬの模様はおしどりを並べてある。仕立ててねまきとした。中に綿を詰めるのに長相思を以て詰め、縁を取るのに結不解を以てした。膠を漆の中に入れると、誰が別け離すことが出来ようか。

語釈　一端＝一反と同じ。周代の制では、布帛一丈八尺を端といった。綺＝あやぎぬ。故人＝旧友。ここは夫。尚爾＝やはり昔のままである。文綵＝あやぎぬの模様。鴛鴦＝おしどり。裁＝仕立てる。合歓被＝夫婦同歓の夜着。ねまき。著＝中に綿をつめること。長相思＝綿のように、綿々と長く続く意。綿の縁語。縁＝ふちをとる。へりを飾る。結不解＝糸をかがって、ほどけないようにすること。

要旨・鑑賞　留守居の妻が、遠方にいる夫からあやぎぬの贈り物を受けて、思慕の情を寄せているさまを詠んだ。合歓被・長相思・結不解などの漢語は、一種の語戯に属する修辞法であるが、中国では古くから用いられている。この詩は結婚式に吟ずるとよい。

111

白頭《はくとう》を悲《かな》しむ翁《おきな》に代《かわ》る

劉希夷《りゅうきい》

洛陽《らくよう》　城東《じょうとう》　桃李《とうり》の花《はな》
飛《と》び来《きた》り　飛《と》び去《さ》って　誰《た》が家《いえ》にか　落《お》つる
洛陽《らくよう》の　女児《じょじ》　顔色《がんしょく》を　惜《お》しむ
行《ゆく》ゆく　落花《らっか》に逢《あ》うて　長《なが》く　歎息《たんそく》す
今年《こんねん》　花《はな》落《お》ちて　顔色《がんしょく》　改《あらた》まり
明年《みょうねん》　花《はな》開《ひら》いて　復《ま》た　誰《たれ》か在《あ》る
已《すで》に見《み》る　松柏《しょうはく》の摧《くだ》かれて　薪《たきぎ》と　為《な》るを
更《さら》に聞《き》く　桑田《そうでん》の変《へん》じて　海《うみ》と　為《な》るを
古人《こじん》　復《ま》た　洛城《らくじょう》の東《ひがし》に　無《な》く
今人《きんじん》　還《ま》た対《たい》す　落花《らっか》の　風《かぜ》
「年年《ねんねん》　歳歳《さいさい》　花相《はなあい》　似《に》たり
歳歳《さいさい》　年年《ねんねん》　人《ひと》同《おな》じ　からず

代悲白頭翁

洛陽城東桃李花◎
飛来飛去落誰家◎（麻）
洛陽女児惜顔色◉
行逢落花長歎息◉（職）
今年花落顔色改●
明年花開復誰在●
已見松柏摧為薪
更聞桑田変為海●（賄）
古人無復洛城東○
今人還対落花風○
年年歳歳花相似
歳歳年年人不同○

(大)言《げん》を寄《よ》す　全盛《ぜんせい》の　紅顔《こうがん》子《し》
応《まさ》に　憐《あわれ》むべし　半死白頭《はんしはくとう》の　翁《おきな》を」
此《こ》の翁《おきな》の　白頭《はくとう》　真《しん》に　憐《あわれ》むべし
伊《こ》れ昔《むかし》は　紅顔《こうがん》の　美少年《びしょうねん》
公子《こうし》　王孫《おうそん》　芳樹《ほうじゅ》の下《もと》
清歌《せいか》　妙舞《みょうぶ》す　落花《らっか》の前《まえ》
光禄《こうろく》の　池台《ちだい》　錦繡《きんしゅう》を開《ひら》き
将軍《しょうぐん》　楼閣《ろうかく》　神仙《しんせん》を画《えが》く
一朝《いっちょう》　病《やまい》に臥《ふ》して　相識《そうしき》無《な》く
三春《さんしゅん》の　行楽《こうらく》　誰《た》が辺《へん》にか在《あ》る
宛転《えんてん》たる　蛾眉《がび》　能《よ》く幾時《いくとき》ぞ
須臾《しゅゆ》にして　鶴髪乱《かくはつみだ》れて　糸《いと》の如《ごと》し
「但《た》だ　看《み》る　古来《こらい》　歌舞《かぶ》の　地《ち》

寄言全盛紅顔子
応憐半死白頭翁○(東)
此翁白頭真可憐△
伊昔紅顔美少年△
公子王孫芳樹下
清歌妙舞落花前△
光禄池台開錦繡
将軍楼閣画神仙△
一朝臥病無相識
三春行楽在誰辺△(先)
宛転蛾眉能幾時□
須臾鶴髪乱如糸□
但看古来歌舞地

（大上）惟《た》だ　黄昏鳥雀《こうこんちょうじゃく》の　悲《かな》しむ有《あ》るのみ」　　惟有黄昏鳥雀悲◎（支）

（麻―下平六麻、職―入声十三職、賄―上声十賄、東―上平一東、先―下平一先、支―上平四支韻）

現代語訳　洛陽の街の東には桃や李の花が咲いている。その花が飛び来り飛び去って、誰の家に落ちるのか。洛陽の娘たちは容貌の美しさが失われるのを惜しみ、街を歩いて落花に会うと、長いため息をする。今年花落ちると娘さんたちの容貌が衰え、明年花が咲くころは、誰が元気でいるだろう。私は見たことがある。墓場に植えてある松柏が、切りくだかれて薪になってしまったのを。また、聞いたことがある。桑畑が変わって海となってしまったということを。散り行く花を惜しんだ昔の人は、二度とこの洛城の街の東にはいなく、今の人もまたこの落花の風を受けている。毎年毎年咲く花は同じであるが、毎年毎年人は変わって行く。だから言うのだ。青春の真っただ中にいる少年たちよ、半分死にかかった白頭の翁を憐れんでくれ。この翁の白髪頭は本当に憐れむべきだ。かれとて、昔は紅顔の美少年だったのだ。そして王公の若様たちにまじって、花咲き香るよい木の下で、春を楽しみ、又花吹雪《ふぶき》の中で、美しい歌を歌ったり、みごとな舞をしたものだ。漢の光禄大夫王根が作った池台《ちだい》は、錦や縫いとりをした絹の幕を張り回らし、後漢の大将軍梁冀《りょうき》の豪邸は、内部に長生きを願う神仙の絵を描かせたが、この老人の青春時代は、この庭や家に優るとも劣らない所で遊んだものだ。ところがある日、病気に倒れ友人もいつしか寄りつかなくなり、春の行楽は誰の所へ行ったのか。若い娘の美しい眉も、何時までそのままでいられるものか。アッという間に、白髪が乱れて糸のようになったおばあさんになってしまうのだ。ただ見よ、昔歌舞で賑やかだった所を。今はただ、たそがれ時、小鳥が悲しげに鳴き騒いでいるだけではないか。

語釈 代悲白頭翁＝白頭の翁に代わって、その気持ちを詠んだのでいう。洛陽＝唐の副都で、東都ともいう。城東＝町の東側。落誰家＝誰の家に落ちるのであろう。女児＝娘たち。少女たち。顔色＝容貌。行＝道を歩きながら。復誰在＝また誰が生きているだろうか。この中の何人かが、また死んでいってしまう。松柏＝マツとコノテガシワ。ともに常緑樹。墓地によく植えられる。桑田変為海＝自然でさえも変わることをいう。晋の時代の葛洪《かっこう》の『神仙伝』に、「已に東海の三たび桑田と為るを見る」とあるのを引用。還＝やはりまた。年年歳歳＝毎年々々。寄言＝言うことがある。紅顔＝少年。伊＝下のものを強調する。これぞ。公子王孫＝貴公子たち。清歌妙舞＝すんだ歌とみごとな舞。光禄池台＝漢の光禄大夫（天子の顧問）王根《おうこん》が、贅沢《ぜいたく》を極め、庭の池の中に台を築いたこと。錦繡＝にしきやぬいとりをした絹を幕とすること。開＝とばりを開いて遊ぶこと。将軍楼閣＝後漢の大将軍梁冀《りょうき》が豪華な生活をし、部屋の壁に神仙の絵を描かせたこと。一朝＝ある朝。ある日。相識＝友人。無＝訪ねて来ない。三春＝春の三か月（陰暦の一・二・三月）。行楽＝山野や湖川に出かけて遊ぶ楽しみ。在誰辺＝どこへ行ってしまったのか。宛転＝すんなりした。蛾眉＝蛾の触角のような美しい眉。美人をいう。能幾時＝どれくらいの期間続くことができるのか。「能」は可能。須臾＝たちまち。すぐに。鶴髪＝鶴のように白い髪。しらが。如糸＝糸のように乱れる。但＝強め。古来＝昔から。黄昏＝夕がた。鳥雀＝鳥や雀。**要旨・鑑賞** 白頭を悲しむ翁に代わって、人生の無常を嘆いて詠んだ。対句を用い、語調を整えているので、聞いていて、よくその場面がわかる。「花」と「落」とを多く使っているのは、人生の非哀を一そう感じさせる。「年年歳歳花相似たり、歳歳年年人同じからず」の対句は、希夷の舅《しゅうと》の宋之問《そうしもん》が、大変気に入って、譲ってくれといったので、いったん承知したが、惜しくなって、約束を破ったため、之問は、怒って人をやって土嚢《のう》で圧死させたという話がある。［作者］劉希夷（六五一―六七九？）。初唐。名は庭芝または挺之ともいう。また名は希夷、字は廷之とする説もある。汝州（河南省臨汝県）、潁《えい》川（河南省許昌市）の二説がある。三十歳前後で死んだ。二十五歳の進士。志と行いが修まらなかった。

112 将進酒《しょうしんしゅ》　李白《りはく》

君《きみ》　見《み》ずや
黄河《こうが》の水《みず》　天上《てんじょう》より　来《きた》るを
奔流《ほんりゅう》　海《うみ》に到《いた》って　復《ま》た　回《かえ》らず
君《きみ》　見《み》ずや
高堂《こうどう》の　明鏡《めいきょう》に　白髪《はくはつ》を　悲《かな》しむ　を
朝《あした》には　青糸《せいし》の如《ごと》きも　暮《く》れには雪《ゆき》と　成《な》る
(中)人生《じんせい》　意《い》を得《え》ば　須《すべか》らく　歓《かん》を　尽《つ》くすべし
金樽《きんそん》をして　空《むな》しく　月《つき》に対《たい》せしむる　莫《な》かれ

将進酒
君不見
黄河之水天上来◎
奔流到海不復回◎(灰)
君不見
高堂明鏡悲白髪●
朝如青糸暮成雪●(屑)
人生得意須尽歓
莫使金樽空対月●(月)

(大上)天《てん》 我《わ》が材《ざい》を生《しょう》ずる 必《かなら》ず 用《よう》あり
千金《せんきん》 散《さん》じ尽《つ》くすも 還《ま》た復《ま》た 来《きた》らん
羊《ひつじ》を烹《に》牛《うし》を宰《さい》して 且《しばら》く楽《たの》しみを 為《な》さん
会《かなら》ず 須《すべか》らく 一飲三百杯《いちいんさんびゃっぱい》 なるべし
岑《しん》 夫子《ふうし》 丹《たん》 邱生《きゅうせい》
酒《さけ》を 進《すす》む 君停《きみとど》むる 莫《な》かれ
君《きみ》が与《ため》に 一曲《いっきょく》を 歌《うた》わん
請《こ》う 君《きみ》 我《わ》が為《ため》に 耳《みみ》を傾《かた》むけて 聴《き》け
(大上)鐘鼓《しょうこ》 饌玉《せんぎょく》 貴《とうと》ぶに 足《た》らず
但《た》だ 願《ねが》わくは 長酔《ちょうすい》して 醒《さ》むるを用《もち》い ざるを
(下)古来《こらい》 聖賢《せいけん》 皆《みな》 寂寞《せきばく》
惟《た》だ 飲《の》む者《もの》のみ 其《そ》の名《な》を留《とど》むる あり
陳王《ちんおう》 昔時《せきじ》 平楽《へいらく》に 宴《えん》し

天生我材必有用
千金散尽還復来◎
烹羊宰牛且為楽
会須一飲三百杯◎(灰)
岑夫子丹邱生○(庚)
進酒君莫停△
与君歌一曲
請君為我傾聴△
鐘鼓饌玉不足貴
但願長酔不用醒△(青)
古来聖賢皆寂寞
惟有飲者留其名○(庚)
陳王昔時宴平楽▲

斗酒《としゅ》　十千《じゅっせん》　歓謔《かんぎゃく》を　恣《ほしいまま》にす
（大上）主人《しゅじん》　何為《なんす》れぞ　銭少《ぜにすくな》しと　言《い》わん
径《ただ》ちに　須《すべか》らく　沽《か》い取《と》って　君《きみ》に対《たい》して　酌《く》む　べし
（下）五花《ごか》の　馬《うま》　千金《せんきん》の　裘《きゅう》
児《こ》を呼《よ》び　将《も》ち出《い》だして　美酒《びしゅ》に　換《か》え
爾《なんじ》と　同《とも》に銷《け》さん　万古《ばんこ》の　愁《うれ》いを

斗酒十千恣歓謔▲
主人何為言少銭
径須沽取対君酌▲（薬）
五花馬千金裘
呼児将出換美酒
与爾同銷万古愁◎（尤）

（灰―下平十灰、屑―入声九屑、月―入声六月、庚―下平八庚、青―下平九青、薬―入声十薬、尤―下平十一尤韻）

現代語訳　君よ、ごらん。黄河の水が、天上から流れ来るのを。その黄河の勢いよい流れは、海に流れ込むと二度と戻って来ない。君よ、ごらん。立派な家の明るい鏡に映った白髪を悲しむ姿を。朝には黒くつやつやしていた髪が、夕べには雪のように白くなってしまうのだ。人生は楽しめるうちに、思いのままに、どうしても歓びを尽くしておくことだ。立派な酒樽《さかだる》をわけもなく月に向けておくことをするな。天がわたしという人間に才能を与えてくれたのは、必ず役に立たせることがあるためだ。たとい、千金の金を使い果たしても、何時かは回って戻って来るものだ。羊や牛を料理して、まあ飲んで楽しもう。飲むなら、必ず一飲に三百杯飲むんだ。岑先輩、丹邱君よ、さあ酒をどうぞ。杯を置くな。君たちのために一曲歌おう。どうか君たち、わたしのために耳を傾けて聴いてくれ。鐘や太鼓、美しい音楽、玉のような素晴らしい食事など、貴ぶに足りない。ただどうか、長酔して醒めないことだ。昔から聖人と賢人も死んでしまえば寂しいものだ。ただ酒飲みだけが、後世にその名を残している。魏の王子、陳思王曹植《そうち》は、昔、洛陽の平楽観で盛大な宴会を開き、一斗一万銭の高価な美酒を飲み、歓楽の限りを尽くしたということだ。今夜の宴席の主人のわたしは、どうして金が足りないなどといおう。直ぐにどうか酒を買い入れて、君たちに飲んでもらおう。青と白の斑《まだら》模様のある名馬でも、千金もする狐の皮衣でも小僧を呼んで持って行かせ、美酒に替えて来させよう。そして、今宵《こよい》こそ、君たちと一緒に、胸中に積もる無限の憂愁《うれい》を、きれいさっぱりと消してしまおう。

語釈　将進酒＝楽府《がふ》題。酒を人にすすめる意味。君不見＝君は見ないか。君ごらん。「君不聞」も同じ。天上＝空から。高堂＝高く立派な建物。明鏡＝よくみがかれた鏡。青糸＝黒くつやのある髪。人生＝人の一生。得意＝思うままにふるまう。会＝かならず。須＝どうしても……するのがよい。一飲三百杯＝後漢末の儒者、鄭玄《じょうげん》の故事。袁紹《えんしょう》が鄭玄を送別した時、三百余人が鄭玄に杯を上げた。それで鄭玄が朝から暮れまでに飲んだが、乱れなかったという。岑夫子＝隠者の岑《しん》徴君。夫子は尊称。丹邱生＝道士の元丹邱《たんきゅう》。李白の親友の一人。生は後輩に対する称。鐘鼓＝鐘や太鼓。美しい音楽。饌玉＝「饌」はそなえもの。すばらしいごちそう。醒＝酒の酔いがさめる。寂寞＝ひっそりとさびしいこと。陳王＝魏の曹植《そうち》（一九二－二三二）。曹操《そうそう》の子。曹丕《そうひ》（文帝）の弟。陳王に封ぜられて、思と諡《おくりな》された。それで陳思王と呼ばれる。平楽＝平楽観という宮殿。後漢の明帝（五七－七五）が建てた。洛陽にあった。陳王の「名都篇」に、「帰り来って平楽に宴し、美酒斗十千」とある。斗酒＝一斗の酒。唐代は約六リットル（三升五合強）。十千＝千が十。つまり一万。一斗で一万銭もの高級な酒。恣＝思うままにする。歓謔＝歓び戯れる。楽しみごと。主人＝李白自身。何為＝どうして。径＝ただちにと読み、すぐに。沽取＝「沽」は「買」と同じ。「取」は動詞につく接尾語的な語。聴取・看取。君＝岑夫子と丹邱生を指す。五花馬＝青と白のまだらの馬。千金裘＝価千金の皮衣。戦国時代の孟嘗君が持っていたという狐白裘は、千金の価がつけられたという。将出＝持って行かせる。「将」は「持」の意。爾＝あなたたち。銷＝「消」と同じ。万古愁＝長い間積もり積もったうれい。

要旨・鑑賞 大いに酒を飲み、人間の無限の憂愁を忘れようという、酒の賛歌である。四十五歳説と五十二歳説があり、定かでない。起句の「君見ずや黄河の水天上より来るを」の着想は、李白ならではの奇抜な着想であり、スケールが大きい。このような着想は、「飛流直下三千尺、疑うらくは是れ銀河の九天より落つるかと」（「廬山の瀑布を望む」五六頁参照）や「白髪三千丈」（「秋浦歌」八一頁参照）などにも見られる。李白は六十余年の生涯を酒で過ごした。「三百六十日、日日酔うて泥の如し」（「内に贈る」）と言う。では何故酒に浸ったのか。それはこの詩の最後に「爾と同に銷さん万古の愁いを」とある。李白の詩、千余首に「愁」の字が一〇五個もある。李白にとって万古の愁いとはどういうことを指しているのであろう。李白には、天子を補佐して天下を太平にしようということと、文字によって、後世に名を残すという、二つの大きな理想があった。だから「天我が材を生ずる必ず用有り」と詠んでいる。この句は『中庸』に「天之生物、必因其材而篤焉」（天の物を生ずる、必ずその材に因りて篤くす）とあるのに拠っているのであろう。人生は短い、しかも一回限りである。だから「人生意を得ば須らく歓を尽くすべし」と呼びかけ、酒を飲んで万古の愁いを消そうというのである。酒が醒めると更に愁えることになるので、

「但だ願わくは長酔して、醒むるを用いざるを」と詠んだ。実に李白ならではの性格がにじみ出ている作品である。李白の飲酒については、杜甫が「飲中八仙歌」で詠んでいる。その詩に「李白一斗詩百篇、長安市上酒家に眠る」とある。しかし李白は酔った時に書いた文には誤りがあったためしがない。しかも酔っていない人と議論しても、李白が考える以上の意見は出なかったという。李白が「酔聖」と呼ばれたのも宜なるかなと思う。（作者） 李白。三七頁参照。

113 **哀江頭《あいこうとう》　杜甫《とほ》**

少陵《しょうりょう》の　野老《やろう》　声《こえ》を呑《の》んで　哭《こく》し
春日《しゅんじつ》　潜行《せんこう》す　曲江《きょくこう》の　曲《ほと》り
(下)江頭《こうとう》の　宮殿《きゅうでん》は　千門《せんもん》を　鎖《とざ》し
細柳《さいりゅう》　新蒲《しんぽ》　誰《た》が為《ため》にか　緑《みどり》　なる
憶《おも》う　昔《むかし》　霓旌《げいせい》の南苑《なんえん》に　下《くだ》りしを
苑中《えんちゅう》の　万物《ばんぶつ》　顔色《がんしょく》を　生《しょう》ず
(大)昭陽《しょうよう》　殿裏《でんり》　第一《だいいち》　人《にん》

哀江頭
少陵野老吞声哭◉(屋)
春日潜行曲江曲▲
江頭宮殿鎖千門
細柳新蒲為誰緑▲(沃)
憶昔霓旌下南苑
苑中万物生顔色●
昭陽殿裏第一人

輦《れん》を　同《おな》じうして　君《きみ》に随《したが》い　君側《くんそく》に　侍《じ》す
輦前《れんぜん》の　才人《さいじん》　弓箭《きゅうせん》を帯《お》び
白馬《はくば》　嚼齧《しゃくけつ》す　黄金《おうごん》の　勒《くつわ》
(中)身《み》を翻《ひるがえ》し　天《てん》に向《む》かい　仰《あお》いで雲《くも》を　射《い》る
一箭《いっせん》　正《まさ》に墜《おと》す　双《そう》　飛翼《ひよく》
明眸《めいぼう》　皓歯《こうし》　今何《いまいず》くにか　在《あ》る
血汚《けつお》の　遊魂《ゆうこん》　帰《かえ》り　得《え》ず
(下)清渭《せいい》は　東流《とうりゅう》し　剣閣《けんかく》は　深《ふか》し
去住《きょじゅう》　彼此《ひし》　消息《しょうそく》　無《な》し
(大上)人生《じんせい》　情有《じょうあ》り　涙臆《なみだおく》を　沾《うるお》す
江水《こうすい》　江花《こうか》　豈《あ》に終《つい》に極《きわ》ま　らんや
黄昏《こうこん》　胡騎《こき》　塵城《ちりしろ》に　満《み》つ
城南《じょうなん》に　往《ゆ》かんと欲《ほっ》して　南北《なんぼく》を　忘《わす》る

同輦随君侍君側●
輦前才人帯弓箭
白馬嚼齧黄金勒●
翻身向天仰射雲
一箭正墜双飛翼●
明眸皓歯今何在
血汚遊魂帰不得●
清渭東流剣閣深
去住彼此無消息●
人生有情涙沾臆
江水江花豈終極●
黄昏胡騎塵満城
欲往城南忘南北●(職)

（屋―入声一屋、沃―入声二沃、職―入声十三職韻）

現代語訳　少陵のいなかおやじが声をしのんで泣きながら、春の日、人目を避けて曲江の畔《ほとり》を行く。江のほとりに建っている宮殿は、多くの門を閉ざして、人の出入りもなく、細い柳の枝やガマの新芽は、誰に見せようと青々と伸びているのか。思えば昔、天子の虹色の旗がこの南苑に来られた時は、庭園の中の総ての物は皆生き生きと輝いていた。昭陽殿の第一のお方は、天子の車に同乗し、天子に随って傍に侍っていた。御車の前の女官は、弓と矢を持ち、白馬は、黄金の勒《くつわ》をかみ砕かんばかりに勇み立つ。女官たちは身を翻して天に向かって雲を射ると、一本の矢でちょうど二羽の鳥を射落とした。あの美しい明眸皓歯のお方は、今何処におられるのかしら。血に汚されさ迷っている魂は、帰ることが出来ない。清らかな渭水は東に向かって流れ、剣閣山は奥深い所にある。去った玄宗と共に行けなかった楊貴妃は、消息がなく、無情の曲江の水や岸に咲いている花は尽きることがない。たそがれ時、えびすの騎兵の立てる塵埃りが、長安市内いっぱいに立ち込めている。町の南に行こうとして、南北の方向がわからなくなってしまった。

語釈　哀江頭＝曲江のほとりで悲しむ。「江」は「曲江」、「頭」はほとり。少陵＝長安の南にある漢の宣帝の皇后の陵の名。杜甫の先祖がこの辺りに住んでいた。野老＝田舎おやじ。呑声＝声をひそめて。哭＝大声をあげて泣き悲しむこと。声を出すまいとしのび泣くのだが、こらえきれず声が出てしまうこと。潜行＝人目をさけて、こっそり行く。当時杜甫は、反乱軍に捕えられて長安にいた。曲江＝九一頁語釈参照。曲＝まがっている所。江頭宮殿＝曲江のほとりの多くの宮殿。千門＝多くの門。新蒲＝ガマの新芽。霓旌

＝天子の旗。五色の羽毛で飾ってある。南苑＝曲江の東南の芙蓉苑。下＝行幸する。玄宗皇帝が楊貴妃としばしばここで遊んだ。生顔色＝生き生きとしてくること。昭陽殿＝前漢の成帝（前三三―前七）の寵姫《ちょうき》趙飛燕《ちょうひえん》のいた宮殿であるが、実は楊貴妃を指す。裏＝うち。第一人＝楊貴妃を指す。同輦＝天子の車に同乗すること。才人＝女官の官名。皇后の下に、夫人・嬪《ひん》・婕妤《しょうじょ》・美人・才人という階級があった。弓箭＝弓と矢。嚼齧＝かみ砕く。勒＝くつわ。馬の口につけて手綱をかける金具。翻身＝身の向きを変える。一箭＝一本の矢。正＝ちょうど。双飛翼＝一対の鳥。雌雄並んで飛んでいる鳥。明眸皓歯＝明るいひとみ、白い歯で、美人の形容。今何在＝この詩の作られた至徳二年（七五七）の前年、玄宗皇帝と長安を逃げた楊貴妃は、馬嵬《ばかい》で部下に殺された。今はどこにいるのか。血汚＝血でよごれた。遊魂＝落ち着く先もなく、さまよう魂。楊貴妃の魂のこと。帰不得＝帰ることができない。清渭＝清らかな渭水の流れ。東流＝楊貴妃が殺された馬嵬の方から、長安に向かって東に流れること。剣閣＝山の名。四川省の蜀の入口にある要路。去住＝「去」は玄宗を、「住」は楊貴妃を指す。彼此＝「彼」は「去」を、「此」は「住」を指す。消息＝便り。人生＝人間。有情＝喜怒哀楽の情がある。ここは哀の情。沾臆＝胸を涙でぬらす。思うと涙が流れる。江水江花＝曲江の水の流れと、曲江のほとりに咲く花。豈＝反語。どうして……であろうか。いやない。黄昏＝夕暮れ。たそがれ。胡騎＝「胡」はえびす。賊の騎兵。城南＝長安の南側の地。杜甫の住居のあったところ。忘南北＝悲しみで、どちらが南か北か方向がわからなくなる。

要旨・鑑賞 至徳二年（七五七）、杜甫四十六歳の作。長安での幽閉中、曲江を訪ね、人世の無常を感じて詠んだ。「春望」（三四頁）もこの時に作った。この詩は、楊貴妃の死後、僅か九か月後に作った。玄宗皇帝と楊貴妃の事を詠んだ詩は、この詩と、白居易の「長恨歌」（二七二頁）が双璧である。「長恨歌」は百二十句の長歌であるが、あくまでも玄宗皇帝と楊貴妃の悲恋物語である。（作者）杜甫。三五頁参照。

114　**虞美人草《ぐびじんそう》**　**曽鞏《そうきょう》**

鴻門《こうもん》の　玉斗《ぎょくと》　紛《ふん》として雪《ゆき》の　如《ごと》し
十万《じゅうまん》の　降兵《こうへい》　夜血《よるち》を　流《なが》す
(中)咸陽《かんよう》の　宮殿《きゅうでん》　三月《さんげつ》　紅《くれない》なり
覇業《はぎょう》　已《すで》に　煙燼《えんじん》に随《したが》って　滅《ほろ》ぶ
(大上)剛強《ごうきょう》は　必《かなら》ず死《し》し　仁義《じんぎ》は　王《おう》たり
陰陵《いんりょう》に　道《みち》を失《うしな》いしは　天《てん》の亡《ほろ》ぼすに　非《あら》ず
英雄《えいゆう》　本学《もとまな》ぶ　万人《ばんにん》の　敵《てき》
何《なん》ぞ　用《もち》いん　屑屑《せつせつ》として　紅粧《こうしょう》を　悲《かな》しむを
(大上)三軍《さんぐん》　散《さん》じ尽《つ》き　旌旗《せいき》　倒《たお》れ
玉帳《ぎょくちょう》の　佳人《かじん》　座中《ざちゅう》に　老《お》ゆ

虞美人草

鴻門玉斗紛如雪●
十万降兵夜流血●
咸陽宮殿三月紅
覇業已随煙燼滅●（屑）
剛強必死仁義王◎
陰陵失道非天亡◎
英雄本学万人敵
何用屑屑悲紅粧◎（陽）
三軍散尽旌旗倒●
玉帳佳人座中老●

香魂《こうこん》 夜《よる》 剣光《けんこう》を逐《お》うて 飛《と》び
青血《せいけつ》 化《か》して 原上《げんじょう》の草《くさ》と なる
(下)芳心《ほうしん》 寂寞《せきばく》 寒枝《かんし》に 寄《よ》る
旧曲《きゅうきょく》 聞来《きききた》りて 眉《まゆ》を斂《おさ》むるに 似《に》たり
哀怨《あいえん》 徘徊《はいかい》 愁《うれ》えて 語《かた》らず
恰《あたか》も 初《はじ》めて 楚歌《そか》を聴《き》ける時《とき》の 如《ごと》し
(大上)滔滔《とうとう》たる 逝水《せいすい》 今古《きんこ》に 流《なが》る
漢楚《かんそ》の 興亡《こうぼう》 両《ふた》つながら 丘土《きゅうど》
(中)当年《とうねん》の 遺事《いじ》 久《ひさ》しく空《くう》と 成《な》る
樽前《そんぜん》に 慷慨《こうがい》して 誰《た》が為《ため》にか 舞《ま》わん

(屑―入声九屑、陽―下平七陽、皓―上声十九皓、支―上平四支、麌―上声七麌韻)

香魂夜逐剣光飛
青血化為原上草●(皓)
芳心寂寞寄寒枝○
旧曲聞来似斂眉○
哀怨徘徊愁不語
恰如初聴楚歌時○(支)
滔滔逝水流今古▲
漢楚興亡両丘土▲
当年遺事久成空
慷慨樽前為誰舞▲(麌)

現代語訳 鴻門の会で、張良《ちょうりょう》から贈られた玉斗を、范増《はんぞう》は地に投げつけ、こなごなに砕けたその破片は、雪のように舞い散った。楚に降った十万の秦の兵卒は、夜、血を流して殺された。秦の都、咸陽の宮殿は、項羽に火を放たれ、三か月も燃え続けた。秦の始皇帝も項羽も、一時の覇業のなした事業は、とっくに阿房宮《あぼうきゅう》の煙とともに滅びてしまった。剛強は必ず死し仁義は王となる。項羽が陰陵で道に迷ったのは、天が亡ぼしたのではない。自ら招いた災いなのだ。英雄は本来、万人を敵にする術を学んだ。どうしてくよくよと粧《よそお》った美人など悲しむことがあろうか。項羽の軍勢はちりぢりになり、旗も倒れてしまった。玉で飾ったとばりの中の美人は、いながらに老いて行く。香しい魂は、落城の夜、きらめく剣の光を追うように飛び去ってしまい、青い血は凝って野原のほとりの一本の草となった。虞姫の美しい魂は、もの寂しくひっそりと、寒ざむとした枝に寄り添っている。それは項羽と和した歌が、風に吹かれて来たのを聞いて、眉をひそめているかのようである。哀しみ憂えてさ迷っているが、何も言わず、恰も四面楚歌を聴いて驚いた時のようである。とうとうと流れる水は昔も今も変わりなく流れている。しかし、漢楚の興亡は両方共小高い墓となっている。その当時の出来事は、長い間空となってしまった。今、酒樽の前に憤り嘆いても、一体誰のために舞うのであろうか。この虞美人草の舞いを愛でる人はもういないのに。

語釈　**虞美人草**＝ヒナゲシのこと。**鴻門**＝黄河が陝西省内で大屈曲するが、そこへ渭《い》水が合流する地点にある。**玉斗**＝玉で造った酒をくむ器。鴻門にいる項羽にあやまりに来た沛《はい》公は、項羽の部下に殺されそうになったので、自分の部下の張良に、項羽に玉璧《へき》一対《つい》を、その参謀の范増《はんぞう》に玉斗一対を献上することをたのんで逃げてしまった。項羽はそれをそのまま受け取ったが、范増は玉斗をこなごなにたたき割って、沛公を逃がしたことを残念がった。その玉斗のこと。**十万**＝『史記』には二十万とある。**流血**＝殺された。**咸陽宮殿**＝秦の始皇帝は、天下平定後、渭水の辺りにある咸陽に、一大宮殿を造り、阿房《あぼう》宮と名づけた。

その巨大さは、二百里四方の敷地に、二百七十もの宮殿があったという。覇業＝武力で天下を征服し統一することこと。王道の反対。随煙燼＝宮殿を焼く火の煙やもえかすと共に。剛強＝力の強いこと。項羽をいう。仁義＝人間愛と正義。沛公のこと。陰陵＝山名。安徽省の和《か》県と江浦県の間にある。失道＝『史記』に、「項王陰陵に至り、迷いて道を失う。一田夫《でんぷ》（ひとりの農夫）に問う。田夫紿《あざむ》きて曰く、左せよ、と。左す。乃《すなわ》ち大沢中に陥る」とある。非天亡＝『史記』に「身七十余戦、当たる所の者は破り、撃つ所の者は服し、未だ嘗《かつ》て敗北せず。遂に天下を覇有せり。然れども今卒《つい》に此《ここ》に困《くる》しむ。これ天の我を亡ぼす、戦いの罪に非ざるなり」とあるのを、作者が打ち消したもの。英雄＝項羽のこと。本学＝昔学んだ。万人敵＝『史記』の初めのほうに、「項籍少《わか》き時、書を学びて成らず。去りて剣を学ぶ。又た成らず。項梁之《こうりょうこれ》を怒る。籍曰く、書は以て名姓を記すに足るのみ。剣は一人の敵、学ぶに足らず。万人の敵を学ばん、と」とある。屑屑＝こせこせする形容。悲紅粧＝「紅粧」はべにをつけて化粧した美人。ここは虞美人を指す。虞美人との別れを悲しんで、めそめそしている項羽の様子。三軍＝諸侯のひきいる軍勢。一軍は一万二千五百人。天子は六《りく》軍。旌旗＝どちらも「はた」。旗の総称。玉帳＝玉をちりばめたとばり。美しいカーテン。佳人＝よい人。美人。虞美人のこと。座中老＝負けいくさの中、沛公のひきいる漢軍に包囲されて、愁いと悲しみのため、その場にいながらにすっかりふけてしまった。香魂＝香り高い虞美人の魂。逐剣光＝夜の明りにきらめく刀の刃の光を追うようにして、魂は体から飛び去ってしまった。虞美人が項羽との別れを悲しんで自殺したこと。青血＝あざやかな血。原上草＝野原に咲く草、虞美人草のこと。芳心＝虞美人の香り高い魂。寂寞＝さびしいようす。寄寒枝＝寒ざむとした枝に宿っている。虞美人草の花が、さびしげにヒナゲシの枝に咲いていているさまをいう。旧曲＝項羽の軍が沛公の軍に垓下《がいか》で包囲された時、項羽と虞美人が歌った歌、「力山を抜き、気は世を蓋《おお》う　時利あらず　騅逝《すいゆ》かず　騅の逝かざる　奈何《いかん》すべき　虞や虞や　若《なんじ》を奈何せん」（一四七頁参照）。似斂眉＝眉をひそめて、悲しんでいるように見える。虞美人草は、この曲が聞こえると、枝葉を動かすといわれる。哀怨＝悲しみうらむ。徘徊＝風にゆれ動くこと。愁不語＝悲しみ愁えている気持ちは、語ることもなく沈んでいる。恰＝ちょうど……のようだ。聴楚歌＝項羽の軍が沛公の軍に四方を囲まれて、初めて楚の歌を聞いたこと。滔滔＝水が盛んに流れるさま。逝水＝流れて行く水。流今古＝昔から今まで、変わることなく流れ続けている。自然は変わらない意。丘土＝丘墓。王者の墓。人事の変わり易さをいう。当年遺事＝当時の歴史的な出来事。久成空＝空しく消えてしまってから、長い年月がたった。慷慨＝いきどおりなげく。項羽の人間性とその滅亡、虞美人のあわれな最期、自然の悠久に対する人間のはかなさなどを。樽前＝酒だるの前。舞＝虞美人草が舞いを舞うように、さびしくゆれ動いている。虞美人草よ、お前は一体誰のために舞いを舞うのか。すべてはかない世の出来事であり、今は見る人もなぐさめる人もいないのに。作者自身と見ることもできる。

要旨・鑑賞　漢楚の興亡と項王とその愛人虞美人とを偲《しの》んで詠んだ。七言古詩、五解から成っている。一解―一句から四句まで。項羽の覇業も、その暴虐によって亡びた。二解―五句から八句まで。滅亡は自ら招いた。第三解―九句から十二句まで。虞美人の魂がヒナゲシとなった。四解―十三句から十六句まで。ヒナゲシは項羽との別れの歌を聞くと、悲しげに揺れ動く。五解―十七句から二十句まで。自然は悠久であるが人生ははかない。この詩は「鴻門の会」「垓下の戦い」などの文と合わせて読むと、さらによく分かる。

作者　曽鞏（一〇一九―一〇八三）。北宋。字は子固、建昌南豊（江西省）の人。司馬光や王安石と同じ時代。幼少より文名は高かったが、三十九歳でやっと進士に及第し仕官した。地方官を転任し、晩年かろうじて中央に戻ったが、母の死にあい、服喪中に死んだ。唐宋八大家の一人。

115 **長恨歌《ちょうごんか》** 　**白居易《はくきょい》**

漢皇《かんこう》　色《いろ》を重《おも》んじて　傾国《けいこく》を　思《おも》う
御宇《ぎょう》　多年《たねん》　求《もと》むれども　得《え》ず
楊家《ようか》に　女《むすめ》有《あ》り　初《はじ》めて　長成《ちょうせい》す
養《やしな》われて　深閨《しんけい》に在《あ》り　人未《ひといま》だ識《し》らず
天生《てんせい》の　麗質《れいしつ》　自《おのずか》ら棄《す》て難《がた》し
一朝《いっちょう》　選《えら》ばれて　君王《くんおう》の側《そば》に在《あ》り
眸《ひとみ》を廻《めぐ》らして　一笑《いっしょう》すれば　百媚生《ひゃくびしょう》じ
六宮《りくきゅう》の　粉黛《ふんたい》　顔色無《がんしょくな》し

長恨歌
漢皇重色思傾国●
御宇多年求不得●
楊家有女初長成
養在深閨人未識●
天生麗質難自棄●（眞）
一朝選在君王側●
廻眸一笑百媚生
六宮粉黛無顔色●（職）
（去声四眞、入声十三職韻）

現代語訳　一九〇頁。

語釈　長恨歌＝とこしえに尽きない恋の恨みの歌。この題は、この詩の終わりの二句、「天長地久有《リテカ》レ時

尽《クルモ》　此《ノ》○恨《ミハ》　綿綿《トシテ》　無《カラン》二絶《ユルノ》　期一」から取ったものである。漢皇＝漢の皇帝。ここは第七代武帝をいうが、実は唐の玄宗皇帝を指す。傾国＝すばらしい美人。漢の武帝の妃李夫人を、兄の李延年が歌った句に、「一顧すれば人の城を傾け、再顧すれば人の国を傾く」とあるのに基づく。御宇＝御治世。楊家＝楊玄琰《えん》の家。玄琰は蜀（四川省）の官吏。女＝むすめ。玉環。後の楊貴妃。初＝ようやく。長成＝大人になる。深閨＝奥深い女部屋。「閨」は女性のいる部屋。天生＝生まれつき。天賦。麗質＝美しい容姿。自＝そのまま。一朝＝ある日。選＝えらばれて。実は楊貴妃は、初めは玄宗の第十八子寿王の嫁であったが、その美貌を見そめ、玄宗は彼女を横取りした。その時、世間体を逃れるため、楊貴妃を、一時太真という名をつけて、宮中に入れた。太真は道士の名目である。百媚＝限りないなまめかしさ。六宮＝天子に仕える女官達のいる部屋。六つの宮殿があったのでいう。粉黛＝おしろいとまゆずみ。化粧した美人。顔色＝美しい容姿。

要旨　美人を求めて、明け暮れしていた玄宗皇帝が、楊貴妃を見そめ、入廷させたこと。

春寒《はるさむ》うして　浴《よく》を賜《たま》う　華清《かせい》の池《ち》
温泉《おんせん》　水滑《みずなめ》らかにして　凝脂《ぎょうし》を洗《あら》う
侍児《じじ》　扶《たす》け起《お》こすに　嬌《きょう》として力無《ちからな》し
始《はじ》めて是《こ》れ　新《あら》たに　恩沢《おんたく》を承《う》くるの時《とき》

春寒賜浴華清池◎
温泉水滑洗凝脂◎
侍児扶起嬌無力
始是新承恩沢時◎（支）

雲鬢《うんびん》　花顔《かがん》　金歩揺《きんほよう》
芙蓉《ふよう》の帳《とばり》　暖《あたた》かにして　春宵《しゅんしょう》を度《わた》る
春宵《しゅんしょう》　短《みじか》きを苦《くる》しんで　日高《ひたか》くして起《お》く
此《これ》より　君王《くんおう》　早朝《そうちょう》せず

雲鬢花顔金歩揺○
芙蓉帳暖度春宵○
春宵苦短日高起
従此君王不早朝○（蕭）
（支―上平四支、蕭―下平二蕭韻）

語釈　賜浴＝温泉に入ることを仰せられた。華清池＝長安の東部驪《り》山にあった華清宮にある池。「池」は湯地、すなわち温泉。凝脂＝白くむっちりとした肌《はだ》。侍児＝侍女。嬌＝なよなよとして。恩沢＝天子の愛情。雲鬢＝雲のようにふさふさとした美しい髪。花顔＝花のように美しい顔。金歩揺＝黄金で作った髪飾り。「歩揺」は、歩くと揺れるのでいう。芙蓉＝蓮《はす》の花。帳＝カーテン。寝床の回りにめぐらしてある。度春宵＝春の夜を過ごす。苦短＝短いのを嘆く。従此＝この時以来。早朝＝朝早くから政治をとること。

要旨　玄宗皇帝が、楊貴妃の愛に溺れ、政治を怠るようになったこと。

歓《かん》を受《う》け　宴《えん》に侍《じ》して　閑暇《かんか》なく
春《はる》は　春《はる》の遊《あそ》びに従《したが》い　夜《よる》は夜《よる》を専《もっぱ》らにす

承歓侍宴無閑暇●
春従春遊夜専夜●（禡）

後宮《こうきゅう》の　佳麗《かれい》　三千人《さんぜんにん》
三千《さんぜん》の　寵愛《ちょうあい》　一身《いっしん》に在《あ》り
金屋《きんおく》　粧《よそお》い成《な》って　嬌《きょう》として夜《よる》に侍《じ》し
玉楼《ぎょくろう》　宴罷《えんや》んで　酔《よ》うて春《はる》に和《わ》す
「姉妹《しまい》　弟兄《ていけい》　皆《みな》　土《ど》に　列《れっ》す
憐《あわれ》むべし　光彩《こうさい》　門戸《もんこ》に　生《しょう》ずるを
（大上）遂《つい》に　天下《てんか》の父母《ふぼ》の　心《こころ》を　して
男《おとこ》を生《う》むを　重《おも》んぜず　女《おんな》を生《う》むを　重《おも》ん　ぜしむ」

後宮佳麗三千人
三千寵愛在一身◎
金屋粧成嬌侍夜
玉楼宴罷酔和春◎（真）
姉妹弟兄皆列土▲
可憐光彩生門戸▲
遂令天下父母心
不重生男重生女▲（麌）

（禡―去声二十二禡、真―上平十一真、麌―上声七麌韻）

語釈　承歓＝天子の楽しみに気持ちを合わせる。天子のごきげんをとる。宴＝宴会。無閑暇＝天子のおそばにつきっきりで、貴妃個人の「ひま」がない。夜専夜＝夜は夜で、天子の時間をひとり占めにする。「専」は独占。後宮＝女官・侍女達の住む御殿。三千人＝実数ではなく、数の大へん多いことをいう。「白髪三千丈」。寵愛＝天子の愛。特別にかわいがる。一身＝楊貴妃一人。金屋＝黄金で飾った建物。りっぱな建物。粧成＝楊貴妃のお化粧ができて。侍夜＝夜の席でお相手をする。玉楼＝りっぱな高殿。「楼」は二階建て以上の建物。和春＝春のふんい気にとけこむ。姉妹弟兄＝楊貴妃のきょうだい。実際には従兄《いとこ》の楊国忠は宰相になり、姉はそれぞれ韓国夫人・虢《かく》国夫人、秦《しん》国夫人となった。列土＝諸侯となって領土をもらい、その領土が連なっていた。可憐＝感動を表わし、みごとなことだ。かわいそうに、の意味ではない。

要旨　楊貴妃はいつも玄宗皇帝のお側にいて、寵愛を一身に集め、一門が皆栄達した。

驪宮《りきゅう》　高《たか》き処《ところ》　青雲《せいうん》に入《い》り
仙楽《せんがく》　風《かぜ》に飄《ひるが》えって　処処《しょしょ》に聞《き》こゆ
緩歌《かんか》　慢舞《まんぶ》　糸竹《しちく》を凝《こ》らし
尽日《じんじつ》　君王《くんおう》　看《み》れども足《た》らず
漁陽《ぎょよう》の　鼙鼓《へいこ》　地《ち》を動《うご》かして来《きた》り
驚破《きょうは》す　霓裳《げいしょう》　羽衣《うい》の曲《きょく》
九重《きゅうちょう》の　城闕《じょうけつ》　煙塵《えんじん》生《しょう》じ
千乗《せんじょう》　万騎《ばんき》　西南《せいなん》に行《ゆ》く

驪宮高処入青雲◎
仙楽風飄処処聞◎（文）
緩歌慢舞凝糸竹●
尽日君王看不足●
漁陽鼙鼓動地来
驚破霓裳羽衣曲●（沃）
九重城闕煙塵生◎
千乗万騎西南行◎（庚）

（文―上平十二文、沃―入声二沃、庚―下平八庚韻）

語釈 驪宮＝驪山の麓にある華清宮のこと。仙楽＝仙人のかなでるような美しい音楽をいい、宮中でかなでる音楽をいう。緩歌＝ゆるやかな歌。慢舞＝ゆったりした舞。凝糸竹＝音楽の粋を尽くす。「糸」は弦楽器で、琴・瑟の類。「竹」は管楽器で、笛・簫の類。尽日＝一日中。終日。漁陽＝節度使であった安禄山の任地。今の北京付近。鞞鼓＝攻め太鼓。動地＝大地を揺り動かして響いてくること。驚破＝驚かす。「破」は強意の助字。「看破・読破・踏破」など。霓裳羽衣曲＝西域より伝来した舞曲名。バラモン（インド）の音楽。天人の様子を歌った舞曲。九重＝天子の宮殿には門が九つある。宮城をいう。城闕＝宮城の門。またはその上の両側にある物見台。「九重城闕」で、宮城の中では、の意。千乗＝一千台の兵車。周代、一乗は甲士三人、歩七十二人、軽重二十五人をいう。諸侯が持つ数。「千乗万騎」は、天子の行幸をいう。西南行＝蜀（四川省）成都をさして都落ちしたこと。要旨 玄宗皇帝と楊貴妃が愛の巣を営んでいる時、安禄山が叛旗を翻し、両人は成都へ都落ちされたこと。

翠華揺揺行復止●
西出都門百余里●
六軍不発無奈何
宛転蛾眉馬前死●(紙)

「翠華《すいか》　揺揺《ようよう》として　行《ゆ》きて　復《ま》た　止《とど》まる
西《にし》のかた　都門《ともん》を出《い》づること　百《ひゃく》　余里《より》
(大上)六軍《りくぐん》　発《はっ》せず　奈何《いかん》とも　する無《な》く
宛転《えんてん》たる　蛾眉《がび》　馬前《ばぜん》に　死《し》す」

花鈿《かでん》 地《ち》に委《い》して 人《ひと》の収《おさ》むる無《な》く
翠翹《すいぎょう》 金雀《きんじゃく》 玉搔頭《ぎょくそうとう》
君王《くんおう》 面《おもて》を掩《おお》って 救《すく》うことを得《え》ず
首《こうべ》を回《めぐ》らして 血涙《けつるい》 相和《あいわ》して流《なが》る

花鈿委地無人収◎
翠翹金雀玉搔頭◎
君王掩面救不得
回首血涙相和流◎(尤)

（紙―上声四紙、尤―下平十一尤韻）

語釈 翠華＝天子の旗。翡翠《ひすい》（カワセミ）の羽で飾ってあるのでいう。揺揺＝ゆらゆらと動いて。行復止＝進んではまた止《と》まる。なかなか進まないさま。部下の不満のため。西＝「西のかた」と読み、西の方。都門＝都長安の城門。百余里＝唐代の一里は、約五六〇メートル。長安の西方、約五十キロのところにある馬嵬に着いたこと。六軍＝天子の軍隊。一軍は一万二千五百人。不発＝出発しない。無奈何＝どうしようもなく。主語は玄宗。宛転蛾眉＝すんなりした、蛾の触角のような眉。美人のたとえ。馬前死＝皇帝の馬の前で殺された。実際は、高力士が仏堂の前で、首を薄絹の布でしめ殺したのである。それは玄宗と共に都を脱出した翌日の六月十四日で、楊貴妃は三十八歳、玄宗皇帝は七十一歳であった。花鈿＝婦人がひたいにつけた飾り。花のかんざし。螺鈿で作ったもの。委地＝地に捨てられたままで。翡翠＝カワセミの羽をつけた髪飾り。金雀＝孔雀《くじゃく》の形をした黄金製の髪飾り。玉搔頭＝玉の笄《こうがい》（かんざし）。回首＝ふり向いて。血涙相和流＝血と涙が、一緒になって流れる。要旨 成都へ向かう途中、馬嵬で楊貴妃が殺された様子のこと。

黄埃《こうあい》散漫《さんまん》　風《かぜ》蕭索《しょうさく》
雲桟《うんさん》縈紆《えいう》　剣閣《けんかく》に登《のぼ》る
峨嵋《がび》山下《さんか》　人《ひと》の行《ゆ》くこと　少《まれ》に
旌旗《せいき》　光無《ひかりな》く　日色薄《にっしょくうす》し
「蜀江《しょくこう》は　水碧《みずへき》にして　蜀山《しょくざん》は　青《あお》く
聖主《せいしゅ》　朝朝《ちょうちょう》　暮暮《ぼぼ》の　情《じょう》
(下)行宮《あんぐう》に　月《つき》を見《み》れば　傷心《しょうしん》の　色《いろ》あり
夜雨《やう》に　鈴《すず》を聞《き》けば　腸断《ちょうだん》の　声《こえ》あり」

黄埃散漫風蕭索●
雲桟縈紆登剣閣●
峨嵋山下少人行
旌旗無光日色薄●(薬)
蜀江水碧蜀山青◎
聖主朝朝暮暮情◎
行宮見月傷心色
夜雨聞鈴腸断声◎(庚)
(薬―入声十薬、庚―下平八庚韻)

語釈　黄埃＝黄色い土ぼこり。散漫＝一面に舞い上がる。蕭索＝もの寂しいさま。雲桟＝雲までとどくような高い木のかけ橋。蜀の山道は天下の険として名高い。縈紆＝ぐるぐる回って続いているさま。剣閣＝四川省にある山の名。蜀の北門といわれ、険しい難所。長安から成都へ行く道中にある。峨嵋山＝成都の南に聳えている山。玄宗が剣閣を越えて、峨嵋山の麓にある成都に着いたのは、長安を出てから四十六日目である。下＝ふもと。少人行＝人の行き来が少ない。旌旗＝旗さしもの。日＝太陽の光。蜀江＝蜀

（四川省）を流れる川。成都付近を流れる錦江を指す。行宮＝仮りの宮殿。成都に置いた。鈴＝蜀の山道を通る馬の首につけた鈴の音。腸断＝断腸と同じ。【要旨】剣閣山を通り、成都に着いた玄宗皇帝のわびしい日々の生活の様子のこと。

天旋《てんめぐ》り　地転《ちてん》じて　竜馭《りゅうぎょ》を廻《めぐ》らす
此《ここ》に到《いた》って　躊躇《ちゅうちょ》して　去《さ》ること能《あた》わず
馬嵬《ばかい》の　坡下《はか》　泥土《でいど》の中《うち》
玉顔《ぎょくがん》を　見《み》ず　空《むな》しく死《し》せし処《ところ》
君臣《くんしん》　相顧《あいかえり》みて　尽《ことごと》く　衣《ころも》を霑《うるお》す
東《ひがし》のかた　都門《ともん》を望《のぞ》み　馬《うま》に信《まか》せて帰《かえ》る

天旋地転廻竜馭●
到此躊躇不能去●
馬嵬坡下泥土中
不見玉顔空死処●（御）
君臣相顧尽霑衣◎
東望都門信馬帰◎（微）
（御―去声六御、微―上平五微韻）

【語釈】天廻地転＝天地が一転して。天下の情勢が一変したことをいう。玄宗の子粛宗が即位し、また安禄山がその子安慶緒に殺され、長安が回復されたことを指す。竜馭＝天子の乗り物。到此＝「此」は楊貴妃が殺された馬嵬を指す。躊躇＝ためらう。坡下＝坂道の下。玉顔＝楊貴妃の玉のような美しい顔。空死処＝空しく殺された場所だけが残っている。信馬＝馬の進むにまかせて。馬の歩むままに。【要旨】天下の情勢が一変して、玄宗皇帝が長安に帰る途中、馬嵬を通った時の君臣の様子のこと。

帰《かえ》り来《きた》れば　池苑《ちえん》　皆《みな》旧《きゅう》に依《よ》る
太液《たいえき》の　芙蓉《ふよう》　未央《びおう》の柳《やなぎ》
芙蓉《ふよう》は　面《おもて》の如《ごと》く　柳《やなぎ》は眉《まゆ》の如《ごと》し
此《これ》に対《たい》して　如何《いかん》ぞ　涙垂《なみだた》れざらん
「春風《しゅんぷう》　桃李《とうり》　花開《はなひら》くの　夜《よる》
秋雨《しゅうう》　梧桐《ごどう》　葉落《はお》つるの　時《とき》
(大)西宮《せいきゅう》　南苑《なんえん》　秋草《しゅうそう》　多《おお》く
宮葉《きゅうよう》　階《かい》に満《み》ちて　紅《くれない》　掃《はら》わず」
梨園《りえん》の　弟子《ていし》　白髪新《はくはつあら》たに
椒房《しょうぼう》の　阿監《あかん》　青娥老《せいがお》いたり

帰来池苑皆依旧●
太液芙蓉未央柳●(有)
芙蓉如面柳如眉◎
対此如何不涙垂◎
春風桃李花開夜
秋雨梧桐葉落時◎(支)
西宮南苑多秋草▲
宮葉満階紅不掃▲
梨園弟子白髪新
椒房阿監青娥老▲(皓)

(有―上声二十五有、支―上平四支、皓―上声十九皓韻)

語釈　池苑＝池と庭園。衣旧＝昔のまま。太液＝宮中の池の名。芙蓉＝ハスの花。未央＝宮殿の名。如面＝美しさは、楊貴妃の顔のようである。如眉＝すらっとしていて、楊貴妃の眉のようである。対此＝「此」は芙蓉と柳。これと向かい合っては。如何＝どうして。反語。梧桐＝青桐。西宮＝西の宮殿。南苑＝南側の庭園。宮葉＝宮殿の木の落葉。紅＝紅葉。梨園＝玄宗が楽士三百人を選んで、「梨園」という庭園で歌舞を教えた。これ以後、演劇界・俳優の世界を「梨園」という。弟子＝梨園に集められた教習生。新＝ふえ。椒房＝皇后のいる部屋。山椒《さんしょう》を壁に塗り込めたのでいう。山椒は暖気を保ち、悪気を払う。またその実が多いことから、子孫の繁栄を願う意味がある。阿監＝宮女達を取りしまる女官。青娥＝若い美人。「青」は、若い。「娥」は、美しい。

要旨　長安へ帰って見ると、皆昔のままであるが、宮殿は荒れはて、若者もすっかり年とってしまったこと。

「夕殿《せきでん》　螢《ほたる》飛《と》んで　思《おも》い　悄然《しょうぜん》
孤灯《ことう》　挑《かか》げ尽《つ》くして　未《いま》だ眠《ねむ》りを　成《な》さず
(大)遅遅《ちち》たる　鐘鼓《しょうこ》　初《はじ》めて　長《なが》き　夜《よる》
耿耿《こうこう》たる　星河《せいが》　曙《あ》けんと欲《ほっ》するの　天《てん》」
鴛鴦《えんおう》の　瓦《かわら》冷《ひやや》かに　霜華《そうか》重《おも》く

夕殿螢飛思悄然◎
孤灯挑尽未成眠◎
遅遅鐘鼓初長夜
耿耿星河欲曙天◎（先）
鴛鴦瓦冷霜華重●

翡翠《ひすい》の　衾寒《ふすまさむ》うして　誰《たれ》と与《とも》にか　共《とも》にせん　　翡翠衾寒誰与共●（宋）

悠悠《ゆうゆう》たる　生死《せいし》　別《わか》れて年《とし》を経《ふ》　　悠悠生死別経年

魂魄《こんぱく》　曽《かつ》て来《きた》って　夢《ゆめ》に入《い》らず　　魂魄不曽来入夢▲（送）

（先―下平一先、宋―去声二宋、送―去声一送韻）

語釈　夕殿＝夜の宮殿。悄然＝しょんぼりするさま。孤灯＝ぽつんとともった明かり。挑尽＝灯芯《しん》をかきたて尽くす。遅遅＝ゆったりとこせつかない。なかなか時間が過ぎてゆかないさま。初＝初めて思い知る。耿耿＝かすかに明るいさま。星河＝天の川。鴛鴦＝オシドリ。「鴛」は雄、「鴦」は雌。夫婦仲のよい鳥として有名。霜華＝霜。翡翠＝カワセミ。「翡」は雄、「翠」は雌。衾＝ふすま。よぎ。かけぶとん。与共＝一緒に寝る。悠悠＝はるかに離れているさま。生死＝生きている玄宗と、死んでしまった楊貴妃。経年＝年が過ぎた。魂魄＝楊貴妃のたましい。「魂」は心のたましい。「魄」は体のたましい。死後地上にとどまる。

要旨　玄宗は、夜になると楊貴妃のことを思い、なかなか眠れず、一人寝しているさびしさのこと。

臨邛《りんきょう》の　道士《どうし》　鴻都《こうと》の客《かく》　　臨邛道士鴻都客◉

能《よ》く　精誠《せいせい》を以《もっ》て　魂魄《こんぱく》を致《いた》す　　能以精誠致魂魄◉

君王《くんおう》の　輾転《てんてん》の思《おも》いに　感《かん》ずるが為《ため》に
遂《つい》に　方士《ほうし》をして　慇勤《いんぎん》に覓《もと》めしむ
空《そら》を拝《はい》し　気《き》に馭《ぎょ》して　奔《はし》ること電《いかずち》の如《ごと》く
天《てん》に昇《のぼ》り　地《ち》に入《い》って　之《これ》を求《もと》むること　遍《あまね》し
上《かみ》は　碧落《へきらく》を窮《きわ》め　下《しも》は黄泉《こうせん》
両処《りょうしょ》　茫茫《ぼうぼう》として　皆《みな》見《み》えず

為感君王輾転思
遂教方士慇勤覓◉（陌）
拝空馭気奔如電●
昇天入池求之遍●
上窮碧落下黄泉
両処茫茫皆不見●（霰）

（陌―入声十一陌、霰―去声十七霰韻）

語釈　臨邛＝地名。四川省の邛州。道士＝神仙の術を心得た人。鴻都＝長安を指す。もとは漢代の宮殿の門の名。精誠＝純真なまごころ。集中させた精神力。輾転＝眠れないで寝返りを打つこと。方士＝道士に同じ。殷勤＝ていねいに。ねんごろに。覓＝捜し求める。排空＝空をおしわける。馭気＝大気に乗る。遍＝いたるところ。碧落＝大空。黄泉＝死者の世界。あの世。茫茫＝広々として、果てしないさま。

要旨　臨邛の道士鴻都の客が、弟子の方士に命じて、楊貴妃の魂のありかを尋ねさせたが、見当たらないこと。

忽《たちま》ち聞く　海上《かいじょう》に　仙山《せんざん》有《あ》るを
山《やま》は　虚無縹緲《きょむひょうびょう》の　間《かん》に在《あ》り
楼閣《ろうかく》　玲瓏《れいろう》として　五雲《ごうん》起《お》こり
其《そ》の中《うち》　綽約《しゃくやく》として　仙子《せんし》多《おお》し
中《なか》に一人《いちにん》有《あ》り　字《あざな》は太真《たいしん》
雪《ゆき》の膚《はだえ》　花の貌《かんばせ》　参差《しんし》として　是《こ》れならん

忽聞海上有仙山◎
山在虚無縹緲間◎（刪）
楼閣玲瓏五雲起●
其中綽約多仙子●
中有一人字太真
雪膚花貌参差是●（紙）
（刪―上平十五刪、紙―上声四紙韻）

語釈　忽＝ふと。聞＝うわさに聞いた。仙山＝仙人の住む山。虚無＝何もない。縹緲＝広々としている所。楼閣＝高い建物。たかどの。玲瓏＝玉のようにあざやかで美しいさま。五雲＝五色の雲。綽約＝しとやかで美しいさま。仙子＝ここは仙女。太真＝楊貴妃の女道士の名。雪膚＝雪のように白い肌。花貌＝花のように美しい容貌。参差＝よく似ているさま。まるで。要旨　方士が楊貴妃そっくりの仙女を海上の仙山で見つけたこと。

金闕《きんけつ》の　西廂《せいしょう》に　玉扃《ぎょくけい》を叩《たた》き

金闕西廂叩玉扃◎

転《てん》じて　小玉《しょうぎょく》をして　双成《そうせい》に報《ほう》ぜしむ
聞道《きくなら》く　漢家《かんか》　天子《てんし》の使《つか》いなりと
九華《きゅうか》の　帳裡《ちょうり》　夢魂《むこん》驚《おどろ》く
衣《ころも》を攬《と》り　枕《まくら》を推《お》して　起《た》って　徘徊《はいかい》し
珠箔《しゅはく》　銀屏《ぎんぺい》　邐迤《りい》として　開《ひら》く
雲鬢《うんびん》　半《なか》ば偏《かたむ》きて　新《あら》たに　睡《ねむ》りより覚《さ》め
花冠《かかん》　整《ととの》えず　堂《どう》を下《くだ》りて　来《きた》る

転教小玉報双成◎
聞道漢家天子使
九華帳裏夢魂驚◎（庚）
攬衣推枕起徘徊○
珠箔銀屏邐迤開○
雲鬢半偏新睡覚
花冠不整下堂来○（灰）
（庚―下平八庚、灰―上平十灰韻）

語釈　金闕＝黄金作りの御殿。「闕」はもとは「門」の意味。西廂＝西側の部屋。「廂」は正堂の両側の部屋。玉扃＝玉で飾ったかんぬき。転＝順々に。小玉＝召使いの名。報＝知らせる。取りつぐ。双成＝同じく召使いの名。聞道＝「きくならく」と読みならわしている。「聞くことには…だそうだ」。漢家＝本来は「唐家」というべきを、「漢皇」と最初にいったので、「漢」とした。九華＝いろいろの花模様をぬいとりした。帳裡＝カーテンの内側。「裡」は「裏」と同じ。夢魂＝夢を見ていたたましい。攬衣＝衣服を手に取る。「攬」は手に持つこと。推枕＝枕をおしのける。徘徊＝うろうろする。さまよう。珠箔＝玉のすだれ。銀屏＝銀のびょうぶ。邐迤＝次々と。雲鬢＝雲のように豊かで美しい髪。半偏＝半ばかたむいている。

新＝今しがた。ちょうど……したばかり。花冠＝花で飾った冠。不整＝きちんとかぶっていない。【要旨】方士が黄金作りの御殿の西の建物で案内を請うと、取次ぎが楊貴妃に告げたので、楊貴妃は驚いて起きて来た様子のこと。

「風《かぜ》は　仙袂《せんべい》を吹《ふ》いて　飄飄《ひょうひょう》として　挙《あ》がり　　風吹仙袂飄飄挙●
猶《な》お　似《に》たり　霓裳《げいしょう》羽《う》衣《い》の　舞《まい》　　猶似霓裳羽衣舞●
(大上)玉容《ぎょくよう》　寂寞《せきばく》　涙《なみだ》　闌干《らんかん》　　玉容寂寞涙闌干
梨花《りか》　一枝《いっし》　春雨《はるあめ》を　帯《お》ぶ」　　梨花一枝春帯雨●
(上声七麌韻)

【語釈】仙袂＝仙女の衣のそで。飄飄＝ひらひらと。霓裳羽衣舞＝「霓裳羽衣曲」に合わせて舞う舞。「霓裳羽衣曲」は一七七頁語釈参照。玉容＝玉のように美しい姿。寂寞＝さびしく悲しげなさま。闌干＝涙がはらはらと落ちるさま。【要旨】楊貴妃が方士の方へやって来る様子のこと。

情《じょう》を含《ふく》み　睇《ひとみ》を凝《こ》らして　君王《くんおう》に謝《しゃ》す　　含情凝睇謝君王◎

一別《いちべつ》音容《おんよう》 両《ふた》つながら 渺茫《びょうぼう》
昭陽殿裡《しょうようでんり》 恩愛《おんあい》絶《た》え
蓬萊宮中《ほうらいきゅうちゅう》 日月長《じつげつなが》し
頭《こうべ》を廻《めぐ》らして 下《しも》 人寰《じんかん》の処《ところ》を 望《のぞ》めば
長安《ちょうあん》を見《み》ず 塵霧《じんむ》を見《み》る
唯《た》だ旧物《きゅうぶつ》を将《もっ》て 深情《しんじょう》を表《あら》わし
鈿合金釵《でんごうきんさい》 寄《よ》せ将《もっ》て去《さ》らしむ

一別音容両渺茫◎
昭陽殿裡恩愛絶
蓬萊宮中日月長◎(陽)
廻頭下望人寰処●
不見長安見塵霧●
唯将旧物表深情
鈿合金釵寄将去●(遇)
(陽—下平七陽、遇—去声七遇韻)

語釈 含情＝思いをこめて。凝睇＝じっと見つめて。謝＝お礼をのべる。あいさつをする。一別＝いったん別れて。音容＝声と姿。渺茫＝はるか遠くへだたっているさま。かすかなさま。昭陽殿＝前漢の成帝（前三二—前七）が愛した趙飛燕《ちょうひえん》姉妹の住んでいた宮殿。ここは玄宗と楊貴妃が愛を交わした宮殿をいう。恩愛＝愛情。蓬萊宮＝蓬萊山にあって、仙人仙女の住む宮殿。蓬萊山は、渤海《ぼっかい》の海上にあるといわれる、仙人仙女の住む山。人寰＝人間世界。「寰」は、区域。世界。将＝「モッテ」。「以」と同じ。……によって。……で。旧物＝玄宗から賜った記念の品。深情＝深いおもい。鈿合＝青貝細工をほどこした箱。「合」はふたのある器。金釵＝黄金のかんざし。「釵」はふたまたのかんざし。寄将去＝あずけて持って行かせる。

要旨　楊貴妃が、玄宗にお礼をのべ、旧物を方士に持って行かせたこと。

釵《さい》は　一股《いっこ》を留《とど》め　合《ごう》は一扇《いっせん》
釵《さい》は　黄金《おうごん》を擘《つんざ》き　合《ごう》は鈿《でん》を分《わ》かつ
但《た》だ　心《こころ》をして　金鈿《きんでん》の堅《かた》きに　似《に》せしめば
天上《てんじょう》　人間《じんかん》　会《かなら》ず　相見《あいまみ》えんと
別《わか》れに臨《のぞ》んで　慇懃《いんぎん》に　重《かさ》ねて　詞《ことば》を寄《よ》す
詞中《しちゅう》　誓《ちか》い有《あ》り　両心《りょうしん》のみ知《し》る
「七月《しちげつ》　七日《なぬか》　長生殿《ちょうせいでん》
(大)夜半《やはん》　人無《ひとな》く　私語《しご》の時《とき》
(中)天《てん》に　在《あ》りては願《ねが》わくは　比翼《ひよく》の鳥《とり》と　作《な》り
地《ち》に在《あ》りては　願《ねが》わくは　連理《れんり》の枝《えだ》と　為《な》らんと
(大上)天長《てんちょう》　地久《ちきゅう》　時有《ときあ》りてか　尽《つ》くるも

釵留一股合一扇●
釵擘黄金合分鈿●
但教心似金鈿堅
天上人間会相見●(霰)
臨別慇勤重寄詞◎
詞中有誓両心知◎
七月七日長生殿
夜半無人私語時◎
在天願作比翼鳥
在地願為連理枝◎
天長地久有時尽

「此《こ》の恨《うらみ》は綿綿《めんめん》として　絶《た》ゆるの期《とき》無《な》からん」

此恨綿綿無絶期◎(支)

(霰—去声十七霰、支—上平四支韻)

語釈　留＝残す。一股＝かんざしの足の一本。一扇＝箱のふたか身の一方。擘＝引き裂くこと。分鈿＝青貝ずりの箱を分ける。天上＝天上世界。人間＝人間世界。臨別＝楊貴妃と方士とが別れるに際して。重＝もう一度。寄詞＝ことづけをする。伝言する。詞中＝楊貴妃が方士にことづけした言葉の中に。有誓＝誓いのことばがあった。両心知＝玄宗と楊貴妃の二人だけが知っている。七月七日＝七夕の日。牽牛星と織女星が年に一度会う日。長生殿＝驪山の華清宮にある宮殿の名。私語＝こっそり語り合う。「私」は、こっそり、ひそかに。比翼鳥＝雌雄それぞれ一目一翼で、いつも二羽一体となって飛ぶ鳥。連理枝＝幹は二本で木の枝が合わさって、木目が一つになっている木。「比翼鳥」と共に、愛し合う男女の仲にたとえる。天長地久＝天地が永遠に続くこと。『老子』にあることば。有時＝いつかは。此恨＝玄宗と楊貴妃のせつない恋の思い。「恨」は、せつない恋心。綿綿＝綿のように長く続いて絶えないさま。要旨　楊貴妃と方士の別れる時の様子と、二人が生前、長生殿で誓い合った言葉をことづけしたこと。

現代語訳　漢の皇帝は女色を重んじて、国を傾けるほどの絶世の美女を思った。しかしご治政中、多くの年を経たが、探し求められなかった。ところが楊家にようやく大人になったばかりの娘がいて、奥深い女の部屋で育てられて、誰もまだ知らなかった。しかし生まれながらの麗しさは、そのまま棄て去ることは出来なかった。ある日、突然選ばれて皇帝の側に召されることになった。

眸《ひとみ》をめぐらしてほほ笑むと、さまざまななまめかしさがあふれ、後宮の女官たちの部屋にいる化粧した美人も、影が薄くなった。

春まだ寒い時、皇帝は彼女に華清宮の温泉に湯浴《あ》みするよう仰せられた。温泉の水は滑らかで、白くむっちりとした肌を洗い流した。侍女が抱きかかえて起こすと、湯上がりの体は、あでやかな色で色っぽく、ぐったりしている。これは始めて天子の愛情を受けた時である。雲のようなふさふさとした髪、花のような顔、歩くと揺れる金の髪飾り。芙蓉の花が刺繍されている帳の中は暖かく、春の夜は更《ふ》けて行く。愛をかわす春の夜はたちまちに過ぎて、日が高く昇ってからようやく目が覚める。これより皇帝は、早朝の政務を怠るようになってしまった。

彼女は皇帝の楽しみに気持ちを合わせ、宴会に寄り添って片時も暇がなく、春は春の遊びに従い、夜は夜で皇帝を独占し、お相手をした。後宮には、美しい女たちが三千人もいたが、三千人の愛情は、妃ひとりに注がれた。金の宮殿で、あでやかになった身を、なよなよと皇帝の夜の時間にささげ、玉のうてなの宴が終わると、ほんのりと酔って、春の空気に溶け込んだ。姉妹兄弟たちは、それぞれ諸侯に封ぜられて領土を連ね、まぶしい光が妃の家内に生じ、みごとなことだ。とうとう国中の父母たちの心に、男を生むよりは、女を生む方がよいと思わせた。

驪山の離宮の高い所は、青空の中に入り、仙人の音楽のように妙なる旋律が、あちらこちらに聞こえる。ゆるやかな歌、ゆったりした舞、管弦の粋を凝した伴奏で、一日中見ても、皇帝は飽きなかった。その時、突然漁陽の地から攻め太鼓の音が、大地を揺り動かして押し寄せて来て、霓裳羽衣の曲を驚かせた。忽ち皇帝のおられる宮城は、戦火の煙塵が巻き上がり、皇帝の一行は西南の蜀の成都を指して都落ちした。

天子のみ旗はゆらゆらと揺れながら、進んでは又止まり、のろのろと行った。やがて長安の城内から西の方百余里（約五十キロ）の、馬嵬《ばかい》にたどり着いた時、天子の軍隊が騒ぎ出して出発を拒《こば》み、皇帝はどうすることも出来なかった。すんなりした美しい眉をした楊貴妃は、皇帝の馬前で殺された。花のかんざしが地に捨てられ、誰も拾う者がなく、カワセミの羽、金の孔雀の形の髪飾り、玉のこうがいは、無惨に散らばっている。皇帝は手で顔を覆ったまま、殺された楊貴妃を救うことも出来ず、振り返る皇帝の顔には、涙が血に混じって流れ落ちた。

黄色い土ぼこりが一面に舞い上がり、風はもの寂しく吹いている。雲まで届くかけ橋は曲りくねり、剣閣山の難所を登る。峨嵋山の麓には、道行く人も少なく、旗さしものも色あせて光彩なく、太陽の光も薄らいでいる。蜀江は深みどりで、蜀の山々は青々と茂っており、みかどは朝な夕な楊貴妃を思い悲しみに沈んでいる。行宮で月を眺めては、その月の色に傷心の顔色があり、夜中の雨に鈴の音を聞いては、腸《はらわた》が断ち切れるような悲しみの声に聞こえる。

天下の状勢が一変して、天皇の御車は都長安に帰って来た。ここ馬嵬に着くと、皇帝はためらって立ち去ることが出来なかった。馬嵬の坂道の下《ふもと》、泥土の中には、玉のような美しい楊貴妃の顔は見られず、空しく殺された場所だけが残っている。君臣もともども振り返りながら、皆涙で衣を濡し、東の方の長安の城門を目指して、馬の歩みにまかせて帰った。

長安に帰って見ると、宮中の池も苑も昔のままで、太液池の蓮《はす》の花も未央宮の柳の緑も、以前と同じに咲き茂っていた。蓮の花は楊貴妃の顔のようだし、柳の枝は眉のようだ。これに対して、どうして涙を流さずにおられよう。春風に桃や李の花が咲く夜や、秋雨に梧桐の葉が散る時には、わけてもものの悲しくなる。宮中の西の御殿、南の御殿には、秋の草が生い茂り、落葉が階段に一ぱいに散っても、それを掃こうともしない。昔、天子に舞楽を教わった梨園の弟子たちも、今は白髪が目立つようになり、皇后の御殿の宮女取り締りの女官も、若い美しい眉に老いを思わせる。

夜の御殿に蛍が飛んでいるのを見ては、しょんぼりと思いに沈み、ぽつんと一つともった灯火の芯《しん》を掻き立てかきたてして、何時までも眠れない。遅く感じられる鐘や太鼓の音が聞こえて、初めて長い夜が過ぎ、ほのかに明るい天の河の空が、明けようとしている。オシドリの形をした屋根の瓦は冷たく、霜が花のようにどっしりと降り、カワセミの羽を逢い取りにした掛布団は寒く、共に寝る人もいない。遥か遠く生と死の世界に別れてから、長い年月が経《た》ったが、楊貴妃の魂は、一度も夢の中に現れなかった。

ところが蜀の臨邛から来た道士で、鴻都の客という者がいて、まごころを込めて祈ると、死者の魂を招き寄せるとのこと。みかどが寝返りばかりして、夜も眠れない思いに感動して、遂に道士に念入りに、貴妃の魂を探し求めさせた。方士は空を掻き分け、大気に乗って、稲妻のように走り、天上に昇り地下にもぐって、貴妃の魂をくまなく探し求めた。上は青空の果てまで、下はよみじの果てまでも探し求めたが、どちらもただ広々として果てしなく、貴妃の魂は見出すことが出来なかった。

その時、ふと聞いた。海上に仙人の住む山があって、その山は何もない遥か彼方にあって、高殿は玉のように美しく輝き、五色の雲がわき起こり、その中には、たおやかな仙女が沢山住んでおり、その仙女たちの中に、一人、字は太真という仙女がいて、雪のような白い肌、花のような美しい顔をし、まるで楊貴妃そっくりである、と。

そこで方士は、金で作られた御殿の西側の部屋に行き、玉の門をたたいて、出て来た小玉から双成に取り次いでもらった。聞くことには、漢の国から訪れた天子の使者であるという。美しい花模様の豪華なカーテンの中の太真は、ハッと夢から覚めた。上衣を手に取り、枕を押しやって起き上がり、うろうろしていたが、やがて真珠のすだれや銀の屛風が次ぎ次ぎに開かれて、出て来た。雲のようにふんわりとした髪の毛は半ば傾いて、やっと眠りから覚めたばかりという格好で、花の冠もととのえないまま、堂を下りて来た。

風は仙女のたもとを吹いて、ひらひらと舞い上がり、それはまるで霓裳羽衣の舞をまっているかのようであった。しかしその玉のような美しい顔は、如何にも寂しそうで、涙が止めどなく流れ落ち、一枝の梨の花が春の雨に濡れているようであった。

貴妃は思いを込め、じっとながし目に見つめながら、みかどにお礼を申し上げた。お別れして以来、みかどのお声もお姿も、どちらも遥か彼方のものとなってしまいました。昭陽殿でのご寵愛も絶えてしまい、蓬萊宮中に来て、もう長い月日が過ぎてしまいました。振り返って人間界を望みましても、あの懐かしい長安を見ることは出来なく、ただ塵や霧が立ち込めているのが見えるばかりです。今はただかたみの品をもって、私の深い心情を表したいと、螺鈿《らでん》の小箱と黄金のかんざしを、ことづけて持って行ってもらいます。

かんざしは一方の足を残し、小箱はふたと身の一方を残し、かんざしは黄金作りをさき、小箱はらでん細工を分け離すことにいたします。ただお互いの心が黄金や青貝の堅いように、堅く思い合っていさえすれば、何時かは天上界であれ、人間界であれ、お会い出来る日がございましょう。

別れに際して、貴妃はねんごろに重ねてことづけをした。その中には誓いの言葉があって、それは二人の心だけが知っているものであった。それはある年の七月七日、長生殿で、夜半誰もいない時、みかどがこっそりおっしゃいました。「天上にあっては、どうか比翼の鳥となりたいもの、地上にあっては、どうか連理の枝となりたいもの」と。

天地は長く久しいものだというが、何時かは滅び尽きる時が来る。しかし、この二人の恋の恨みだけは、何時までも何時までも長く長く続いて絶え尽きることはないであろう。

鑑賞 この詩は、白居易三十五歳の作で、七言、一二〇句、八四〇字から成る長編の叙事詩である。作詩の動機は、陳鴻《こう》の『長恨歌伝』に詳しく書いてあるが、その概略を述べると、白居易が、元和元年（八〇六）冬十二月、長安の西盩厔《ちゅうちつ》県の尉《い》（取りしまりの地方官）となった。陳鴻と王質夫もこの地に住んでいたので、ひまの日、三人で仙遊寺に遊び、たまたま話が玄宗と楊貴妃に及び感嘆し、王質夫が「夫《そ》れ希代の事は、出世の才の之《これ》を潤色《じゅんしょく》するに遭《あ》うに非《あら》ずんば、則《すなわ》ち時とともに消没し、世に聞こえざらん。楽天は詩に深く、情多き者なり。試みに為《ため》に、之《これ》を歌にせよ。如何《いかん》と」（さて、世に珍しい出来事は、一世に傑出した才人が、これに文彩を施すのに出会わなければ、時のたつのにつれて消えてしまう。楽天、君は詩を作る才に長じ、情の深い人である。試みにこの話を歌にしてみないか。どうだね）といったので、楽天はそこで長恨歌を作った。陳鴻が「長恨歌は、白楽天がただその事に感動したというだけでなく、美人の害をこらし、世の乱れるもとをふさいで、将来に教訓をたれようとしたものである」といっている。「長恨歌」は、当時その美しい物語性と平易な表現から、大いに流行し、長安の妓女《ぎじょ》たちは、「長恨歌」を暗唱できることを、一つの売り物にしたという。わが日本文学にも、多大の影響を与えている。紫式部の『源氏物語』は「長恨歌」から思いついて書いたという。したがって本文にも「長恨歌」の一節そのまま、または多少変形されて出ている。清少納言の『枕草子』にも「梨花一枝春帯雨」（第三十七段）が引用されている。なお『今昔物語』『太平記』『唐物語』等にも引用されている。〔作者〕白居易。九九頁参照。

116 **琵琶行《びわこう》　白居易《はくきょい》**

「潯陽《じんよう》　江頭《こうとう》　夜客《よるかく》を　送《おく》る
楓葉《ふうよう》　荻花《てきか》　秋《あき》　瑟瑟《ひつひつ》
(下)主人《しゅじん》　馬《うま》より下《お》り　客《かく》　船《ふね》に　在《あ》り
酒《さけ》を挙《あ》げて　飲《の》まんと欲《ほっ》するも　管絃《かんげん》　無《な》し
(中)酔《よ》うて　歓《よろこび》を成《な》さず　惨《さん》として将《まさ》に　別《わか》れんと　す
別《わか》るる時《とき》　茫茫《ぼうぼう》として　江《こう》　月《つき》を　浸《ひた》す
(大上)忽《たちま》ち聞《き》く　水上《すいじょう》　琵琶《びわ》の　声《こえ》

琵琶行
潯陽江頭夜送客●(陌)
楓葉荻花秋瑟瑟●(質)
主人下馬客在船◎
挙酒欲飲無管絃◎(先)
酔不成歓惨将別▲(屑)
別時茫茫江浸月■
忽聞水上琵琶声○

主人《しゅじん》　帰《かえ》るを忘《わす》れ　客《かく》　発《はっ》せず」　　主人忘帰客不発■(月)

(陌―入声十一陌、質―入声四質、先―下平一先、屑―入声九屑、月―入声六月韻)

現代語訳　二〇九頁。

語釈　琵琶行＝琵琶の曲名。「行」は歌の意。潯陽江＝江西省九江市の北を流れる揚子江をいう。頭＝ほとり。瑟瑟＝風のさびしく吹く音。「索索」とするのもある。主人＝作者自身。客＝旅立つ人。挙酒＝酒杯をあげる。管絃＝音楽。惨＝心が沈んで晴れないさま。茫茫＝広々として果てしないさま。江浸月＝揚子江の流れに月影が落ちている。忽聞＝ふと、耳にする。

要旨　潯陽江のほとりで、旅立つ人を送るのに、酒杯をあげても音楽がなく、心が沈んでいたが、ふと、琵琶の音が聞こえてきたこと。

声《こえ》を尋《たず》ねて　暗《あん》に問《と》う　弾《ひ》く者《もの》は　誰《たれ》ぞと　　尋声暗問弾者誰◎
琵琶《びわ》　声《こえ》停《や》んで　語《かた》らんと欲《ほっ》する　遅《おそ》し　　琵琶声停欲語遅◎(支)
船《ふね》を移《うつ》し　相近《あいちか》づいて　邀《むか》えて　相見《あいみ》る　　移船相近邀相見●
酒《さけ》を添《そ》え　灯《ともしび》を廻《めぐ》らし　重《かさ》ねて　宴《えん》を　開《ひら》く　　添酒廻灯重開宴●
(大)千呼《せんこ》　万喚《ばんかん》　始《はじ》めて　出《い》で来《きた》るも　　千呼万喚始出来

猶《な》お 琵琶《びわ》を抱《いだ》いて 半《なか》ば面《おもて》を 遮《さえ》ぎる」　猶抱琵琶半遮面●（霰）

（支―上平四支、霰―去声十七霰韻）

語釈　暗＝こっそりと。欲語遅＝容易に返事がない。はじらっているため。迎＝呼びよせる。添酒＝酒を追加する。重開宴＝再び宴を開く。千呼万喚＝何度も呼ぶこと。始出来＝やっとのことで出て来た。遮面＝顔をかくしている。要旨　暗に尋ねたが、なかなか返事がないので、船を近づけ、迎えて会おうとし、重ねて宴会を開き、何度も呼ぶと、やっと出て来た。琵琶をかかえて、半分顔をかくしていたこと。

軸《じく》を転《てん》じ 絃《げん》を撥《はら》う 三両《さんりょう》 声《せい》　転軸撥絃三両声◎（庚）

未《いま》だ 曲調《きょくちょう》を成《な》さざるに 先《ま》ず情《じょう》 有《あ》り　未成曲調先有情◎（庚）

絃絃《げんげん》 掩抑《えんよく》して 声声思《せいせいおも》い あり　絃絃掩抑声声思○（支）

平生《へいぜい》 志《こころざし》を得《え》ざるを 訴《うった》うるに 似《に》たり　似訴平生不得志●

眉《まゆ》を低《た》れ 手《て》に信《まか》せて 続続《ぞくぞく》と 弾《ひ》き　低眉信手続続弾▲（翰）

説《と》き尽《つ》くす 心中《しんちゅう》 無限《むげん》の 事《こと》　説尽心中無限事●（寘）

（庚―下平八庚、支―上平四支、翰―去声十五翰、寘―去声四寘韻）

語釈　転軸＝ねじめを回して。撥絃＝ばちで絃をはらう。曲調＝メロディー。掩抑＝おさえてひく。思＝深い思いがこめられている。低眉＝目を伏せる。無限事＝限りない思い。要旨　弾き初めると、もう感情が出、絃をおさえて弾くと、深い思いがこめられ、平生の不満を訴えるようであり、手にまかせて弾くと、心中の限りない思いを説きつくすかのようであること。

軽《かる》く攏《おさ》え　慢《ゆる》く撚《ひね》り　抹《な》でて復《ま》た　挑《は》ね
初《はじ》めは　霓裳《げいしょう》を為《な》し　後《のち》は　六幺《りくよう》
(中)「大絃《たいげん》は　嘈嘈《そうそう》として　急雨《きゅうう》の　如《ごと》く
小絃《しょうげん》は　切切《せっせつ》として　私語《しご》の　如《ごと》し
(大上)嘈嘈《そうそう》　切切《せっせつ》　錯雑《さくざつ》して　弾《ひ》けば
大珠《たいしゅ》　小珠《しょうしゅ》　玉盤《ぎょくばん》に　落《お》つ」
間関《かんかん》たる　鶯語《おうご》　花底《かてい》に　滑《なめ》らかに
幽咽《ゆうえつ》せる　泉流《せんりゅう》　氷下《ひょうか》に　難《なや》む

軽攏慢撚抹復挑◎
初為霓裳後六幺◎(蕭)
大絃嘈嘈如急雨●(麌)
小絃切切如私語●(語)
嘈嘈切切錯雑弾○
大珠小珠落玉盤○
間関鶯語花底滑
幽咽泉流氷下難(寒)

(蕭―下平二蕭、麌―上声七麌、語―上声六語、寒―上平十四寒韻)

語釈　攏・撚・抹・挑＝皆、琵琶を弾く技法で、「攏」はおさえる。「撚」はひねる。「抹」はなでる。「挑」は指先きではねる意。霓裳＝霓裳羽衣の曲。一七七頁語釈参照。六幺＝琵琶の曲名。「緑腰」とも書く。大絃＝太い絃。嘈嘈＝騒がしい音。小絃＝細い絃。切切＝細く続くさま。大珠＝大きな真珠。玉盤＝白玉で作った大皿。間関＝鳥がなごやかに鳴くさま。花底＝花の下。幽咽＝かすかにむせぶ。氷下難＝氷の下でつかえがちになるのをいう。要旨　琵琶を弾く様子のこと。

氷泉《ひょうせん》　冷渋《れいじゅう》　絃《げん》　凝絶《ぎょうぜつ》し
凝絶《ぎょうぜつ》して　通《つう》ぜず　声《こえ》暫《しばら》く　歇《や》む
別《べつ》に　幽愁暗恨《ゆうしゅうあんこん》の　生《しょう》ずる　有《あ》り
此《こ》の時《とき》　声無《こえな》きは　声有《こえあ》るに　勝《まさ》れり
(大上)「銀瓶《ぎんぺい》　乍《たちま》ち破《やぶ》れて　水漿《すいしょう》　迸《ほとばし》り
鉄騎《てっき》　突出《とっしゅつ》して　刀槍《とうそう》　鳴《な》る」
曲終《きょくおわ》って　撥《ばち》を収《おさ》め　心《こころ》に当《あ》たって　画《えが》けば
四絃《しげん》　一声《いっせい》　裂帛《れっぱく》の　如《ごと》し

氷泉冷渋絃凝絶●(屑)
凝絶不通声暫歇●(月)
別有幽愁暗恨生◎
此時無声勝有声◎
銀瓶乍破水漿迸
鉄騎突出刀槍鳴◎(庚)
曲終収撥当心画▲
四絃一声如裂帛▲

東船《とうせん》　西舫《せいぼう》　悄《しょう》として　言無《ことばな》く
唯《た》だ見《み》る　江心《こうしん》　秋月《しゅうげつ》の　白《しろ》きを

東船西舫悄無言
唯見江心秋月白▲(陌)

（屑―入声九屑、月―入声六月、庚―下平八庚、陌―入声十一陌韻）

語釈　氷泉＝氷の下の泉。冷渋＝凍って流れない。凝絶＝とどこおってとだえる。ここは絃を弾くのがとどこおって、すらすら行かないのをいう。幽愁＝ふかい悲しみ。暗恨＝人知れぬ恨。銀瓶＝銀のかめ。乍＝急に。水漿＝水。「漿」は飲み物。鉄騎＝甲冑をつけた騎兵。刀槍＝刀とやり。収撥＝ばちを引き寄せる。当心画＝胸の前で弧を画くようにする。「心」は胸。四絃＝四本のつる。一声＝一度にかき鳴らす。裂帛＝絹を引き裂くような鋭い音。舫＝船。悄＝沈黙して。要旨　琵琶を弾く様子と、弾き終わった時の状態のこと。

沈吟《ちんぎん》して　撥《ばち》を放《はな》って　絃中《げんちゅう》に　挿《さしはさ》み
衣裳《いしょう》を　整頓《せいとん》して　起《た》って容《かたち》を　斂《おさ》む
自《みずか》ら言《い》う　本《も》と是《こ》れ　京城《けいせい》の　女《おんな》
家《いえ》は　蝦蟇陵下《がまりょうか》に　在《あ》って　住《す》む

沈吟放撥挿絃中◎(東)
整頓衣裳起斂容○(冬)
自言本是京城女◉(語)
家在蝦蟇陵下住●

十三《じゅうさん》 琵琶《びわ》を 学《まな》び得《え》て 成《な》り
名《な》は属《ぞく》す 教坊《きょうぼう》の 第《だい》一部《いちぶ》に
曲罷《きょくや》んでは 常《つね》に 善才《ぜんさい》をして 服《ふく》せしめ
粧《よそお》い成《な》っては 毎《つね》に 秋娘《しゅうじょう》に 妬《ねた》まる

十三学得琵琶成
名属教坊第一部▲（麌）
曲罷常教善才服
粧成毎被秋娘妬●（遇）

（東―上平一東、冬―上平二冬、語―上声六語、麌―上声七麌、遇―去声七遇韻）

語釈 沈吟＝物思いに沈む。放＝手から放って下に置く。斂容＝いずまいを正す。自言＝以下「夢啼粧涙紅闌干」までかかっている。京城＝都。長安。蝦蟇陵＝長安の東部にある漢の董仲舒《とうちゅうじょ》の墓。下＝ふもと。成＝一人前になる。属＝連ねる。教坊＝玄宗の時に設けられた音楽歌舞の官営の教習所。第一部＝第一級の部。特にすぐれているのをいう。曲罷＝曲が弾き終わって。常＝「曽」に作るのもある。「常」は『古文真宝』による。善才＝唐代の琵琶の名人。転じて琵琶の師匠。服＝「伏」に作るのもある。粧成＝化粧が出来上がって。秋娘＝美女。李錡《き》の妾《しょう》となり、のち宮中に入った杜秋娘が有名であるが、ここは広く美女を指す。要旨 撥を置いて、身の上話をする。十三歳で一人前の琵琶弾きとなり、琵琶師に感服され、美女に妬まれたこと。

五陵《ごりょう》の 年少《ねんしょう》 争《あらそ》って 纏頭《てんとう》し
一曲《いっきょく》 紅綃《こうしょう》 数《かず》を知《し》らず
鈿頭《でんとう》の銀篦《ぎんぺい》 節《せつ》を撃《う》って 砕《くだ》け
血色《けっしょく》の 羅裙《らくん》 酒《さけ》を翻《ひるがえ》して 汚《けが》る
(中)「今年《こんねん》 歓笑《かんしょう》 復《ま》た 明年《みょうねん》
秋月《しゅうげつ》 春風《しゅんぷう》 等閑《とうかん》に 度《わた》る」

五陵年少争纏頭
一曲紅綃不知数▲(麌)
鈿頭銀篦撃節砕
血色羅裙翻酒汚◎(虞)
今年歓笑復明年
秋月春風等閑度●(遇)

(麌―上声七麌、虞―上平七虞、遇―去声七遇韻)

語釈 五陵＝長安郊外にある漢代の五代の皇帝の陵。漢の高祖(長陵)・恵帝(安陵)・景帝(陽陵)・武帝(茂陵)・昭帝(平陵)の陵をいう。このあたりには貴族富豪が多かった。年少＝若者。纏頭＝かずけ物。祝儀。俗にいう花。紅綃＝あかいきぬ。鈿頭銀篦＝らでんの飾りのついた銀のくし。撃節＝拍子を取って打つこと。血色＝紅色。羅裙＝うすぎぬのすそ。「裙」はスカート。翻酒＝酒をこぼす。等閑度＝うかうかと日を過ごす。「等閑」は、なおざり、いいかげん。**要旨** 五陵の若者からもてはやされ、その気になって、うかうかと日を過ごしたこと。

弟《おとうと》は走《はし》って　軍《ぐん》に従《したが》い　阿姨《あい》は　死《し》し
暮去《くれさ》り　朝来《あさきた》って　顔色《がんしょく》　故《ふ》る
門前《もんぜん》　冷落《れいらく》して　鞍馬《あんば》　稀《まれ》に
老大《ろうだい》　嫁《か》して　商人《しょうにん》の　婦《ふ》と作《な》る
商人《しょうにん》は　利《り》を重《おも》んじて　別離《べつり》を　軽《かろ》んず
前月《ぜんげつ》　浮梁《ふりょう》に　茶《ちゃ》を買《か》いに　去《さ》る
去《さ》りてより来《このか》た　江口《こうこう》に空船《くうせん》を　守《まも》る
船《ふね》を遶《めぐ》る　明月《めいげつ》　江水《こうすい》　寒《さむ》し
夜深《よるふか》うして　忽《たちま》ち夢《ゆめ》む　少年《しょうねん》の　事《こと》
夢《ゆめ》に啼《な》けば　粧涙《しょうるい》　紅《こう》　闌《らん》干

（遇—去声七遇、有—上声二十五有、御—去声六御、先—下平一先、寒—上平十四寒韻）

弟走従軍阿姨死
暮去朝来顔色故●（遇）
門前冷落鞍馬稀
老大嫁作商人婦▲（有）
商人重利軽別離
前月浮梁買茶去■（御）
去来江口守空船◎（先）
遶船明月江水寒○
夜深忽夢少年事
夢啼粧涙紅闌干○（寒）

語釈　阿姨＝本来はおば（母の姉妹）をいうが、ここは養母のこと。顔色故＝容貌が衰えること。冷落＝さびれる。遊びに来る人がなくなったこと。また「零落」に作る。鞍馬＝くらをおいた馬。それに乗ってくる上客。老大＝年をとったのをいう。「少小」の対。重利＝利益を大事に思う。軽別離＝妻と別れるのを何とも思わない。前月＝先月。浮梁＝江西省景徳鎮市。茶の名産地。陶器で有名。去来＝夫が行って以来。一説に、「江口に去来して」と読み、行ったり来たりしての意に解するのもある。空船＝夫のいない船。少年事＝若かった時のこと。粧涙＝化粧した顔を流れ落ちる涙。闌干＝涙がとめどなく流れる。

要旨 冷落して商人の婦となったが、夫は茶を買いに行き、空船を守りながら、夜、若かったころを思い出し、涙がとめどなく流れること。

我《われ》　琵琶《びわ》を聞《き》いて　已《すで》に　歎息《たんそく》し
又《また》　此《こ》の語《ご》を聞《き》いて　重《かさ》ねて　喞喞《そくそく》
同《おな》じく是《こ》れ　天涯《てんがい》　淪落《りんらく》の　人《ひと》
相逢《あいあ》う　何《なん》ぞ必《かなら》ずしも　曽《かつ》て相識《あいし》らん
我《われ》　去年《きょねん》　帝京《ていけい》を辞《じ》して　より
謫居《たくきょ》　病《やまい》に臥《ふ》す　潯陽《じんよう》　城《じょう》
潯陽《じんよう》は　地僻《ちへき》にして　音楽《おんがく》　無《な》く

我聞琵琶已歎息●
又聞此語重喞喞●
同是天涯淪落人
相逢何必曽相識●(職)
我従去年辞帝京◎
謫居臥病潯陽城◎
潯陽地僻無音楽

終歳《しゅうさい》 聞《き》かず 糸竹《しちく》の 声《こえ》

終歳不聞糸竹声◎（庚）

（職―入声十三職、庚―下平八庚韻）

語釈 我＝白楽天自身。此語＝女の身の上ばなし。喞喞＝ため息の声。天涯＝天のはて。都長安から遠く離れているのでいう。淪落＝落ちぶれる。何必＝どうして。反語の形。曽＝前。昔。相識＝識っていること。去年＝元和十年（八一五）を指す。帝京＝都、長安を指す。謫居＝左遷のわびずまい。「謫」は官位を下げて遠方へ流すこと。罪を責めて罰する意。地僻＝土地の辺鄙《ぴ》なこと。終歳＝一年中。糸竹＝弦楽器と管楽器。要旨 白楽天が琵琶を聞いて嘆息し、また身の上話を聞いてため息をついた。それは同じく、うらぶれさすらう身の上だったので。また潯陽は僻地なので音楽が聞けなかったこと。

住《すま》いは 湓江《ぼんこう》に近《ちか》うして 地《ち》は 低湿《ていしつ》

黄蘆《こうろ》 苦竹《くちく》 宅《たく》を繞《めぐ》りて 生《しょう》ず

其《そ》の間《かん》 旦暮《たんぼ》 何物《なにもの》をか 聞《き》く

杜鵑《とけん》 血《ち》に啼《な》いて 猿《さる》 哀鳴《あいめい》す

春江《しゅんこう》の 花朝《かちょう》 秋月《しゅうげつ》の 夜《よる》

住近湓江地低湿◎

黄蘆苦竹繞宅生◎

其間旦暮聞何物

杜鵑啼血猿哀鳴◎

春江花朝秋月夜

往往《おうおう》　酒《さけ》を取《と》って　還《ま》た独《ひと》り　傾《かたむ》く

往往取酒還独傾◎（庚）
（庚―下平八庚韻）

語釈　湓江＝九江郡を流れて、揚子江に注ぐ川。低湿＝土地が低くじめじめしている。黄蘆＝黄いろいアシ。秋になると黄色になるのでいう。苦竹＝マダケの類。旦暮＝朝夕。あけくれ。杜鵑＝ホトトギス。子規とも書く。啼血＝血を吐くように悲しげに鳴くこと。「春江……独傾」は、『古文真宝』にはない。

要旨　白楽天の住いと、その周りの様子のこと。

（大上）「豈《あ》に　山歌《さんか》と村笛《そんてき》と　無《な》からんや
嘔啞《おうあ》　嘲哳《ちょうたつ》　聴《き》くを為《な》し　難《がた》し
（中）今夜《こんや》　君《きみ》が　琵琶《びわ》の語《ご》を　聞《き》き
仙楽《せんがく》を　聴《き》くが如《ごと》く　耳暫《みみしばら》く　明《あき》らかなり
（下）辞《じ》すること　莫《な》かれ　更《さら》に坐《ざ》して　一曲《いっきょく》を　弾《ひ》くを
君《きみ》が為《ため》に　翻《ほん》して　琵琶行《びわこう》を　作《つく》らん」

豈無山歌与村笛
嘔啞嘲哳難為聴◎
今夜聞君琵琶語
如聴仙楽耳暫明◎
莫辞更坐弾一曲
為君翻作琵琶行◎（庚）
（庚―下平八庚韻）

語釈 豈＝どうして。反語。山歌＝きこりの歌。村笛＝村人の吹く笛。嘔啞＝小児の語声。ここはやかましい音。嘲哳＝鳥のやかましく鳴く声。いなかじみた調子はずれの楽器の音。仙楽＝仙人の音楽。妙なる音楽。明＝さわやか。莫辞＝辞退するな。ことわるな。翻＝うたに作りかえること。要旨 いままで山歌と村笛を聞いていたが、今夜、君の琵琶の音を聞き、仙楽を聞いたように、さわやかになった。どうかもう一曲弾いてほしい。琵琶行を作ろうといったこと。

我《わ》が　此《こ》の言《げん》に感《かん》じ　良《や》や久《ひさ》しく　立《た》ち
却坐《きゃくざ》して　絃《げん》を促《うなが》せば　絃転《げんうた》た　急《きゅう》なり
（大上）「凄凄《せいせい》として　向前《きょうぜん》の　声《こえ》に　似《に》ず
満座《まんざ》　重《かさ》ねて聞《き》いて　皆泣《みななみだ》を　掩《おお》う
（中）就中《なかんずく》　泣下《なみだくだ》る　誰《たれ》か最《もっと》も　多《おお》き
江州《こうしゅう》の　司馬《しば》　青衫《せいさん》　湿《うるお》う」

感我此言良久立●
却坐促絃絃転急●
凄凄不似向前声
満座重聞皆掩泣●
就中泣下誰最多
江州司馬青衫湿●（緝）
（緝―入声十四緝韻）

語釈 良＝しばらく。却坐＝ひき下って座る。促絃＝絃をかき鳴すこと。転＝いよいよ。凄凄＝寂しく痛ましいさま。向前＝さきほど。満座＝座にあるもの皆。掩泣＝涙をそでておおった。就中＝そのうちとりわけ。また「座中」に作るのもある。江州司馬＝白楽天を指す。青衫＝青色の上衣。要旨　白楽天の言葉に感激し、弾き出すと、その音は、先程の音に比べものにならないほど痛ましいもので、皆、涙を流したが、その中でとりわけ白楽天が涙を流したこと。

現代語訳　潯陽江のほとりに、夜、旅立つ人を見送った。楓の葉や萩の花に秋風がもの寂しく吹いている。主人のわたしが馬から下りると、もう旅立つ人は船の中。酒杯を挙げて飲もうとしたが、興を添える音楽がない。酔うても一向に楽しくなく、心が沈んで晴れないまま、別れを告げようとすると、折から広々とした江上に、月影が映っていた。その時、ふと何処からともなく、水上から琵琶の声が聞こえて来た。わたしは帰るのを忘れ、旅立つ人も出発するのを止めて、耳を傾けた。

声を頼りに、あてずっぽうに、弾いているのは誰かと尋ねると、琵琶の声が止んでなかなか返事がない。船を移し近づけ、呼び寄せて会おうとし、酒を追加し、灯の向きを変え、宴をやり直すことにした。何度も呼んだあげく、やっと姿を現したが、それでも恥じらって琵琶をかかえて、半ば顔を袖で覆いかくしていた。

やがてねじめを回し絃をしめて、バチで二、三度鳴らすと、まだメロディーになっていないのに、もう感情がこもっていた。絃を払う毎に発する一声一声に、覆い塞がれた思いがこもっていた。日ごろ志を得ない思いを、訴えているかのようであった。伏し目勝ちに手に任せて続々と弾き出すと、心の中のありったけの思いを説き尽くすかのようであった。

軽く抑え、緩やかに捻《ひね》り、撫《な》でて又払い、初めは霓裳羽衣の曲を弾き、次は六幺（緑腰）の曲を弾いた。大絃は騒がしい音を立て、まるで夕立のように、小絃は細い声で囁《ささや》くようであった。騒がしい声と細く続く声が入り混じって弾くと、大きな珠と小さい珠が、一緒に玉の皿に落ちたようであった。時にはなごやかに鳴く鶯の声のようであり、時には氷の下を咽《むせ》び流れる泉の行き悩むようでもあった。

また氷の下の泉が凍って流れにくくなる音のように、絃を弾くのがこり固まり、こり固まって動かなくなって、通じなくなり、声が暫らく止んでしまった。すると別に深い愁いと人知れぬ恨みが生じて来て、この時は声のない方が、却って声のあるのより勝っていた。すると銀の瓶が急に壊れて水が吹き出すように、又鉄の甲冑の騎馬武者が飛び出して、刀や槍を打ち鳴らすように、激しくするどく弾き出した。曲が終わるとバチを引き寄せ、胸のあたりで弧を画くようにし、四絃を一時に払うと、その声は鋭く帛《きぬ》を裂くような音を立てた。東の船も西の船もただ静まりかえって、しんとしていた。折りから江の中ほどには、秋の月が白く映っていた。

やがて女は感慨深げに、撥《ばち》を下に置いて絃の間にさしはさみ、衣裳の乱れを直し、立ち上がって居ずまいを正し、身の上話を始めた。「わたしはもと都の女で、家は蝦蟇陵のあたりにありまして住んでいました。十三歳の時、琵琶を習って一人前になり、教坊でも第一級の部に名を連ねておりました。曲を弾き終わると、いつもお師匠さんを感服させる程でした。美しく化粧をしますと、杜秋娘のような美人からねたまれたものでした。

そんなわけで五陵の若者たちは争ってかずけ物をくれて、一曲弾くたびにもらう紅い絹は数えきれない程でした。螺鈿細工の銀のかんざしは、拍子を取るために折れて砕けてしまい、真紅の薄絹のスカートは、こぼれたお酒で汚れてしまう有様でしたが、そんなことは少しも気になりませんでした。今年も楽しく笑って過ごし、来年もまた同じようにと、秋の月、春の風に対して、うかうかと過ごしておりました。

しかしそんな日は長く続きませんで、やがて弟は従軍して行き、養母は死んで、暮が去り朝が来るのを繰り返している中に、わたしの容貌も衰えて行きました。門前はひっそりさびれ、鞍を置いた馬に乗って来る人も少なくなってしまいました。そんなわけで年をとったわたしは、嫁して商人の妻となりました。ところが商人は、金儲《もう》けのことばかり大事にして、わたしと別れることなど、何とも思っておりません。先月は、わたしを置いたまま、浮梁に茶を買いに行ってしまいました。行って以来、江のほとりで一人で夫のいない船を守りまして、帰りを待っておりますが、船の回りを照らす月明も江の水も、寒ざむと身にしみるばかりです。夜がふけてふと若かったころのことを夢に見て、夢の中で泣きますと、化粧した顔を紅い涙が止めどなく流れ落ちるばかりです」と。

わたしは先程、琵琶を聞いて嘆息したが、今またこの話を聞いて重ねてため息をした。わたしも同じように天の果てに落ちぶれた身の人、こうして逢ってみれば、どうして昔からの知り合いではなくても、悲しまないでおられよう。わたしは去年、都を去ってから、この潯《じん》陽に流されて、病の床に臥している。潯陽は辺鄙《ぴ》な所で、音楽らしい音楽もなく、一年中、管絃の声を聞くことはなかった。

住居は湓江に近く、土地は低くてじめじめしていて、黄色いアシや竹が家のまわりに生えている。このあたりで朝な夕なに何が聞けるかと言えば、ただホトトギスが、血を吐くように鳴き、猿が悲しげに鳴く声ばかりである。それでも春の江の花咲く朝とか、秋の明月が澄んでいる夜には、しばしば酒を取って独りで傾けた。

どうしてきこりの歌とか、村人の吹く笛がないわけではないが、それらは皆調子っぱずれで聞くに堪えない。今夜はあなたの琵琶の声を聞いて、まるで仙人の音楽を聞いたように耳がしばらくすっとした。どうかいやだなどと言わないで、座り直してもう一曲弾いてもらいたい。そうしたらあなたのために、それを琵琶の歌曲に作り変えよう。

女はわたしのこの言葉に感動して、しばらく立ったままだったが、やがてもとの座に引き下がって座り、絃をかき鳴らすと、絃はいよいよ急調子になった。もの寂しく痛ましい響きは、先程の比ではなく、満座の人々は、再びそれを聞いて、皆涙を袖で覆った。その中でも取り分け多く涙を流したのは誰か。それは江州の司馬のわたしで、青い上着が涙でぐっしょりと濡れてしまった。

鑑賞　「琵琶行」は、白居易が江州司馬へ左遷された翌年、すなわち元和十一年（八一六）、四十五歳の時の作である。「長恨歌」を作ってから十年後である。「長恨歌」と並んで、白居易の代表作で、当時から広く人々に愛唱された。この詩の作意および大要は、作者の「序」に明らかである。その「序」に次のように書いてある。

元和十年（八一五）、私は九江郡の司馬（副知事級の閑職）に左遷された。その翌年の秋、旅立つ人を湓《ぼん》江のほとりで送った時、どこかの舟の中から、夜、琵琶を弾く音が聞こえてきた。その音を聞くと、とてもすばらしくて、都で聞く調子であった。弾いている人は誰《だれ》かと尋ねると、もとは長安の妓《ぎ》女（うたいめ）で、以前、琵琶《びわ》を穆《ぼく》・曹《そう》の二人の師匠に学んだが、年を取り容色が衰えてからは、身をまかせて商人の妻となっているということである。そこで酒の用意をさせ、早速数曲を弾かせた。弾き終わると、女は悲しそうに、自分から若かったころの楽しかったことや、今の落ちぶれやつれて、片田舎の川や湖の間を転々と移り歩いていることを話した。私は地方官に出されて二年、心も安らかで暮らしてきたが、今夜この女の身の上話に心を打たれ、初めて流された人の悲しみを味わった。そこで長句の歌を作って、女への贈り物とした。全部で六百十二字、名づけて「琵琶行」という。

『古文真宝』は、「春江花朝秋月夜　往往取酒還独傾」（二〇七頁）の二句を省しているから、実際は八十八句、六百十六字であるが、八十六句、六百二字である。「序」の六百十二字は六百十六字がよい）。

この詩は、朗詠し易いように、短かく分けておいたので、その区分ごとに練習するとよい。

「琵琶行」も「長恨歌」と同様、後世の文学に与えた影響は大きい。元の馬致遠《ばちえん》の『青衫涙』、明の顧大典の『青衫記』、清の蔣士銓《しょうしせん》の『四絃秋』等の戯曲は有名である。わが国でも、『源氏物語』の「明石」の巻に引用されている。また明治の薩摩藩出身の歌人、高崎正風（一八三六―一九一二）が、「琵琶行」を翻訳した「潯陽江」という歌は、薩摩琵琶で広く歌われた。

作者　白居易。九九頁参照。

117 海南行　細川頼之《ほそかわよりゆき》

人生《じんせい》五十《ごじゅう》　功《こう》無《な》きを　愧《は》ず
花木《かぼく》　春《はる》過《す》ぎて　夏《なつ》已《すで》に　中《なかば》なり
(大上)満室《まんしつ》の　蒼蠅《そうよう》　掃《はら》えども　去《さ》り難《がた》し
起《た》ちて　禅榻《ぜんとう》を尋《たず》ねて　清風《せいふう》に　臥《が》せん

海南行
人生○五十愧無功◎
花木春過夏已中◎
満室蒼蠅掃難去
起尋禅榻臥清風◎

（平起式上平一東韻）

現代語訳　人生五十になっても、何の功もないのが恥ずかしい。花の咲く木は春が過ぎて、夏がもう半ばである。部屋一ぱいの青バエは、掃《はら》っても掃っても去ろうとしない。起き上がって坐禅の腰掛に行って、清風に横になろう。

語釈　海南＝瀬戸内海の南。行＝楽府《がふ》の曲名。已中＝もう夏も半ばになった。あたかも閏四月であった。満室＝部屋一ぱい。国中という意味をかけている。蒼蠅＝青バエ。つまらぬ人物に譬える。禅榻＝座禅のための腰かけ。「榻」は、腰かけ、長いす。

要旨・鑑賞　海南讃岐《さぬき》（香川県）に帰る時の作。自分の人生は何の手柄もないまま五十を過ぎたが、国中には小人がはびこっている。故郷へ帰って坐禅でもして、清風とともに暮らそうという詩。

作者　細川頼之（一三二九―一三九二）。三河の人。吉野時代の武将。足

利尊氏の軍に従って手柄を立てたが、郷里へ帰って出家した。しかし再び京都に出て政治に参与した。

118 富士山　室直清《むろなおきよ》

上帝《じょうてい》の　高居《こうきょ》　白玉《はくぎょく》　台《だい》
千秋《せんしゅう》の　積雪《せきせつ》　蓬萊《ほうらい》を　擁《よう》す
(大上)金鶏《きんけい》　呷喔《いあく》　人寰《じんかん》の　夜《よる》
海底《かいてい》の　紅輪《こうりん》　影《かげ》を飛《と》ばして　来《きた》る

富士山
上帝高居白玉台
千秋積雪擁蓬萊
金鶏呷喔人寰夜
海底紅輪飛影来

（仄起式上平十灰韻）

現代語訳　天帝の住居の白玉楼が、大空高く聳えている。千年もの雪を頂いて、蓬萊（富士）の仙山を抱きかかえている。天上に住む鶏の鳴き声のする人間界の夜、海底にあった太陽が昇って来て、富士山の頂上に光を放って来た。

語釈　**上帝**＝天帝。**高居**＝住居。**白玉台**＝白玉楼と同じ。文人の死をいう。唐の詩人、李賀が亡くなる時、天使が来て、「上帝の白玉楼が出来上がったから、君を呼んでその記を作らせることになった」という故事（『書言故事』）。白玉楼が大空高く聳えていること。**千秋**＝千年。**蓬萊**＝東海にあるという仙山。富士山をそれに擬《ぎ》した。**擁**＝だきかかえる。**金鶏**＝天上にすむ鶏。天鶏ともいう。**呷喔**＝鶏の鳴き声。**人寰**＝

人間界。人間のすむ世界。紅輪＝太陽の形容。影＝光。要旨・鑑賞　海底から富士山の頂上に、朝日がさす光景を詠んだ。この歌と柴野栗山の五律、「富士山」の詩は秀逸といわれている。この詩は着想の素晴らしさに心を打たれる。上帝の住居を「白玉台」といい、富士山を「蓬萊」といい、鶏の朝を告げる鳴き方を「咿喔」といい、太陽を「紅輪」といっている表現は、凡庸の人には思いつかない。要旨は大空に富士山が聳え、鶏が鳴いて夜が明け、太陽が海から昇って光を放ったというだけであるが、表現の妙に魅了される。ことに結びの「海底の紅輪　影を飛ばして来る」は、まさに芸術である。作者　室直清（一六五八―一七三四）。江戸中期の儒者。字は師礼、小字は孫太郎、後ち新助と改める。鳩巣は号。遠祖は熊谷直実。父は玄樸《ぼく》といい、医者で、江戸の谷中に住む。木下順庵に学び、程朱学を信奉し、伊藤仁斎、荻生徂徠の学を排斥した。後ち新井白石の推薦で幕府の儒官となり、徳川吉宗に信任された。

119　**半夜《はんや》**　**釈良寛《しゃくりょうかん》**

(中)首《こうべ》を　回《めぐ》らせば　五十有《ごじゅうゆう》　余年《よねん》
人間《じんかん》の　是非《ぜひ》は　一夢《いちむ》の　中《うち》
(下)山房《さんぼう》　五月《ごげつ》　黄梅《こうばい》の　雨《あめ》
半夜《はんや》　蕭蕭《しょうしょう》として　虚窓《こそう》に　灑《そそ》ぐ

半夜

回首●五十有余年△
人間是非一夢中◎
山房五月黄梅雨
半夜蕭蕭灑虚窓◎

（中—上平一東、窓—上平三江韻）

現代語訳　振り返って思うと、五十余年になった。人間世界の是非は、あっという間である。山荘の五月、黄梅に雨が降り注いでいる。その雨が真夜中もの寂しく、むなしい窓にしたたり落ちている。

語釈　是非＝良い悪い。山房＝山の中の家。別荘。黄梅＝黄色に熟した梅の実。蕭蕭＝ものさびしいさま。虚窓＝むなしい窓。作者の心境を表わした語であろう。要旨・鑑賞　七言古詩である。良寛が五十余年の人生を顧みて、人生のはかなさを感じて詠んだ。「虚窓」はむなしい窓であるが、そのように自分の心もむなしくなっている。何の欲望もない状態になっていると、達観した姿を表わしている。このような心境は、人は誰でも或る年齢になると、感ずるものではあるまいか。作者　良寛（一七五八—一八三一）。越後出雲崎の人。出家して良寛、号は大愚。歌人、漢詩人、書にも秀でた。

120

弘道館《こうどうかん》に梅花《ばいか》を賞《しょう》す　徳川斉昭《とくがわなりあき》

弘道《こうどう》　館中《かんちゅう》　千樹《せんじゅ》の　梅《うめ》
清香《せいこう》　馥郁《ふくいく》として　十分《じゅうぶん》に　開《ひら》く
(大上)好文《こうぶん》　豈《あ》に　是《こ》れ威武《いぶ》　無《な》からんや
雪裏《せつり》　春《はる》を占《し》む　天下《てんか》の　魁《さきがけ》

弘道館賞梅花
弘●道館中千樹梅◎
清香馥郁十分開◎
好文豈是無威武
雪裏占春天下魁◎
(仄起式上平十灰韻)

現代語訳　水戸の弘道館の中に、千本の多くの梅が、清らかな香をぷんぷんと匂《にお》わせて、十分に開いている。学問を好むのは、どうして威武がないであろうか、文武両道である。雪の中に春を独占する梅花は、天下の魁である。

語釈　弘道館＝水戸藩の学校。天保九年（一八三八）、徳川斉昭が創立した。この中には「弘道館」を建てた理由が書いてある「弘道館記」が掲げてある。馥郁＝香気の盛んなさま。ぷんぷんと香ること。好文＝学問を好む。威武＝強く勇ましい力。要旨・鑑賞「弘道館」の中の梅花を称えて詠んだ。梅は文武を兼ねている。筆者は水戸にいた茨城師範時代、すぐ近くにある「弘道館」の梅花を、しばしば見に行った。確かに素晴らしい梅花である。水戸羊羹もこれに因んでいる。作者　徳川斉昭（一八〇〇―一八六〇）。治紀の第三子。字は子直、号は景山、諡は烈公。聡明剛毅、敬神尊王の念が篤く、弘道館を創立して、文武を奨励し、藩政を改革し、幕府を補佐したが、井伊直弼に忌まれて、禁錮され、万延元年没した。

121 **芳野懐古《よしのかいこ》**　**藤井竹外《ふじいちくがい》**

古陵《こりょう》の　松柏《しょうはく》　天飆《てんぴょう》に　吼《ほ》ゆ
山寺《さんじ》　春《はる》を尋《たず》ぬれば　春《はる》　寂寥《せきりょう》
（大上）眉雪《びせつ》の　老僧《ろうそう》　時《とき》に帚《はら》うを　輟《や》め
落花《らっか》　深《ふか》き処《ところ》　南朝《なんちょう》を　説《と》く

芳野懐古
古陵○松柏吼天飆◎
山寺尋春春寂寥◎
眉雪老僧時輟帚
落花深処説南朝◎
（平起式下平二蕭韻）

現代語訳　後醍醐天皇の御陵の松柏が、吹きすさぶ強風に大きな音を立てている。山寺に春を尋ねると、あたりはもの寂しくひっそりしている。眉が雪のように白い老僧が、時どき掃く手を止めて、落花が深く積もっている所で、南朝を説いてくれた。

語釈　古陵＝後醍醐天皇の御陵。松柏＝松とコノテガシワ。天飆＝大空に吹きすさぶ強風。「飆」はつむじ風。山寺＝如意輪寺。浄土宗の寺。延喜年間（九〇一―九二三）、日蔵道賢が創建した。後醍醐天皇の勅願寺。楠木正行《まさつら》（二十三歳）が四条畷《なわて》出陣の時、ここに詣でて、その壁板に一四〇余人の氏名を書きつらね、終わりに、「かへらじとかねて思へば梓弓　亡き数に入る名をぞ留むる」という和歌を書き、河内に向かったのは、有名な話である。寂寥＝さびしく静かなさま。眉雪＝雪のように白くなった眉。南朝＝第九十六代後醍醐天皇が一三三六年に吉野（奈良県）に移って後、三代五十七年間あった朝廷。

要旨・鑑賞

作者が吉野に遊んで詠んだ。三十歳ごろの作。〔作者〕藤井竹外（一八〇七―一八六六）。名は啓、字は士開、大阪の高槻藩の名族。頼山陽に学び、七絶に優れた。絶句竹外の称がある。

122 中庸《ちゅうよう》　元田永孚《もとだえいふ》

勇力《ゆうりょく》の 男児《だんじ》は 勇力《ゆうりょく》に 斃《たお》れ
文明《ぶんめい》の 才子《さいし》は 文明《ぶんめい》に 酔《よ》う
(中)君《きみ》に 勧《すす》む 須《すべか》らく 中庸《ちゅうよう》を 択《えら》びて 去《ゆ》くべし
天下《てんか》の 万機《ばんき》は 一《いち》の 誠《まこと》に 帰《き》す

中庸
勇力●男児斃勇力
文明才子酔文明◎
勧君須択中庸去
天下万機帰一誠◎

（仄起式下平八庚韻）

〔現代語訳〕勇気があり力が強い男は、その為に死に、文明の才子は、文明に耽《ふけ》る。君よどうか、どうしても中庸を択んで進めよ。天下の政治上の重要事項は、一つの誠にあるのだ。

〔語釈〕勇力＝勇気があって力が強い。文明＝学問・教養があって、立派なこと。才子＝才知のすぐれた人。須＝どうしても……するのがよい。中庸＝過不足なくほどよいこと。「中」は過不足のないこと。「庸」は常。一定して変わらないこと。また四書の一つである。孔子の孫の子思が作ったといわれている。この『中庸』の根本内容は「誠」である。万機＝政治上のもろもろの重要事項。〔要旨・鑑賞〕人間は中庸をもって歩むことが大切である。それには「誠」をもって何事もすることであると詠んだ。【作者】元田永孚（一八一六―一八九一）。字は子中、号は東野。明治の漢学者・教育家。熊本県人。徳川護久の侍講の後、明治天皇の侍講となり、教育勅語の草案に参与。宮中顧問官・枢密顧問などを歴任。東野の学は、朝鮮の李退渓の流れを汲む熊本の大野退野の学風を継承し、大義名分に徹していた。

123 偶成《ぐうせい》　西郷隆盛《さいごうたかもり》

幾《いく》たびか　辛酸《しんさん》を歴《へ》て　志《こころざし》　始《はじ》めて　堅《かた》し
丈夫《じょうぶ》は　玉砕《ぎょくさい》するも　甎全《せんぜん》を　恥《は》ず
(中)我《わ》が家《いえ》の　遺法《いほう》　人《ひと》知《し》るや　否《いな》や
児孫《じそん》の　ために　美田《びでん》を　買《か》わず

偶成
幾歴●辛酸志始堅◎
丈夫玉砕恥甎全◎
我家遺法人知否
不為児孫買美田◎
（仄起式下平一先韻）

【現代語訳】何回かつらく苦しいことをして、志が始めて堅くなる。立派な男士は、玉が砕けるように潔く死んでも、瓦のようにつまらないものとして、生き長らえることを恥じる。わが家の伝わるおきては、人は知っているか、どうか。子孫のために、美田を買わないことだ。

【語釈】偶成＝たまたま思い浮かんでできた。歴＝経験して。辛酸＝大へんな苦労。艱難辛苦。丈夫＝立派な男性。玉砕＝玉がくだけるように、いさぎよく死ぬ。甎全＝「甎」は瓦。瓦のようにつまらないものとして、生き長らえる。遺法＝伝わるおきて。児孫＝子孫。美田＝立派な田地。ここは財産。

要旨・鑑賞 男性として生まれたからには、玉砕するとも甎全を恥じ、子孫のために美田を残さないのが、わが家の家法であると詠んだ。大久保利通に与えた書翰中に出ている。**作者** 西郷隆盛（一八二七—一八七七）。鹿児島県加治屋町に生まれる。明治維新の元勲。通称吉之助、号は南洲。薩摩藩士。明治元年、幕府の勝海舟と会見し、江戸城を平和裏に明け渡させた。明治十年、城山で自刃した。

124 偶成《ぐうせい》　木戸孝允《きどたかよし》

才子《さいし》は　才《さい》を恃《たの》み　愚《ぐ》は愚《ぐ》を　守《まも》る
少年《しょうねん》の　才子《さいし》　愚《ぐ》に　如《し》かず
(中)請《こ》う　看《み》よ　他日《たじつ》　業成《ぎょうな》るの　後《のち》
才子《さいし》は　才《さい》ならず　愚《ぐ》は　愚《ぐ》ならず

偶成
才子●恃才愚守愚◎
少年才子不如愚◎
請看他日業成後
才子不才愚不愚◎
（仄起式上平七虞韻）

現代語訳 才知のすぐれた人は才知を頼り、愚かな者は愚かさなりに努力する。少年の才知は、愚かなのにこしたことはない。どうか見よ。やがて業が成就した後は、少年の才子は今は才知ではなく、愚か者は愚かでないことを。

語釈 才子＝才知のすぐれた人。恃才＝才にたよる。才をほこる。守愚＝愚かさなりに努力する。不如＝こしたことはない。請看＝どうか見よ。**要旨・鑑賞** 愚者も努力によって大成することを詠んだ。「大器晩成」を思う。韻は「愚」一字。**作者** 木戸孝允（一八三三―一八七七）。長州萩の人。明治維新の元勲。通称小五郎、号は松菊。十七歳の時、吉田松陰に師事。慶応二年（一八六六）、西郷隆盛と会見して、薩長連合を成功させ、維新政府が成立すると、五箇条の御誓文《ごせいもん》、版籍奉還などに尽力した。

125 富士山《ふじさん》　柴野栗山《しばのりつざん》

誰《たれ》か　東海《とうかい》の　水《みず》を将《も》って
濯《あら》い出《い》だす　玉芙蓉《ぎょくふよう》
地《ち》に　蟠《わだかま》って　三州《さんしゅう》　尽《つ》き
天《てん》に　挿《さしはさ》んで　八葉《はちよう》　重《かさ》なる
(大)雲霞《うんか》　大麓《たいろく》に　蒸《む》し
日月《じつげつ》　中峰《ちゅうほう》を　避《さ》く
(中)独立《どくりつ》　原《もと》　競《きそ》う　無《な》く

富士山

誰将○東海水
濯出玉芙蓉◎
蟠地三州尽
挿天八葉重◎
雲霞蒸大麓
日月避中峯◎
独立原無競

自《おのずか》ら　衆嶽《しゅうがく》の宗《そう》と　なる

自為衆嶽宗◎

（平起式上平二冬韻）

〔現代語訳〕誰が東海の水で、美しい富士山を洗い出したのか。大地に根を広げて、甲斐・相模・駿河の三州をきわめ、空に雪を頂いて聳えている。大きな麓から立ち上がる水蒸気の雲や霞で、日や月が中峰を避けて見えなくなっている。昔から独立していて競うことなく、自然と多くの高大な山の中心となっている。

〔語釈〕東海＝東方の海。玉芙蓉＝美しい蓮。富士山をたとえた。蟠地＝大地に根を広げている。裾野が広がって、どっしりしているさま。三州＝甲斐（山梨）・相模（神奈川）・駿河（静岡）の三つの国。八葉＝八つの花弁。富士山が雪をいただいている形容。宗＝中心。かしら。〔要旨・鑑賞〕富士山の崇高偉容を詠んだ。〔作者〕柴野栗山（一七三六―一八〇七）。名は邦彦、字は彦輔、栗山は号。郷里の八栗山（標高三七〇メートル）にちなんで号とした。讃岐高松の人。十八歳で昌平黌《しょうへいこう》に学ぶ。朱子学者。昌平黌の教官。

126

偶成《ぐうせい》

木戸孝允《きどたかよし》

一穂《いっすい》の　寒灯《かんとう》　眼《まなこ》を照《て》らして　明《あき》らかなり
沈思《ちんし》　黙坐《もくざ》すれば　限《かぎ》り無《な》きの　情《じょう》
(中)頭《こうべ》を　回《めぐ》らせば　知己人《ちきびと》已《すで》に　遠《とお》し
丈夫《じょうふ》　畢竟《ひっきょう》　豈《あ》に名《な》を　計《はか》らんや
(大上)世難《せなん》　多年《たねん》　万骨《ばんこつ》　枯《か》る
廟堂《びょうどう》の　風色《ふうしょく》　幾変《いくへん》　更《こう》
(下)年《とし》は　流水《りゅうすい》の如《ごと》く　去《さ》りて　返《かえ》らず
人《ひと》は　草木《そうもく》に似《に》て　春栄《しゅんえい》を　争《あらそ》う
(大上)邦家《ほうか》の　前路《ぜんろ》　容易《ようい》　ならず
三千《さんぜん》　余万《よまん》　蒼生《そうせい》を　奈《いかん》せん
山堂《さんどう》　夜半《やはん》　夢結《ゆめむす》び　難《がた》し
千岳《せんがく》　万峰《ばんぽう》　風雨《ふうう》の　声《こえ》

偶成

一穂寒灯照眼明◎
沈思黙坐無限情◎
回頭知己人已遠
丈夫畢竟豈計名◎
世難多年万骨枯
廟堂風色幾変更◎
年如流水去不返
人似草木争春栄◎
邦家前路不容易
三千余万奈蒼生◎
山堂夜半夢難結
千岳万峰風雨声◎

（下平八庚韻）

現代語訳　一本の稲穂のような寒々とした灯火が、眼を照らして明らかに輝いている。その中でもの思いに耽《ふけ》り、黙座していると、限りない気持ちが起こって来る。振り返ってみると、知人はもう死んでしまった。立派な男子は、結局どうして功名を考えることを図ろうか。世の中の変乱は多年続いて、多くの人が死んで行った。朝廷の様子も、幾度変わったか、年は水の流れのように過ぎ去って、返って来なく、人は草木が繁茂を競うように、権力争いをしている。国家の前途は、容易なことではなく、三千余万の人民を、どうしようか。山荘の夜半は、国家を思う心で、夢を見て眠ることもなく、多くの山々から、風雨の声のしているのが聞こえて来る。

語釈　**一穂**＝一本の稲穂のような。灯火の形が稲の穂に似ているのでいう。**回頭**＝ふりかえってみる。**知己人**＝自分を知る人。知人。**丈夫**＝立派な男性。**豈**＝どうして……しようか。反語。**計名**＝功名を考える。**世難**＝世の中の変乱。明治維新前後の乱世を指す。**万骨枯**＝多くの人が死んでいった。多くの志士が戦乱で犠牲となったこと。**廟堂**＝朝廷。**風色**＝様子。形勢。**春栄**＝春草木が繁茂すること。権力争いにたとえた。**邦家**＝国家。**前路**＝前途。将来。**三千余万**＝明治初年の日本の総人口。**蒼生**＝人民。**奈**＝「奈何」と同じ。どうしたらよいか。**山堂**＝山荘。どこにあったか不明。**夢難結**＝眠れない。**千岳万峰**＝多くの山々。

要旨・鑑賞　山荘で、国家の前途を案じて詠んだ。さすがに明治維新の元勲としての責任と抱負が表わされている。明治九年三月、参議を辞め、山荘に静養中の作。七言古詩一韻到底格。

作者　木戸孝允。二二三頁参照。

127 母《はは》を送《おく》る路上《ろじょう》の歌《うた》　頼山陽《らいさんよう》

東風《とうふう》に　母《はは》を迎《むか》えて　来《きた》り
北風《ほくふう》に　母《はは》を送《おく》って　還《かえ》る
来《きた》る時《とき》　芳菲《ほうひ》の　路《みち》
忽《たちま》ち　霜雪《そうせつ》の　寒《さむ》さと　なる
(下)鶏《にわとり》を　聞《き》きて　即《すなわ》ち足《あし》を　裹《つつ》み
輿《こし》に　侍《じ》して　足槃跚《あしばんさん》　たり
(大)児《こ》の　足《あし》の　疲《つか》れを　言《い》わず
唯《た》だ　母《はは》の輿《こし》の　安《やす》からんことを計《はか》る
(中)母《はは》に　一杯《いっぱい》を献《けん》じて　児《じ》も亦《ま》た　飲《の》む
初陽《しょよう》　店《みせ》に満《み》ちて　霜已《しもすで》に　乾《かわ》く
(大上)五十《ごじゅう》の　児《じ》に　七十《しちじゅう》の　母《はは》有《あ》り
此《こ》の福《ふく》　人間《じんかん》に　得《う》ること応《まさ》に　難《かた》かる　べし

送母路上歌

東風迎母来
北風送母還◎
来時芳菲路
忽為霜雪寒◎
聞鶏即裹足
侍輿足槃跚◎
不言児足疲
唯計母輿安◎
献母一杯児亦飲
初陽満店霜已乾◎
五十児有七十母
此福人間得応難◎

(下)南去《なんきょ》 北来《ほくらい》 人織《ひとお》るが 如《ごと》きも
誰人《たれびと》か 我《わ》が児母《じぼ》の 歓《よろこび》に 如《し》かんや

南去北来人如織
誰人如我児母歓◎
(上平十四寒韻)

現代語訳　春風の吹くころ母を広島から迎え、京都に来て、北風の吹くころ、母を送って広島に帰る。京都に来た時は、よい香りを放っていた草花の道は、忽ち霜や雪が降る寒さとなった。鶏の時を告げるのを聞いて、すぐに足ごしらえをし、母の乗る駕籠《かご》の側《かたわら》に付き添って、疲れて足がよろめいた。しかし子としての自分の足の疲れなど言わないで、ただ母が駕籠に楽に乗っていられるよう、気を配るばかりであった。道中茶屋で休み、母に酒を一杯差し上げ、自分も飲んだ。朝日が茶屋に一杯に差し込んで、霜はも早や乾いていた。五十歳の子に七十歳の母を持つ。この幸せは、人間社会に得ることは難しいことだ。南北に行きかう旅人は、機《はた》を織るように絶え間ないが、一体誰が我々親子のような喜びを持つ者があろうか。

語釈　東風＝春風。迎母来＝文政十二年(一八二九)三月、母を広島から迎えて、京都に来た。芳菲＝よい香りの草花。裹足＝足ごしらえをする。輿＝駕籠《かご》。槃跚＝よろよろすること。初陽＝朝日。人間＝人間社会。この世。如織＝旅人が機《はた》を織るように絶え間がない。

要旨・鑑賞　この詩は、頼山陽が、故郷広島から母を京都に迎え、半年後、母を京都から広島へ送る時の孝養を詠んだ。母は名を静《しずか》、梅颸《ばいし》と号し、芝居が好きで、酒や煙草もたしなんだ。山陽は日ごろ慎ましい生活振りであったが、母に対しては、殊の外気をつかい、物惜しみをしなかった。一緒に京都の島原へ行って、芸妓をあげ盛大に遊んでいる。この詩の「母に一杯を献じ」は、もちろん酒である。毎年、広島にいる母を京都に迎え、あちこち見物するのが恒例となっていたという。母への孝養を決意したのは、若い時は放蕩癖《ほうとうへき》があったが、三十七歳の年、父春水が死んで、不孝を後悔したためである。三十二歳の時、京都に出て塾を開き、その後、居宅を山紫水明処といったころは、門人も多くなり、名声が高まった。作者 頼山陽。五二頁参照。

128 梅里先生《ばいりせんせい》の碑文《ひぶん》　源光圀《みなもとみつくに》

先生《せんせい》は常州水戸《じょうしゅうみと》の産《さん》なり。その伯《はく》疾《や》み、その仲《ちゅう》夭《よう》す。先生夙夜膝下《せんせいしゅくやしっか》に陪《ばい》して戦戦《せんせん》兢兢《きょうきょう》たり。

其《そ》の人《ひと》と為《な》りや、物《もの》に滞《とどこお》らず、事《こと》に著《ちゃく》せず。神儒《しんじゅ》を尊《たっと》びて神儒《しんじゅ》を駁《ばく》し、仏老《ぶつろう》を崇《あが》めて仏老《ぶつろう》を排《はい》す。常《つね》に賓客《ひんきゃく》を喜《よろこ》び、殆《ほとん》ど門《もん》に市《いち》す。暇有《いとまあ》る毎《ごと》に書《しょ》を読《よ》み、必《かなら》ずしも解《かい》するを求《もと》めず。歓《よろこ》べども歓《ゆろこ》びを歓《よろこ》びとせず、憂《うれ》えて憂《うれ》いを憂《うれ》いとせず。

月《つき》の夕《ゆうべ》、花《はな》の朝《あした》、酒《さけ》を斟《く》みて意《い》に適《てき》すれば、詩《し》を吟《ぎん》じ、情《じょう》を放《ほしいまま》にす。声色飲食《せいしょくいんし》その美《び》を好《この》まず。第宅器物《ていたくきぶつ》その奇《き》を要《よう》せず。有《あ》れば則《すなわ》ち有《あ》るに随《したが》いて楽《たの》しみ、無《な》ければ則《すなわ》ち無《な》きに任《まか》せて晏如《あんじょ》たり。

原文　梅里先生碑文

蚤《はや》くより史《し》を編《あ》むに志《こころざし》有《あ》り。然《しか》れども書《しょ》の徴《ちょう》すべき罕《まれ》なり。爰《ここ》に捜《さぐ》り爰《ここ》に購《あがな》い、これを求《もと》めこれを得《え》たり。微《すこ》しく遴《えら》ぶに稗官小説《はいかんしょうせつ》を以《もっ》てし、実《じつ》を摭《ひろ》い疑《うたがい》を闕《か》き、皇《こう》統《とう》を正閏《せいじゅん》し、人臣《じんしん》を是非《ぜひ》し、輯《あつ》めて一家《いっか》の言《げん》を成《な》す。

元禄庚午《げんろくこうご》の冬《ふゆ》、累《しき》りに骸骨《がいこつ》を乞《こ》うて致仕《ちし》す。初《はじ》め兄《あに》の子《こ》を養《やしな》いて嗣《し》と為《な》し、遂《つい》にこれを立《た》てて、以《もっ》て封《ほう》を襲《つ》がしむ。先生《せんせい》の宿志《しゅくし》、ここに於《おい》てか足《た》れり。

既《すで》にして郷《きょう》に還《かえ》り、即日《そくじつ》攸《ところ》を瑞龍山先塋《ずいりゅうざんせんえい》の側《かたわら》に相《そう》し、歴任《れきにん》の衣冠魚帯《いかんぎょたい》を瘞《うず》め、載《すなわ》ち封《ふう》じ載《すなわ》ち碑《ひ》し、自《みずか》ら題《だい》して梅里先生《ばいりせんせい》の墓《はか》という。先生《せんせい》の霊《れい》永《なが》くここに在《あ》り。

嗚呼《ああ》、骨肉《こつにく》は、天命終《てんめいおわ》る所《ところ》の処《ところ》に委《まか》せ、水《みず》には則《すなわ》ち魚鼈《ぎょべつ》に施《ほどこ》し、山《やま》には則《すなわ》ち禽獣《きんじゅう》に飽《あ》かしめん。何《なん》ぞ劉伶《りゅうれい》の鍤《すき》を用《もち》いんや。

其《そ》の銘《めい》に云《い》う、月《つき》は瑞龍《ずいりゅう》の雲《くも》に隠《かく》ると雖《いえど》も、光《ひかり》は暫《しばら》く西山《せいざん》の峯《みね》に留《とど》まる。

碑《ひ》を建《た》て銘《めい》を勒《ろく》する者《もの》は誰《たれ》ぞ。源光圀《みなもとみつくに》、字《あざな》は子龍《しりゅう》。

先生《ハ》常州水戸《ノ》産也。其《ノ》伯疾《ミ》、其《ノ》仲夭《ス》。先生夙夜陪《シテ》膝下《ニ》戦戦兢兢《タリ》。其《ノ》為《リ》人《ト》也《や》、不滞《ラ》物《ニ》、不著《セ》事《ニ》。尊《ビテ》神儒《ヲ》而駁《シ》神儒《ヲ》、崇《メテ》仏老《ヲ》而排《ス》仏老《ヲ》。常《ニ》喜《ビ》賓客《ヲ》、殆《ンド》市《ス》于門《ニ》。毎《ニ》有《ル》暇読《ミ》書《ヲ》、不求《メ》必《ズシモ》解《スルヲ》、歓《ベドモ》不歓《ビトセ》歓《ビヲ》、憂《ヘテ》不憂《ヒトセ》憂《ヒヲ》。月之夕、花之朝、斟《ミテ》酒《ヲ》適《スレバ》意《ニ》、吟《ジ》詩《ヲ》放《ニス》情《ヲ》。声色飲食、不好《マ》其《ノ》美《ヲ》。第宅器物、不要《セ》其《ノ》奇《ヲ》。有《レバ》則《チ》随《ヒテ》有《ルニ》而楽《シミ》胥、無《ケレバ》則《チ》任《セテ》無《ニ》而晏如《タリ》。自《リ》蚤《クリ》有志于編《ムニ》史《ヲ》。然《レドモ》罕《ナリ》書《ノ》可《ベキ》徴《ス》矣。爰《ニ》捜《リ》爰《ニ》購《ヒ》、求《メテ》之《ヲ》得《タリ》之《ヲ》。微《シク》遴《ブニ》以《テシ》稗官小説《ヲ》、摭《ヒ》実《ヲ》闕《キ》疑《ヲ》、正《シ》閏皇統《ヲ》、是《シ》非人臣《ヲ》、輯《メテ》成《ス》一家之言《ヲ》。元禄庚午之冬、累《リニ》乞《ウテ》骸骨《ヲ》致仕《ス》。初《メ》養《ヒテ》兄之子《ヲ》為《シ》嗣《ト》、遂《ニ》立《テテ》之《ヲ》、以《テ》襲《ガシム》封《ヲ》。先生之宿志、於《テカ》是《ニ》乎足《レリ》矣。既《ニシテ》而還《リ》郷《ニ》、即日相《シ》攸《ヲ》於瑞龍山先塋之側《ニ》、瘞《メ》歴任之衣冠魚帯《ヲ》、載《チ》封《ジ》載《チ》碑《シ》、自《ラ》題《シテ》曰《フ》梅里先生《ノ》墓《ト》。先生之霊永《ク》在《リ》於此《ニ》矣。嗚呼、骨肉《ハ》委《セ》天命所《ル》終之処《ニ》、水《ニハ》則《チ》施《シ》魚鼈《ニ》、山《ニハ》則《チ》飽《カシメン》禽獣《ニ》。何《ゾ》用《ヒンヤ》劉伶之鍤《ヲ》乎哉。其《ノ》銘《ニ》曰《フ》、月《ハ》雖《モ》隠《ルト》瑞龍《ノ》雲《ニ》、光《ハ》暫《ク》留《マル》西山《ノ》峯《ニ》。建《テ》碑《ヲ》勒《スル》銘《ヲ》者《ハ》誰《ゾ》。源光圀、字《ハ》子龍。

現代語訳

光圀先生は常陸の国水戸の生まれである。その長男は病気になり、次男は若死した。先生は朝早くから夜遅くまで父母の膝もとに付き添って、恐れつつしんでいた。その人柄は、物に滞らなく、事に執着しない。神と儒教を尊んで、一方神や儒教の説などで意に適しないものは非難攻撃し、仏教と老荘思想を尊んで、一方意に適しない仏教や老荘思想は退けた。常に来客を喜んで、門前市をなすように集まった。暇があるたびに、書を読み、必ずしも理解することを求めず、喜んでも喜びを喜びとせず、憂えても憂いを憂いとしなかった。月の昇った夕べや、花の咲いた朝は、酒を注《つ》いで飲み、気持ちにかなうと、詩を吟じて、自分勝手に気の向くままにした。音楽と女色と飲み食いする物は、その美しいのを好まず、邸宅や器物は珍しいものを必要としない。あればあるに随って楽しみ、無ければ無いに任せて安らかであった。早くから歴史を編修する志があった。しかしながら求める書物はめったになかった。それで捜したり買ったりして、これを求めて手に入れた。更に少し稗官小説を選び、真実の事を取り上げ、疑わしいのを取り去って、皇統の正否を正し、人臣の是非を正して、集めて独自の優れた主張を成した。元禄三年（一六九〇）の冬、しきりに辞職願を出して官職を止めた。初め兄の子を養育して後継ぎとし、遂にこれを立てて領地を継がせた。先生のかねての志がここで十分に達せられた。やがて郷里に帰って、すぐその日、瑞龍山の先祖の墓の側の場所を占って、歴任された衣冠と魚袋を埋めて、一方では封をし一方では碑文を作り、自分で題して「梅里先生の墓」と言った。先生の御霊《みたま》は長くここに在る。ああ、肉体は、天命に任せ、水では魚やスッポンに与え、山では鳥や獣に腹一杯食わせよう。どうして劉伶の鋤を用いようか。その銘にいう。月は瑞龍山の雲に隠れても、月の光は暫く西山の峯に留まると。碑を建て銘を刻む者は誰か。源光圀、字は子龍である。

語釈　先生＝光圀。常州＝常陸国の略称。伯＝長子。仲＝次子。夙夜＝朝早くから夜遅くまで。膝下＝父母のひざもと。陪＝つきそう。戦戦兢兢＝おそれつつしむさま。為人＝生まれつき。滞＝物事が順序よく進まない。著＝つく。くっつく。神儒＝神と儒教。仏老＝仏教と老荘思想。駁＝せめ正す。賓客＝来客。

市＝多く集まる。放＝ほしいまま。自分だけ勝手気ままにふるまう。声色＝音楽と女色。飲食＝のみ食いする物。「食」は音シ。第宅＝邸宅。奇＝めずらしい。すぐれている。晏如＝やすらかなさま。蚤＝はやい。史＝歴史。徴＝求める。罕＝めったにない。音カン。爰＝ここに。それで。微＝少し。遴＝えらぶ。音リン。稗官小説＝稗官の集めた話の記録。稗官は、昔、政治の参考にするために、民間の読話、物語などを集めることを任務とした役人。闕＝取り去る。皇統＝天皇の血統。正閏＝正統のものと正統でない系統のもの。是非＝正と不正。善と悪。輯＝集める。一家之言＝一家言。独自の優れた主張。元禄庚午＝元禄三年（一六九〇）。乞骸骨＝主君に捧げた自分のからだを返して欲しいと乞い求める。辞職願。致仕＝官職を止める。辞職する。封＝諸侯の領地。襲＝継ぐ。宿志＝前々からの志。かねての希望。郷＝今の常陸太田市にある西山荘。即日＝すぐその日。当日。瑞龍山＝常陸太田市郊外にある徳川家累代の墓地がある山。先塋＝先祖の墓。「塋」は音エイ。相＝うらなう。歴任＝次々に官職に任命される。魚帯＝魚袋。唐代、官吏が宮中に出入りする時、身分証明に用いた魚形の割符で、等級を表す金・銀の飾りのある袋に入れて帯に下げた。宋代には、身分別の袋だけを用いた。瘞＝埋める。載＝一方にはこうし、他方にはこうする。骨肉＝肉体。鼈＝スッポン。音ベツ。飽＝腹一ぱい食べる。満腹。劉伶＝晋の詩人。竹林の七賢人の一人。「酒徳頌」の作者。（二二一？―三〇〇？）。鍤＝すき。音ソウ。銘＝文体の名。墓碑などに刻んで、その人の功徳を称え、後世に残す文。勒＝きざむ（刻）。ほる（彫）。音ロク。字＝あざな。中国では元服の時に、実名の外につける名。呼び名。

要旨・鑑賞

徳川光圀の人と為りや、『大日本史』編纂の情況、退官後の生き方と心境、生命観等を述べ、月光に事寄せて、死後の気構えで結んだ。蓋し碑文としては白眉である。この碑文は、恐らく朱舜水の手がかなり加わっているように思う。初めの「水戸の産なり」

先生常州水戸産也其伯疾其仲夭先生夙夜陪膝下戦戦兢兢
其為人也不滞物不著事尊神儒而駁神儒崇佛老而排佛老常
喜賓客殆市于門毎有暇読書不求必解歓不歓歓憂不憂憂月
之夕花之朝斟酒適意吟詩放情声色飲食不好其美第宅器物
不要其奇有則随有而楽胥無則任無而晏如自蚤有志于編史
然罕書可徴爰捜爰購求之得之微遴以稗官小説摭実闕疑正
閏皇統是非人臣輯成一家之言元禄庚午之冬累乞骸骨致仕
初兄之子為嗣遂立之以襲封先生之宿志於是乎足矣既而
還郷即日相攸於瑞龍山先塋之側瘞歴任之衣冠魚帯載封載
碑自題曰梅里先生墓先生之霊永在於此矣嗚呼骨肉委天命
所終之処水則施魚鼈山則施禽獣何用劉伶之鍤乎哉其銘曰
月雖隠瑞龍雲光暫留西山峰建碑勒銘者誰源光圀字子龍

碑文拓本

の「産」は『孟子』の「滕文公上」に「陳良《ハ》楚産《ノ》也」(陳良は楚の産なり)とある。したがって「産」は、うまれ、そだち、出身の意となる。「戦戦兢兢」は『詩経』の「小旻」に、「戦戦兢兢《トシテ》、如《ク》レ臨《ムガ》二深淵《ニ》一、如《シ》レ履《ムガ》二薄氷《ヲ》一」(戦戦兢兢として、深淵に臨むが如く、薄氷を履むが如し)とある。現在は「戦戦恐恐」と代用している。「神儒を尊び……仏老を排す」は光圀の見解を言っている。「詩を吟じ」は節調は分からないが、吟詠をしたことが分かる。「皇統を正閏し」は後醍醐天皇の南朝を正しいとし、北朝を退けた。北朝は足利尊氏が京都に擁立した朝廷で、延元元年(一三三六)から元中九年(一三九二)までの、五代、五十六年間をいう。南朝は二一九頁語釈参照。「嗚呼……鍤を用いんや」は、光圀の死生観を述べたもので、「天命」は天の命令、天が与えた使命の意をいう。『論語』の「為政」に、「五十《ニシテ》而知《ル》二天命《ヲ》一」(五十にして天命を知る)とあり、『中庸』に「天《ノ》命《ズル》之《ヲ》謂《フ》レ性《ト》」(天の命ずるこれを性と謂う)とある。「劉伶」は晋の竹林の七賢人の一人であるから、老荘思想をいっている。「月は瑞龍の雲……峯に留まる」は死後の光圀の気構えを言った言葉で、この碑文の旨意を成している。原文の「随有而楽胥」の下の「胥」（ショ）の字は、「あい、みな」と一般には解されているが、語調を整える助字として用いられることがある。『詩経』の「桑扈《し》」に「君子《ハ》楽《ミ》胥」とある。これをヒントに碑文は借用したのであろう。これは日本人にはどういう場合に用いるか分からないが、強いて解すれば、「みな」の意味を持つ助字としたのであろう。これらの用法に拠って、明らかに朱舜水の手が加わっていることが実証される。**作者** 徳川光圀（一六二八―一七〇〇）。江戸時代前期の水戸藩主。字は子龍、梅里は号。水戸黄門、西山公と称せられた。朱子学に傾倒し、明の亡命儒者、朱舜水に学び、彰考館を江戸小石川の藩邸に設け、学者を招いて『大日本史』の編修を行い、後世の水戸学の基礎を築いた。

第三部

漢詩概説と吟詠の仕方

一　漢詩の流れ

漢詩というのは、元来、漢代（前二〇二―二二〇）に作られた詩をいうが、日本では、中国の詩のすべてを含めて「漢詩」といっている。これは「和歌」に対していったものである。

漢詩は、中国文学の代表的なもので、その起こりは遠く、およそ二千五百数十年前に作られた『詩経』にある。『詩経』は世界最古の詩集で、五経（易経・詩経・書経・礼記・春秋）の一つとして尊ばれてきた。『詩経』は、周初（前一一〇〇年ごろ）、すなわち西暦前十二世紀ごろから、春秋時代（前七七〇―前四〇三）の西暦前六世紀ごろまでの、黄河流域の諸国で作られた詩である。全部で三百五編伝わっている。孔子（前五五二―前四七九）のころには、すでに古典として固定していた。

その内容は、風（諸国の民謡）・雅（朝廷の楽歌）・頌《しょう》（宗廟の祭祀の楽歌）の三種に分類され、「風」は十五国風、百六十編、「雅」は小《しょう》雅・大《たい》雅に分かれ、百五編、「頌」は周頌・商頌・魯頌の四十編となっている。

その詩の多くは、当時の名もない民衆によって作られたもので、素朴な人間生活が、ありのまま詠まれており、今日われわれの感情に相通じるものが多い。一章は四言四句《ごん》、または四言八句から成っている。外に一句が三言・五言・八言で構成されているものもあるが、これは極めて少数である。

次にあげられるのは『楚辞』である。『楚辞』は、孔子が『詩経』を刪《さく》定してから約二百年後、南方の楚《そ》（揚子江下流の南岸の一帯）に生まれた詩で、その主なる作者は、屈原・宋玉らである。

屈原（前三四三？―前二八三）は、本名を平といい、霊均ともいわれ、楚の国の王族で、重臣であったが、当時の乱世に自国の前途を憂い、たびたび国王に忠言したが、聞き入れられず、かえって讒《ざん》臣のために漢水のほとりに流され、その後、更に洞庭湖の南に流され、最後は汨羅《べきら》の川に投身して死んだ。名作「離騒」（憂いにあう意）は、こうした悲境のどん底にありながらも、国家の前途を憂い、且つまた己の悲運を詠んだ三百七十五句の長編の自伝的叙事詩である。この外、楚の国の伝説を歌った壮大な神々の歌劇「九歌」や、土俗信仰から出た天への問いかけの歌「天問」など、数々の作品があり、宗玉・景差などの後継者に伝えられた。

『楚辞』は、北方の黄河流域に生まれた『詩経』に比べると、遥かに激烈な感情が盛られ、用語も非常に選択されている長詩で、活発なリズムと、地域性がもたらす幻想的ロマン的な歌で、不思議な動物や植物も登場する。

この次に出たのが『文選《もんぜん》』である。『文選』は梁《りょう》（五〇二―五五六）の第一代の武帝の長子、蕭統《しょう》（昭明太子）が、親しい文人たちと、周（前一一二二―前二二一）から梁まで約一千年間の賦・詩・文章の中から、すぐれた作品を選び、体系だてて編集した書で、漢魏六朝《ぎりくちょう》の詩文の精華が収められている。

漢詩は、漢代に入ると、五言の古詩と楽府《がふ》が起こったが、なんといっても漢詩の全盛期は唐代（六一八―九〇四）である。唐代には初めて絶句や律詩の形式ができ、近体詩の成立を見た。したがって漢詩というと、「唐詩」が主要な位置を占めている。吟詠で唐詩に主力を注ぐのはこのためである。これ以後は、現代に至るまで、あまり振わない。

二　漢詩の種類

漢詩には、次のような種類がある。

- 漢詩
  - 古体詩
    - 古詩
      - 四言古詩
      - 五言古詩
      - 七言古詩
    - 楽府——長句・短句
  - 近体詩
    - 絶句
      - 五言絶句
      - 七言絶句
    - 律詩
      - 五言律詩
      - 七言律詩
    - 排律
      - 五言排律
      - 七言排律
  - 新体詩——白話詩

一　古体詩

近体詩の体《てい》裁によらない詩をいう。普通は唐以前に行われた詩をいうが、唐以後においても、それにならって作られた詩は、やはり古体詩という。しかし一般に古体詩というと、漢魏六朝の詩を指していっている。

古体詩は、古詩と楽府《がふ》に分けられる。古詩は更に四言《ごん》から成るもの、五言《ごん》または七言《ごん》からなるもの、字数にこだわらないものとがあり、句数も自由である。

ア　古　詩

一定の形式というものはなく、句数の長短や平仄《ひょうそく》も自由である。ただ押韻《おういん》（句の末字の一定のところに同韻の字を用いること）は、五言は第二句に、七言は第一・二句にその基礎をおき、以下隔句に押韻し、転韻も通韻も許される。

五言古詩は、前漢の第八代昭帝（前八七—前七四）の御《み》代、蘇武《そぶ》が匈奴《きょうど》より帰る時、李陵《りりょう》が彼に送ったのが初めとされている。

七言古詩は、漢の第七代武帝（前一五六—前八七）の御代、柏梁《はくりょう》台（西安の北西）という御殿で、武帝以下群臣が集まって、一人が七言一句ずつ作ったのが初めとされている。

イ　楽　府

楽府《がふ》はもと音楽を司《つかさど》る役所の名で、漢の武帝の時に設けられ、楽師李延年をその長官に任命し、司馬相《しょう》如《じょ》を初め有名文士に楽章を作らせ、また全国的に民間から採用した詩に楽曲をつけて歌った。ところがそれらの楽曲で歌われた歌をも、楽府と呼ぶようになった。

元来、上代の詩は楽器に合わせて歌ったもので、楽府であったわけであるが、ここに至って詩と楽府とは、はっきり分けられ、詩は単に吟詠されるだけで、歌曲としては専ら楽府が独自の発達を遂げていった。祭祀《し》楽・雅楽・軍楽などは、その主なるものである。

その詩形や詩体も種々様々であったが、五言・七言のものが多く、古詩に類していた。魏《ぎ》・晋《しん》・南北朝代には、ますます隆盛を極めた。唐代になって五言・七言の絶句を歌うことが流行した。その曲名には、歌・行・引・曲・吟・歌行などがある。

2 近体詩

唐代になって、初めて詩の形式が定められた。その形式に則《のっと》って作られた詩を近体詩と呼ぶ。近体詩には、絶句・律詩と排律とがあり、それらにはおのおの五言と七言とがある。

ア 絶句

一句が七言または五言で、四句から成る詩をいい、七言のものを七言絶句、五言のものを五言絶句という。その四句は、起句・承句・転句・結句から成り、起句は主題を起こし、承句はこれを承け、転句は意味を全く転じ、結句で全体をまとめるという構成になっている。絶句の優劣は転句にあるといわれている。押韻は五言絶句では、第二・第四句、七言絶句では、第一、第二、第四に踏んでいる。

七言絶句

起句○○○○○○◎韻
承句――――――◎
転句――――――
結句――――――◎

五言絶句

起　○○○○○
承　――――◎韻
転　――――
結　――――◎

起句・承句・転句・結句は、句を略して「起・承・転・結」という。起・承・転・結と押韻の例として、古くから次のような民謡がある。

起　大阪本町の　糸屋の娘
承　姉は十六　妹は十四
転　諸国諸大名は　弓矢で殺す
結　糸屋の娘は、目で殺す

伊勢は津でもつ○
津は伊勢でもつ○
尾張名古屋は
城でもつ○

イ　律　詩

一句が七言または五言で、八句から成る詩をいい、七言のものを七言律詩、五言のものを五言律詩という。

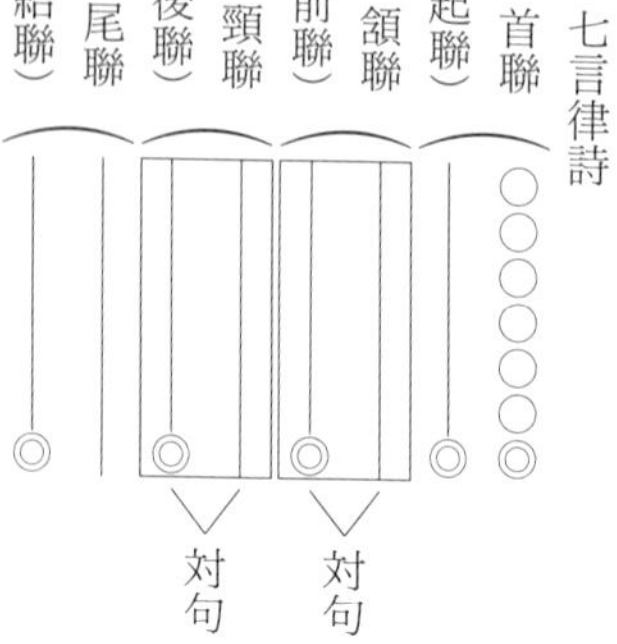

第一句・第二句を首聯（第一聯・起聯）、第三句・第四句を頷聯《がん》（第二聯・前聯）、第五句・第六句を頸聯《けい》（第三聯・後聯）、第七句・第八句を尾聯（第四聯・結聯）と呼んでいる。頭・あご・くび・尾の意味である。押韻は、第一句・第二句・第四句・第六句・第八句に踏む。第一句以下は偶数句である。律詩は、頷聯と頸聯は必ず対句をなしていなければならない。したがって律詩の生命は、頷聯・頸聯の対句の妙にある。

普通、第一・二句を起、第三・四句を承、第五・六句を転、第七・八句を結として、初二句で大意を述べ、中四句で実景をいい、尾二句で情をもって結ぶというのが、律詩の体とされている。作詩としては、まず中四句の対句を作って、首尾をつけるのがよい。

五言律詩

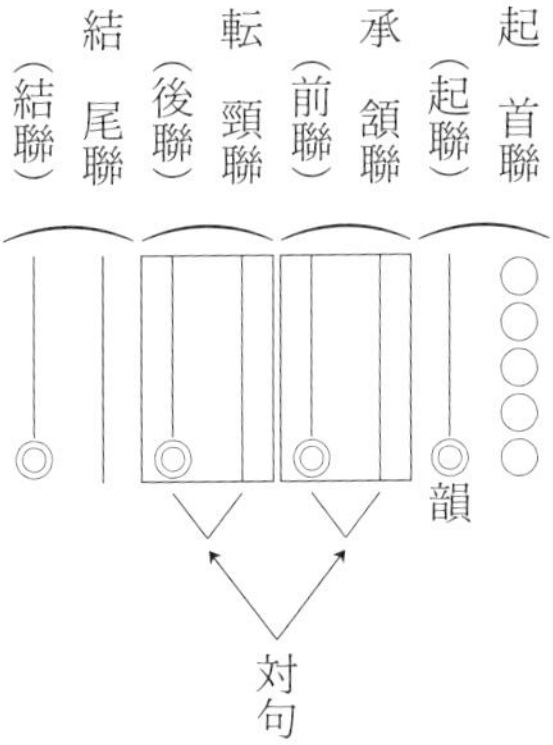

五言律詩の聯の名、対句は、七言律詩と全く同じである。ただ押韻が二・四・六・八句の偶数句に踏んでいる。

ウ　排　律

一首に、五言または七言の対句を、六句以上偶数に排列したものをいう。普通十二句が常形とされているが、中には百句に及ぶ長詩もある。第一・二句を首聯、第三・四句を頷聯、第五・六句を頸聯、第七・八句を胸聯、第九・十句を腹聯、第十一・十二句を尾聯という。十二句以上のものは腹聯にあって開展する。五言六韻十二句をもって正体とし、七言の作者は甚だ稀《まれ》である。

3　新体詩

近体詩は唐にその全盛を極めたが、それ以後は殆ど振わなかった。その行きづまりを打開したのは、宋の詩余（詞の別名）であるが、その後、元・明を経るに従って、詩はいよいよ衰えていった。
ところが清朝に至り、胡《こ》適の白話文《はくわぶん》（口語文）の提唱によって、文学革命が行われるや、漢文（古文）はすたれ、白話文がそれに代った。この白話文によって作られた詩が新体詩である。

新体詩の特徴は、表現が平易になったこと、口語であるため誰にも親しまれたことから、衰えていた詩に生彩を添えることになった。

三　漢詩の平仄

漢字には、一字一字アクセントがある。それを図示すると、左のようになる。

唐代の四声

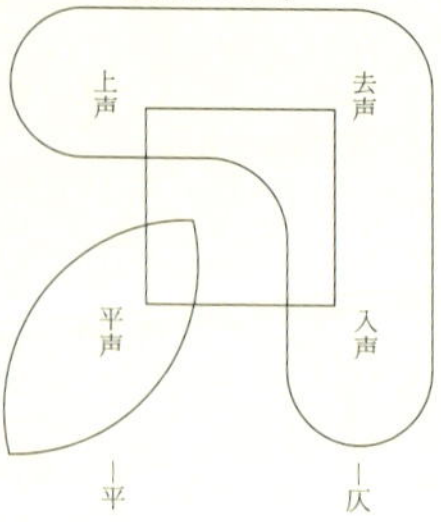

現代中国語の四声

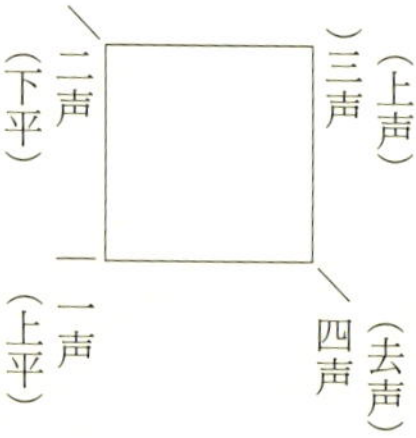

平声は高低のない平らな音、上声は尻《しり》上がり、去声は尻下がり、入声《にっしょう》は語尾が「フツクチキ」とつまる音である。この四通りのアクセントがあるので、四声という。平仄《ひょうそく》とは、四声の中、平声は高低がないから平字といい、それ以外は音に変化があるので仄字ということからきている。そもそも「仄」とは「かたむく」意である。

現代の中国語の四声は、唐代の四声とは若干違っている。右図下のように、去声を三声といい、中だるみの音となり、入声の音はなくなり、現代の去声（四声）の音となっている。

四　漢詩の作り方

漢詩の中、特に近体詩には、厳格な一定の規則があるので、それを踏まえて作らないと、正確な漢詩とはならない。作詩の場合は、まず七言絶句から入るのが常識であり、基本であるので、七言絶句・五言絶句・七言律詩・五言律詩の順に解説しよう。

ア　七言絶句

七言絶句には、平起式（正格）と、仄起式（偏格）とある。平起式・仄起式というのは、第一句の第二字が平字で始まるか、仄字で始まるかによっていわれる用語で、七言絶句にあっては、平起式が正格で、仄起式は偏格とされている。左図の○は平字、●は仄字、◐は平字仄字どちらでもよい。◎は平韻。

平起式（正格）

起　◐○◑●●○◎
承　◑●◐○◑●◎
転　◑●◐○○●●
結　◐○◑●●○◎

宴城東荘　崔敏童

●一○年●始●有●一○年◎春
●百●歳○曾○無●百●歳◎人
○能●向○花○前●幾○回●酔
●十○千●沽●酒●莫○辞◎貧

（上平十一真韻）

仄起式（偏格）

起　◑●◐○◑●◎
承　◐○◑●●○◎
転　◐○◑●◐○●
結　◑●◐○◑●◎

楓橋夜泊　張継

●月●落○烏○啼○霜●満◎天
○江○楓○漁●火●対○愁◎眠
○姑○蘇○城●外○寒○山●寺
●夜●半○鐘○声●到●客◎船

（下平一先韻）

また、七言絶句には次のような規則がある。

〔規則〕

1　二四不同

左図のように、第二字と第四字の平仄を同じにしない。第二字が平字なら、第四字は仄字、第二字が仄字なら、第四字は平字にする。

平起式　起　◐○◑●●○◎
仄起式　起　◑●◐○◑●◎

2　二六対

右図のように第二字と第六字の平（または仄）字は、常に対《つい》をなしていること。第二字が平字なら、第六字も平字、反対に、仄字なら仄字というように。

3　粘法《ねんぽう》

第二字の平仄	起	承	転	結
(ア)	○	●	●	○
(イ)	●	○	○	●
(ウ)	○	●	○	●
(エ)	●	○	●	○

起句の第二字が平字であると、承句の第二字と転句の第二字は必ず仄字で、結句の第二字が平字となる。起句の第二字が仄字であると、この反対になる。これを「粘」といい、そうでないのを「不粘」という。「粘」とは「ねばる」意である。「不粘」は「拗《おう》体《たい》」ともいう。「拗」は「ねじれる」意で、平仄のきまりによらないので、「拗体」という。

上図の(ア)・(イ)は「粘」であるが、(ウ)・(エ)は「不粘」すなわち「拗体」である。

4　押韻

「押韻」とは、一定の箇所に同韻の字を用いることをいう。七言絶句にあっては、第一句・第二句・第四句の最後の文字、すなわち七字目に同韻を用いることになっている。

5　一・三・五不論

各句の第一字・第三字・第五字は、平仄どちらの文字を用いてもよい。

6　孤平・孤仄を忌む

孤平とは●○●のように、仄字の間に平字が挟まっているのをいい、孤仄はその反対に、○●○のように、仄字が平字の間に挟まっているのをいう。これは避けられれば、避けることにこしたことはないが、普通には認められている。ただ七言絶句にあっては、第四字目の孤平だけは避けること。

7　下三連《したさんれん》を忌む

一句中の下三字が、全平または全仄になるのを「下三連」といい、これは避けなければならない。○○○または●●●となること。

8　転句の第七字目は、平起式・仄起式いずれも、仄字●であること。

9　挿平《はさみひょう》

平起式の転句に限って、下三字が●○●の形になっても、孤平といわず、「挿平」または「挟声」といって、許容されている。この規則があるために、大へん詩が作り易くなっている。

10　仄起式における転句の下三字が、●○●のように孤平になった場合は、結句の下三字は孤仄つまり○●○の形を取ることである。

勧君更尽一杯酒（●○●）　西出陽関無故人（○●○）　（王維「送元二使安西」の転句と結句）

11　固有名詞や数字は、変更できないから、平仄に従わなくてよい。

12　その詩の韻と同韻を、第二字以下に用いることを「冒韻」という。できれば避けるにこしたことはない。

13　一詩中には、同一文字を二回以上は使わない。しかし詩の内容から必要とあれば、用いてもよいが、例外に属する。

イ　五言絶句

五言絶句は仄起式を正格とし、平起式を偏格とする。

仄起式（正格）

起　◑●◐○●
承　◐○◑●◎
転　◐○○●●
結　◑●●○◎

登鸛鵲楼　王之渙

白●日●依○山○尽●
黄○河○入●海●流◎
欲●窮○千○里●目●
更●上●一●層○楼◎

（下平十一尤韻）

平起式（偏格）

起　◐○○●●
承　◑●●○◎
転　◑●◐○●
結　◐○◑●◎

田家春望　高適

出●門○何○所●見●
春○色●満●平○蕪◎
可●歎●無○知○己●
高○陽○一●酒●徒◎

（上平七虞韻）

また、五言絶句には次のような規則がある。

〔規則〕

1　二四不同（七言絶句に同じ）

2　粘法（七言絶句に同じ）

3　押韻

第二句・第四句の最後の第五字が同韻。

4　起句の第五字と転句の第五字は常に●仄字であること。

5　孤平・孤仄を忌む

避けるにこしたことはないが、普通には認められる。ただ第二字目の孤平だけは避ける。

6　下三連を忌む

仄起式にあっては、転句の第三字は常に平字○、結句の第三字は常に仄字●になり、平起式では、承句の第三字が常に仄字●になる。

7 その他、前揚の七言絶句の規則、11・12・13に同じ。

ウ　七言律詩

七言律詩は、平起式（正格）と、仄起式（偏格）とある。

平起式（正格）　　左遷至藍関示姪孫湘　　韓愈

聯	平仄	詩句
起　首聯（起聯）	◐○◑●●○◎	一●封○朝○奏●九●重○天◎
	◑●◐○◑●◎	夕●貶●潮○州○路●八●千◎
承　頷聯（前聯）	◑●◐○○●●	欲●為○聖●明○除○弊●事●
	◐○◑●●○◎	肯●将○衰○朽●惜●残○年◎
転　頸聯（後聯）	◐○◑●◐○●	雲○横●秦○嶺●家○何●在●
	◑●◐○◑●◎	雪●擁●藍○関○馬●不●前◎
結　尾聯（結聯）	◑●◐○○●●	知○汝●遠●来○応○有●意●
	◐○◑●●○◎	好●収○吾○骨●瘴●江○辺◎

（下平一先韻）

仄起式（偏格）　　蜀相　　杜甫

聯	平仄	詩句
起　首聯（起聯）	◑●◐○◑●◎	丞○相●祠○堂○何○処●尋◎
	◐○◑●●○◎	錦●官○城●外●柏●森○森◎
承　頷聯（前聯）	◐○◑●◐○●	映●階○碧○草●自●春○色●
	◑●◐○◑●◎	隔●葉●黄○鸝○空○好●音◎
転　頸聯（後聯）	◑●◐○○●●	三○顧●頻○繁○天○下●計●
	◐○◑●●○◎	両●朝○開○済●老●臣○心◎
結　尾聯（結聯）	◐○◑●◐○●	出●師○未●捷●身○先○死●
	◑●◐○◑●◎	長○使●英○雄○涙●満●襟◎

（下平十二侵韻）

〔規則〕

七言律詩は、七言絶句二首を組合わせたものであるから、その平仄式は、改めて書く必要はないくらいである。ただ第五句が対句になるため、第七字が踏落しとなるだけである。したがって、平起式の七律ならば、仄起式の七絶の転句を、第五句に持って来ればよいし、仄起式の七律ならば、平起式の七絶の転句を第五句に持って来ればよいだけで、すべて七絶の声律の範囲以外には出ない。また平起式・仄起式は、律句の組合わせの順序が、前になるか、後になるかの差によって、平起式となったり仄起式となったりするだけで、全体としては、何等の増減も異動もない。
以上のようなことから、今日一番多く作られるのは、もちろん七言絶句であるが、これに続いて多いのは七言律詩であろう。七律は句数においても七絶の倍であり、特に中聯四句が対句となるため、表現に華麗と雄渾の趣があるからである。「李絶杜律」の語があるように、絶句は李白に倣《なら》い、律詩は杜甫を手本とすれば、意に適う漢詩が作れること必定である。

エ　五言律詩

五言律詩は、仄起式が正格で、平起式が偏格である。

仄起式（正格）

起	首聯（起聯）	◑●◐○●	◐○◑●◎
承	頷聯（前聯）	◐○○●●	◑●●○◎
転	頸聯（後聯）	◑●◐○●	◐○◑●◎
結	尾聯（結聯）	◐○○●●	◑●●○◎

春夜喜雨　杜甫

好●雨●知○時○節●
当○春○乃●発●生◎
随○風○潜○入●夜●
潤●物●細●無○声◎
野●径●雲○倶○黒●
江○船○火●独●明◎
暁●看○紅○湿●処●
花○重●錦●官○城◎

（下平八庚韻）

平起式（偏格）

起	首聯（起聯）	◐○○●●	◑●●○◎
承	頷聯（前聯）	◑●◐○●	◐○◑●◎
転	頸聯（後聯）	◐○○●●	◑●●○◎
結	尾聯（結聯）	◑●◐○●	◐○◑●◎

送友人　李白

青○山○横○北●郭●
白●水●遶●東○城◎
此●地●一●為○別●
孤○蓬○万●里●征◎
浮○雲○遊●子●意●
落●日●故●人○情◎
揮○手●自●茲○去○
蕭○蕭○班○馬●鳴◎

（下平八庚韻）

〔規則〕
五言律詩は、五絶二首を組合わせたものであるから、五絶の規則を、そのまま踏襲すればよい。ただ違うところは、中四句の頷聯・頸聯が対句をなすことだけである。

オ　五言排律

排律の排は、排列・排比の排で、並べる意味があり、また推し開く意味がある。その詩想を推し開き、詩句を並べて行くことを、排律という。元と唐の時代は、長律といっていたが、元の楊士弘が唐音を編した時、初めて排律の目《もく》を置き、明の高廷礼の『唐詩品彙』も排律の文字を用いて以来、この名称が行われるようになった。

句法は、対偶が主体となっているから、宋の謝霊運や、顔延之等が盛んに作った対偶排比の詩風が、その根底となっている。それが唐に至り、近体の声律によって、この一体が出来た。五言と七言とあるが、七言はあまり行われなかった。

唐代は、科挙（官吏登用試験）に、この十二句を試題としたので、「試帖《じょう》」ともいい、また朝廷の饗宴の時、天子の命による作などは、多くはこの体を用いたので「台閣体」ともいわれる。聖徳を称頌したり、泰平を謳歌する際は、長編を要することもあるから、そのような時、腹聯を開展すればよい。

以上、近体詩の作詩について概説したが、実際に作詩するのは、七言絶句を第一とし、次は五言絶句・七言律詩・五言律詩の順となろう。

五　漢詩鑑賞の仕方

一　漢詩の構成を知る

漢詩は、古体詩・近体詩を問わず、原則として、五言は二字＋三字、七言は四字＋三字から成っている。

これは漢詩を読解するにも、作詩するにも重要なことであり、鑑賞の基本である。

ア　五言絶句

絶句　杜甫

江碧ニシテ　鳥逾《いよいよ》白ク　○○＋○○○
山青クシテ　花欲スレ燃《も》エント　○○＋○○○
今春看《みすみす》　又タ過グ　○○＋○○○
何レノ日カ是レ帰年ナラン　○○＋○○○

イ　七言絶句

早《つと》ニ発ス二白帝城ヲ一　李白

朝ニ辞ス白帝彩雲ノ間　○○○○＋○○○
千里ノ江陵一日ニシテ還《かえ》ル　○○○○＋○○○
両岸ノ猿声啼《な》イテ不ルニレ住《や》マ　○○○○＋○○○
軽舟已ニ過グ万重ノ山　○○○○＋○○○

七言絶句は、更に上の四字を、二字＋二字（○○＋○○）に分ける。

2　訓読する

右のような漢詩の構成がわかったら、五言詩・七言詩を問わず、小部分に分かれた語句には、それぞれ一つの意味を持っているから、まずその意味を考え、次に一句の意味、一詩の意味を考える。それには返り点・送りがなをつけて、訓読することである。訓読は意味が通ずるようにすることで、意味が通じない場合は、語句の解釈につまずいていることが多いので、語句を調べる。

3　語句の意味を知る

語句の注釈がある場合は、それに拠ることができるが、そうでない場合は、必ず辞書を引くことである。辞書を引く度合が、内容理解の度合であると、筆者は常に思っている。根気よく辞書を引くことが、何よりも肝腎である。

4　通釈をする

こうしてわからない語句がなくなったら、初めから通釈してみる。それで意味が通じない時は、返り点に問題があるか、語順に問題があるかを検討する。漢詩は、詩的表現を重視するから、倒置法や省略法を用いることが多い。したがって細心の注意をもって見て行くことである。また七絶は、二字＋二字＋三字（○○＋○○＋○○○）の構成が基本であるが、中には、四字＋三字（○○○○＋○○○）、七字（○○○○○○○）一連の意味を持つことがあるから、その点にも十分留意することである。

5　音読する

こうして一詩の意味がわかったら、声を出して繰り返し音読することである。「読書百遍、意おのずから通ず」という言葉は、漢詩には特に大事である。意味がわからない段階においても、音読すると、オヤと思うことがある。そうして少しずつ内容の理解が深まってくる。

音読して感ずることは、語調であろう。五絶は二字＋三字、七絶は二字＋二字＋三字の構成が原則であることはすでに述べたが、音読はその心持ちですることである。そして全体として語の響きがよいように送り仮名はつけるから、音読する場合も、それを踏まえて送り仮名をつけることが必要である。語調の響きの悪いものは、送り仮名に問題があるか、漢詩それ自体が芳しくないかである。

6　作意を知る

どんな意図で作られたものであるか、これに着目する。では、どこでそれを見付けるか。多くは詩題でわかる。しかしすべてそうではない。その時は解説や注を見る。そうでなくても、何回か繰り返してみる中に、自然とわかることが多い。李白の「望《ム》二廬山《ノ》瀑布《ヲ》一」や、王維の「送《ル》三元二《ノ》使《スルヲ》二安西《ニ》一」、柳宗元の「江雪」などは、詩題だけでわかるが、杜甫の「絶句」（江碧《ニシテ》　鳥逾《イヨ》白《ク》）や、杜牧の「山行」（遠《ク》上《レバ》二寒山《ニ》一石径斜《ナリ》）は、内容を理解しないとわからない。陶淵明の「飲酒」や、李白の「子夜呉歌」は、解説を読まないとわからない。

7　詩眼を知る

詩眼とは、一詩の生命となっている語句、いいかえれば、一詩を支えている語句のことで、この語句がないと、詩として価値のないものである。詩の内容から見て、比較的縁の薄いものから次第に取り去って、最後にどうしても取り去ることのできないことばである。

〔例〕送ル㆔元二ノ使スルヲ㆓安西ニ㆒　王維

渭城ノ朝雨浥《うるお》ス㆓軽塵ヲ㆒　客舎青青柳色新タナリ
勧ム㆑君ニ更ニ尽クセ一杯ノ酒　西ノカタ出ヅレバ㆓陽関ヲ㆒無カラン㆓故人㆒

この詩は、「陽関三畳」の詩として、多くの人々に膾炙《かいしゃ》されていることは、今更いうを要しない。この詩の詩眼は、「無㆓故人㆒」である。この友情に満ちた心の表れが、「更尽一杯酒」となり、送別の場所となり、時となったのである。こうして観察して行くと、一詩中には、どうしても取り去ることのできない、のっぴきならないことばがあるのである。このことばは、原則として結句にあるが、必ずしもそうではなく、他句にあることとや、詩中数箇所に散在していることもある。しかしまず結句を見、それから他句へ移るのが手順である。

8　対句法を知る

対偶法・排偶法ともいわれ、対語・対句を用いて、詩文を構成して行く形式である。これは相反するものを対立させ、または同類のことを並列させ、説明を明瞭にし、対立の美、並列の妙を極める修辞法である。漢文の一大特色をなすもので、用法が極めて広い。殊に漢詩には、語感や強調を尊ぶ関係上愛用され、律詩のように、頷聯（第二聯）と頸聯（第三聯）は、必ず対句をなすことを原則とされているのもある。

9　時・処・位を知る

何時《いつ》・何処《どこ》で、どういう立場から詠まれたか、作者の年齢、季節、場所、境遇等を知ることである。しかしこれらを、どの漢詩でも知ることは、甚だむずかしい。そうかといって、なおざりにしては、本当の味わ

ざる練習をすることにある。

しかし吟詠は、思いつきでやったり止めたりしてはいけない。努めて一日一回、1で述べたような方法で、練習を続けることである。すると自分でもびっくりするような発声になったのに気づく。「継続は力なり」とはこのことである。

問題はどう発声するかである。一番大事なことは、肩の力を抜き、丹田《たんでん》(臍《へそ》の下)すなわち下腹に力を入れ、そこから声が出るように練習することである。正しい姿勢を取るのは、このためである。

初めは肩に力が入る。これは声を咽頭《のど》の声帯で調節しようとするからである。咽喉で吟じているうちは、いつまでたっても、張りのある声にはならない。それは単なる声帯の技巧に過ぎないし、決して心身の鍛練にはならない。

初心者は、吟詠は咽喉《のど》でするものと思っている。これは全くの誤りで、確かに声は咽喉の声帯に触れて出るのであるが、それを丹田《たんでん》から息が出るようにするのである。

それには、腹式呼吸の要領で、吸った息を、下腹に力を入れて上に押し上げ、それが声帯に触れ発声するようにする。これが吟詠の場合の本物の声で、この声を咽喉で適切に調節するのである。したがって咽喉に力が入っていると、これができなくなる。だから肩の力を抜くことは、咽喉に力が入らないようにするためである。

3　発　音

発音は正確明瞭《りょう》にすることが何といっても一番肝腎《じん》である。一流と思われる吟詠家の吟詠を聞いても、何を吟じているのか、皆目わからないのがある。これでは名吟とはいえない。

発音で最も誤りの多いのは、「エ」と発音すべきところを、「イ」と発音したり、またその反対に、「イ」を「エ」にしたりすることである。これは関東地方の方言であるが、また「ヒ」と「シ」、「シ」と「シュ」、

「シュ」と「シュウ」、「シン」と「シュン」など、挙げると限りない。

そのためには、「アエイオウ」の発音練習を繰り返しすることである。ことに「エ」と「イ」の発音である。「エ」は上歯と下歯をはっきり開いて、口を横に張った恰好《かっこう》で発音し、「イ」は上歯と下歯を、しっかり接触させ、その合い間から息を出して発音する。

4　音色

音色《ねいろ》とは、同一音でも、発音体が違うと、違った音に感じられる音の特性のことで、例えばピアノの音とヴァイオリンの音が全く違って感じられる類である。

これは楽器だけでなく、人間もそうである。人はだれ一人同じ音色《ねいろ》を持っていない。だから人と人との区別ができるのである。良い声の人、悪い声の人、これは天性であって、どうすることもできない。鈴を振るような良い声の人もいれば、あひるの鳴き声のような人もいる。

音色《ねいろ》はその人の持まえで、これを変えることはできない。だからこれに気がつけば、自分の音色《ねいろ》で吟ずる誇りを持つことである。美声の人が真に美声となり、悪声の人も美声となるのは、ただ不断の練習以外にはない。練習に練習を重ねた声は、吟詠上の美声となる。それはその人の地声でなく、吟詠の声である。

このことがよく理解されると、だれでも吟詠してみたくなり、自分の音色《ねいろ》に挑戦したくなる。吟詠が老若男女を問わず、多くの人に愛好されているのも、このためではなかろうか。

5　節調

節調とは、吟詠する場合の節回しと調子のことである。節回しは抑揚ともいう。

漢詩を吟ずる場合は、まず七言絶句からはいるのが、最も適切である。それは吟じ易いためである。次の例を挙げて、吟じ方を説明しよう。

城東荘に宴す　　崔敏童

(起)一年始めに一年の春有り
(承)百歳曽《かつ》て百歳の人無し
(転)能《よ》く花前に向かって幾回か酔わん
(結)十千酒を沽《か》うて貧を辞する莫《な》かれ

一年始有一年春◎
百歳曽無百歳人◎
能向花前幾回酔
十千沽酒莫辞貧◎

右の原型詩の七言絶句を見よう。句には起・承・転・結があり、第一句・第二句・第四句の最後の文字が押韻されている。押韻とは同一の韻を踏んでいることである。

また各句は、原則として四字と三字から構成されている。更に上の四字は、二字と二字で結ばれている。したがって、「〇〇+〇〇+〇〇〇」という配列になっている。「〇〇+〇〇」と「〇〇〇」は、常にまとまった意味を持っている。

以上は既に述べたことであるが、七言絶句の基本原則であるから、このことを踏まえて吟詠することが、最も正しい吟詠法なのである。

吟詠する場合、一番肝腎《じん》なことは、七言絶句は、転句が生命であるから、ここをどう吟ずるかである。この吟じ方によって、その詩の真意が把握され、聴衆に深い感動を与えるのである。後出してある記号に、大・大上・中・下の四通りの吟じ方があるのは、このためである。

多くの人は、節調すなわち、節回しや調子を覚えることだけに汲々として、漢詩の構成や内容を知ろうとしない。それはあべこべで、漢詩の構成と内容がわかれば、自然に吟詠の節調が生まれてくるのである。このことをよく理解して吟詠することである。

一年始めに」一年の春有り

百歳」曽《かつ》て」百歳の人無し」

(大)能《よ》く花前に向かって」幾回か酔わん」

十千酒を沽《か》うて」貧を辞する莫《な》かれ」

七言絶句は、八音節に切るのが、漢詩の構成上からの基本である。この中で、第一句の終わりの「春有り」で切らないで、「百歳」まで続けて吟ずるのは、起・承・転・結の配列からである。すなわち承句は、起句を受けて作られているということから、続けて吟ずるのである。「曽て」で一音節とするのは、「無し」を最後に吟ずるからである。

次に、抑揚（節回し）の記号を説明しよう。

抑揚は漢詩の内容を味わうために付けるものであるから、できるだけ簡素であるのがよい。あまりに修飾しすぎて、内容がわからないような吟じ方は、漢詩の本質に反している。私が指導をしている湯島聖堂朗詠会は素朴・貴品・迫力・磨錬を旨としている。

1  ——初めは平らに、中ごろに一つ節をつけ、また平らに発声する。平らな部分は短く。

2  ——1の発声で、節を二つつづける。平らな部分は長く。

3  ——1と2を組み合わせた発声をする。

4  ——声を次第に上げ、下げながら節をつける。

5  ——4の発声で、下げながら節をはっきり二つつける。結句の下三字に付けることが多い。

6  ——平らに発声し、下げながら節をつける。

7 ——初めから終わりまで、平らに発声する。

8  ——節を二つつけて上げる。

 —平らから上げる。

9 ——初めに節をつけ、平らに発声する。

10 ——ちょっと切る。

11  ——上げて下げる。  —中だるみに上げる。

12  ——高い発声

13  ——低い発声

14  ——大の発声

15  ——大′の発声

16  ——大上の発声

17  ——大′上の発声

18  ——中の発声

19  ——下の発声

何の印もないのは、平らに発声する。前記の記号によって、「城東荘に宴す」を吟じてみよう。全体は八呼吸で吟じるから、一呼吸は続けて吟ずるのが、正しい吟じ方である。ただし声が続かない場合とか、特に

強調したいというところは、切って吟じてもよい。よって「一年始めに」は、一呼吸で吟じるわけであるが、「一年」で軽く切って吟じてもかまわない。しかし、前に述べたように、「一年の春有り」と「百歳」は、切ってはいけない。ただ声の続かない人は、ちょっと切ってもやむを得ない。八呼吸の切り方は、漢詩の内容によって違うこともある。

こうして何回も繰り返しているうちに、次第に吟じるリズムがわかってくる。初めはハミング程度でよい。それから少しずつ声を出して吟じてみる。こうして練習していると、気も心も晴々として、思い切り声を出して吟じたくなる。その時こそ、吟詠の核心に触れるのである。

七言絶句を一回吟じる時間は、吟題、作者を含めて、一分四十秒代が適当である。これより長くなると、間延びしているか、不要の抑揚が入るかで、聞いていて快感を覚えない。

吟じ方は、まず吟題をいって、一、二と数え、三で作者をいい、それからまた一、二、三と数えて、四で息を吸い、五で吟じ初める。こうして吟じて行き、転句に入る時、五十五秒ぐらいであると、大体一分四十秒代で終わる。吟題が長い場合は、その時間はこの範囲外である。

6　練　習

まず「アエイオウ」の練習をする。これは発声練習であるが、正しい発声は正しい発音によるからである。次に、音階の練習。吟詠に入る前に、「ドミソドソミド」の音階を、何回も反復練習する。そして、普通の音程の人なら、「ミ」の音から入る。すると後が割合いに楽に出る。そこで、「ミ」の音に合わせて、起句の最初の文字の発声をする。高い音の出る人は、「ソ」の音から出るとよい。ここから出ると、一番問題は転句である。転句は吟詠の見せ場であるから、ここで声が出なくなると、せっかくの吟詠もだいなしになる。しかし習練によって、出るようになるが、無理は禁物で、自分の音程にあった吟じ方をすることである。それで練習を重ねると、その人なりの音声の深い味わいが出る。低音の人は「ド」から出るのがよい。

吟詠は声が大きく高いからよいというものではない。低音でも、丹田《たんでん》から出るようになった声は、張りがあり、すばらしい吟となる。

初心者は無理してはいけない。吟じるのがいやになったら、その時点でさっさと止めてしまうがよい。ところがしばらくたつと、また吟じて見たくなるものである。

こういうことを何回か繰り返しているうちに、本当に吟じる楽しみが出、毎日欠かさず吟じないと、何か物足りなさを感じるようになる。こうなればしめたもの、節調もさることながら、詩心がわかってき、吟詠の醍醐味《だいごみ》を味わうようになる。

吟詠で大事なことは、毎日、少なくとも、前に述べたように、五分から三十分ぐらい練習をすることである。それがすべて、正しい姿勢で吟じられるようになると、もうしめたもので、習慣となって止《や》められなくなる、まさに「習化」の体得である。ここに心身の鍛練がある。

7　吟詠の心得

吟詠上、心得なければならないことを箇条書にしよう。

1　吟じる漢詩の詩心を、十分理解しておくこと。

詩心は作者の詩情である。作者がどういう心境でその詩を作ったか、また、それがどういう言葉で表現されているかを、しっかりと理解し、把握《は》しておくことである。

2　正しい姿勢で吟じること。（二五六頁参照）

3　発声は決して加減しないこと。

加減した発声には張りがない。張りがないということは、声が生きていないということである。声が生きていないということは、吟詠者の精神《こころ》が、吟詠に十分注入されていないということである。

そこで、自分が現在出せる声の極限で吟じることが、一番大事である。しかしそうかといって、転句の

「大」「大上」の高音（記号・吟例参照）が出なくなっては、吟詠の味わいがなくなるから、このことを確かめて発声することである。

4　肩の力を抜くこと

初心のうちは、肩に力を入れて吟じるが、丹田《たんでん》から息をはき出す訓練をして吟じると、次第に肩の力が抜け、楽に発声できるようになる。

5　間を置くこと

間の取り方で、吟詠の聴衆に与える感動が違ってくる。どこで、どのぐらいの間を置くのがよいかは、模範吟を本にして、各自練習によって会得することである。七言絶句一詩の吟詠の時間は、一分四十秒代が適当であることは、すでに述べておいたので、それを参照のこと。

6　無心で吟じること

上手に吟じようとか、間違ったらどうしようなどと思って吟じてはいけない。無心でその詩心に溶け込んで吟じると、節調は少々まずくとも、聴衆の心を打つものがある。

7　平常心で吟じること

公開の席上で吟詠する時は、平常心を失うことが多い。したがって、練習している時と同じように吟じることを繰り返すのがよい。

8　吟詠の功徳

吟詠は心身を磨錬する。毎日少時間でもやる習慣を身につけると、それが日課となって、止めるとかえって一日が物足りなく感じる。これが健康法なのである。

自分の身体《からだ》を常に尺八と考え、正しい姿勢で丹田《たんでん》から声を出すと、体中の毒気がすべて吐き出され、すがすがしい気分になる。

何時もこうして吟じる必要はない。バスの中、電車の中、お勝手、風呂の中などで、迷惑にならない程度の声を出して吟ずると、吟詠の抑揚・調子がわかり、吟じる楽しさが湧《わ》く。

私は「五吟詩」という絶句を作って、これを会員と吟じ、吟詠の指導に当たっている。

五吟詩　　志賀一朗

詩を吟ずるは　体を鍛え　感情を　豊かにす

吟は　心を正しくして　蕙《けい》風を　為《つく》る

(大上)吟じて　又《ま》た吟じ　吟　已《や》まざれば

心身の　磨錬《まれん》　斯《こ》の中《うち》に　在り

吟詩鍛體感情豊
吟者正心為蕙風
吟又吟兮吟不已
心身磨錬在斯中

吟詠の功徳は、心身の磨錬によって、健全な身体が育成されることにある。

9　吟　例

七言絶句

(1)　**早《つと》に白帝城を発す**　　**李白**

朝《あした》に辞《じ》す 白帝彩雲の間
千里の 江陵 一日にして 還《かえ》る
(大)両岸の 猿声 啼いて住《や》まざるに
軽舟 已に過ぐ 万重《ちょう》の 山

(2) **江南の春** **杜牧**

千里 鶯《うぐいす》啼《な》いて 緑 紅《くれない》に 映ず
水村 山郭《かく》 酒旗の 風
(大)南朝 四百 八十《はっしん》寺
多少の 楼台 煙《えん》雨の 中《うち》

(3) **楓《ふう》橋夜泊** **張継**

月落ち 烏啼《な》いて 霜天に 満つ
紅楓《ふう》 漁火 愁眠に 対す

(大)姑蘇《こそ》城外　寒山寺
夜半の　鐘声　客船に　到る

(4)　除夜の作　高適

旅館の　寒灯　独り　眠らず
客心　何事ぞ　転《うた》た　悽然《せいぜん》
(大上)故郷　今夜　千里を　思う
霜鬢《びん》　明朝　又　一年

(5)　郷に回《かえ》りて偶《たま》たま書す　賀知章

少小にして　家を離れ　老大にして　回《かえ》る
郷音《いん》　改まる無きも　鬢《びん》毛　催す
(大上)児童　相見て　相　識《し》らず
笑って問う　客は　何処《いずこ》より　来《きた》ると

(6)　**金縷《る》の衣《い》**　**杜秋娘**

君に勧む　惜しむ莫《な》かれ　金縷《る》の　衣
君に勧む　惜しみ取れ　少年の　時
(中)花　開いて折るに堪《た》えなば　直ちに須《す》らく《べか》　折るべし
花無きを　待って　空しく枝を折る　莫かれ

(7)　**峨眉《かび》山月の歌**　**李白**

峨眉山月　半輪の　秋
影は　平羌《きょう》江水に　入りて　流る
(中)夜　清渓を発して　三峡に　向かう
君を思えども　見えず　渝《ゆ》州に　下る

(8)　**山　行**　**杜牧**

遠く　寒山に上れば　石径　斜なり

白雲　生ずる処　人家有り
(下)車を　停めて坐《そぞ》ろに愛す　楓林の晩《くれ》
霜葉は　二月《げつ》の花よりも　紅なり

(9)　元二《げんじ》の安西に使いするを送る　王維

渭城の　朝雨　軽塵を　浥《うるお》す
客舎　青青　柳色　新たなり
(大上)君に勧む　更に尽くせ　一杯の　酒
西のかた　陽関を出《い》づれば　故人　無からん
無からん　無からん　故人　無からん
西のかた　陽関を出《い》づれば　故人　無からん

注「渭城の朝雨」は二回繰り返す

五言絶句

(10) **鸛鵲《かんじゃく》楼に登る** 王之渙

白日山に依って尽き
黄河海に入って流る
(大上)千里の目を窮めんと欲し
更に上る一層の楼

(11) **胡《こ》隠君を尋ぬ** 高啓

水を渡り復《ま》た水を渡る
花を看《み》還《ま》た花を看る
(大)春風江上の路
覚えず君が家に到る

(12) **絶句** 杜甫

江碧《みどり》にして鳥逾《いよ》いよ白く

山青くして花然えんと欲す
(中)今春看《みす》みす又過ぐ
何れの日か是《こ》れ帰年ならん

(13) **竹里館**　**王維**

独り幽篁《こう》の裏《うち》に坐し
弾琴復た長嘯《しょう》す
(下)深林人知らず
明月来《きた》って相照らす

七言律詩

(14) **黄鶴《こうかく》楼**　**崔顥**

昔人已《すで》に黄鶴に乗りて去り
此の地空しく余す黄鶴楼

(中)黄鶴　一たび去りて　復《ま》た　返らず
白雲　千載　空しく　悠悠《ゆう》
(大上)晴川　歴歴たり　漢陽の　樹
芳草　萋萋《せい》たり　鸚鵡《おうむ》　洲
(下)日暮　郷関　何れの処か　是れなる
煙波　江上　人をして　愁え　しむ

(15)　蜀相《しょくしょう》　杜甫

丞相《じょうしょう》の　祠《し》堂　何れの処にか　尋ねん
錦《きん》官　城外　柏《はく》　森森
(下)階に　映ずる碧《へき》草は　自《おのず》ら　春色
葉を隔つる　黄鸝《こうり》は　空しく　好音《いん》
(大上)三顧　頻繁　天下の　計

両朝 開済す 老臣の 心
(中)出師《すいし》 未《いま》だ捷《か》たざるに 身先ず 死して
長《とこしな》えに 英雄をして 涙襟に 満たしむ

(16) 登高 杜甫

風急に 天高くして 猿嘯《しょう》 哀し
渚《なぎさ》清く 沙白くして 鳥飛び 廻《めぐ》る
(下)無辺の 落木 蕭《しょう》蕭として 下り
不尽の 長江 滾《こん》滾として 来《きた》る
(大上)万里の 悲秋 常に客と 作《な》り
百年の 多病 独り台に 登る
(中)艱《かん》難 苦《はなは》だ恨む 繁霜の 鬢《びん》
潦《ろう》倒 新たに停《とど》む 濁酒の 杯

(17) 春望　杜甫

国破れて　山河在り
城春にして　草木深し
(中)時に感じては　花にも涙を濺《そそ》ぎ
別れを恨んでは　鳥にも心を驚かす
(大)烽《ほう》火　三月に連なり
家書　万金に抵《あた》る
白頭　搔けば更に短く
渾《す》べて　簪《しん》に勝《た》えざらんと欲す

(18) 勧学　朱熹

謂《い》う勿《な》かれ　今日学ばずして　来日有りと
謂う勿かれ　今年学ばずして　来年有りと
(大上)日月逝きぬ　歳我《われ》と延びず
嗚呼《ああ》老いたり　是れ誰の愆《あやま》ちぞや

(19) 勅勒《ちょくろく》の歌　無名氏

勅勒の川　陰山の下
天は穹廬《ろ》に似て　四野を籠蓋《ろうがい》す
(大上)天は蒼《そう》蒼　野は茫《ぼう》茫
風吹き　草低《た》れて　牛羊を見る

(20) **富士山**　**石川丈山**

仙客《かく》来《きた》り遊ぶ　雲外の巓《いただき》
神竜《りょう》棲《す》み老ゆ　洞中の淵《ふち》
(大上)雪は紈素《がんそ》の如《ご》く　煙は柄《え》の如《ごと》し
白扇倒《さかしま》に懸かる　東海の天

(21) **桂林荘雑詠**《けいりんそうざつえい》**、諸生に示す**　**広瀬淡窓**

道《い》うを休《や》めよ　他郷苦辛多しと
同袍《ほう》友有り　自《おのずか》ら相親しむ
(下)柴扉《さいひ》暁に出《い》づれば　霜雪《しもゆき》の如《ごと》し
君は川流を汲め　我《われ》は薪《たきぎ》を拾わん

［著者略歴］
志賀一朗（しが　いちろう）
吟号 聖風
大正4年（1915）、茨城県北茨城市関本町に生まれる。東京高等師範学校文科第五部を経て、東京文理科大学文学科漢文学科卒業、同大学院修了。元国士舘大学文学部教授、財団法人斯文会参与、湯島聖堂朗詠会会長。文学博士。平成16年（2004）12月歿。著書『湛甘泉の研究』『湛甘泉と王陽明の関係』（風間書房）『湛甘泉と王陽明の旧跡調査』（東洋書院）『老子真解』（汲古書院）『老子の新解釈』（大修館書店）その他多数。

〈あじあブックス〉
漢詩《かんし》の鑑賞《かんしょう》と吟詠《ぎんえい》

NDC921/x, 277p/19cm

初版第1刷——2001年6月1日
第4刷——2010年9月1日

著者——志賀一朗《しがいちろう》
発行者——鈴木一行
発行所——株式会社大修館書店
〒101-8466 東京都千代田区神田錦町3-24
電話 03-3295-6231（販売部）03-3294-2353（編集部）
振替 00190-7-40504
［出版情報］http://www.taishukan.co.jp

装丁者——本永惠子
印刷所——壮光舎印刷
製本所——ブロケード

ISBN978-4-469-23171-7　Printed in Japan